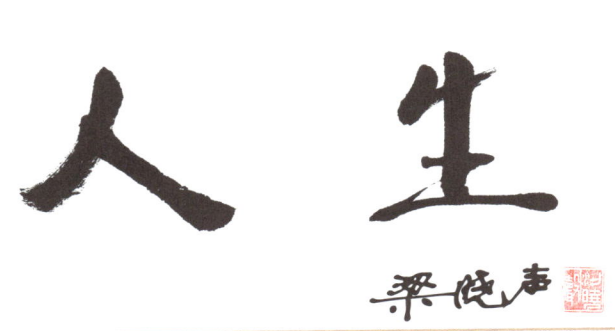

积极之人生
不妨做减法。

梁晓声
2022年8月3日
北京

梁晓声说人生

图书在版编目（CIP）数据

梁晓声说人生/梁晓声著． —北京：人民文学出版社，2022
ISBN 978-7-02-017380-8

Ⅰ．①梁… Ⅱ．①梁… Ⅲ．①散文集—中国—当代 Ⅳ．①I267

中国版本图书馆CIP数据核字（2022）第147420号

责任编辑　付如初
责任印制　苏文强

出版发行　人民文学出版社
社　　址　北京市朝内大街166号
邮政编码　100705

印　　刷　三河市鑫金马印装有限公司
经　　销　全国新华书店等

字　　数　214千字
开　　本　880毫米×1230毫米　1/32
印　　张　10.5　插页2
印　　数　1—10000
版　　次　2022年9月北京第1版
印　　次　2022年9月第1次印刷

书　　号　978-7-02-017380-8
定　　价　45.00元

如有印装质量问题，请与本社图书销售中心调换。电话：010-65233595

目 录

第 一 辑
人生真是匆匆得令人恐慌。

姻缘备忘录	003
也谈"四十不惑"	013
中年感怀	018
心灵的花园	022
解剖我的心灵	028
我心灵的诗韵	033
我如何面对困境	065
我养鱼,我养花	070
我所站在的弧上	074
人生真相	076

| 人生的意义在于承担 | 089 |
| 人性似水 | 092 |

第 二 辑

所谓积极的清醒的人生，无非就是要找到那一种最适合自己的人生方式。

论寂寞	103
论崇高	107
论贫穷	111
论"不忍"	114
偶思欲望	126
人和欲望的几种关系	130
关于情感	148
两种人	152
贵贱揭示的心理真相	162
平凡的地位	168
羞于说真话	177
真话的尴尬处境	186
让我们爱憎分明	189
何妨减之	194

第 三 辑

教育是文明社会的太阳。

复旦与我	203
论大学	208
论教育的诗性	217
大学生真小	229
走出高等幼稚园	236
给自己的头脑几分尊重	239
为自己办一所大学	243
拒做儒家思想的优秀生	248
做立体的中国人	253
关于中国知识分子的角色想象	262
论大学精神	266
关于大学校园写作	271

第四辑

人啊，如果你正处在青春时期，无论什么样的挫折，

无论什么样的失落，无论什么样的不公平，

都不要让它损害或玷污了你的青春！

钉子断想	281
种子的力量	286

飘扬起你青春的旗	293
狡猾是一种冒险	297
眼为什么望向窗外？	307
这个时代的"三套车"	313
人之初：画框与画笔	320
做竹须空　做人须直	324

第 一 辑

人生真是匆匆得令人恐慌。

姻缘备忘录

屈指算来，为人夫十三载矣。

人生真是匆匆得令人恐慌。

十七年前，我从上海复旦大学毕业，成为北京电影制片厂文学部最年轻的编辑之后，曾受到过许多关注的目光。十年"文革"在我的同代人中遗留下了一大批老姑娘，每几个家庭中便有一个。一名二十八岁的电影制片厂的编辑，还有"复旦"这样的名牌大学的文凭（尽管不是正宗的），看去还斯斯文文，书卷气浓，了解一下品德——不奸不诈，不纨绔不孟浪，行为检束，于是同事中热心的师长们和"阿姨"们，都觉得把我"推荐"给自己周围的某一位老姑娘简直就是一件义不容辞的历史责任……

然而当年我并不急着结婚。

我想将来成为我妻子的那个姑娘，必定是我自己在某种"缘"中结识的。

我期待着那奇迹，我想它总该多多少少有点儿浪漫色彩的吧?……

也觉得组建一个小家庭对我而言条件很不成熟。我毫无积蓄,基本上是一个穷光蛋。每月四十九元工资,寄给老父老母二十元,所剩也只够维持一个单身汉的最低生活水平。平均一天还不到一元钱。

结婚之前总得"进行"恋爱,恋爱就需要一些额外的消费。但我如果请女朋友或曰"对象"吃一顿饭,那一个月肯定就得借钱度日。而我自己穷得连一块手表都没有。兵团时期的手表大学毕业前卖了,分配到北影一年后还买不起一块新表。

当然,我不给老父老母寄钱,他们也能吃得上穿得上。他们也一而再、再而三地叮嘱我,为自己结婚积蓄点儿钱吧!但我每月照寄不误。我自幼家贫。二十八岁时家里仍很穷。还有一个生病的哥哥常年住在医院里。我觉得我可以三十八岁时再结婚,却不能不在二十八岁时以自己的方式报答父母的养育之恩。对老父亲老母亲我总有一种深深的负疚感——总认为二十八了才开始报答他们(也不过就是每月寄给他们二十元钱)已实在是太晚了,方式也太简单了……

在期待中我由二十八岁而三十二岁。奇迹并没有发生,"缘"也并没到来。我依然的行为检束。单身汉生活中没半点儿浪漫色彩。

四年中我难却师长们和"阿姨"们的好意,见过两三个姑娘,她们的家境都不错,有的甚至很好。但我那时忽然生出想调回哈尔滨市,能近在老父母身旁尽孝的念头,结果当然是没"进行"恋也没"进行"爱……

念头终于打消，我自己为自己"相中"了一个姑娘，缺乏"自由恋爱"的实践经验，开始和结束前后不到半个小时。人家考验我而我不能理解为什么对我还需要考验（又不是入党）。误会在半小时内打了一个结，后来我知道是误会，却已由痛苦而渐渐索然。这也足见"自由"是有代价的这话有理。

于是我现在的妻子某一天走入了我的生活。她单纯得很有点儿发傻。二十六岁了决然地不谙世故。说她是大姑娘未免"抬举"她，充其量只能说她是一个大女孩儿。也许与她在农村长到十四五岁不无关系……她是我们文学部当年的一位党支部副书记"推荐"给我的。那时我正写一部儿童电影剧本。我说悠悠万事惟此为大，待我写完了剧本再考虑。

一个月后我把这件事都淡忘了。可是"党"没有忘记，毅然地关心着我呢。

某天"党"郑重地对我说："晓声啊，你剧本写完了，也决定发表了，那件事儿，该提到日程上来了吧？"

倏忽地，我觉得我以前真傻。"恋爱"不一定非要结婚嘛！既然我的单身汉生活里需要一些柔情和女性带给我的温馨，何必非拒绝"恋爱"的机会呢！……

这一闪念其实很自私，甚至也可以说挺坏。

于是我的单身汉宿舍里，隔三日岔五日的，便有一个剪短发的、大眼睛的大女孩儿"轰轰烈烈"而至，"轰轰烈烈"而辞。我的意思是——当年她的生气勃勃，走起路来快得我跟不上。我的单身宿舍在筒子楼，家家户户走廊里做饭。她来来往往于晚上——下班回家绕个弯儿路过。一听那上楼的很响的脚步声，我在宿舍里就知道是她来了。没多久，左邻右舍也熟悉了她的脚步声，往往就向我通报——哎，你的那位来啦！……

我想，"你的那位"不就是人们所谓之"对象"的别一种说法吗？我还不打算承认这个事实呢！

于是我向人们解释——那是我"表妹"，亲戚。人们觉得不像是"表妹"，不信。我又说是我一位兵团战友的妹妹，只不过到我这儿来玩的。人们说凡是"搞对象"的，最初都强调对方不过是来自己这儿玩玩的……

而她自己却俨然以我的"对象"自居了。邻居跟她聊天儿，说以后木材要涨价了，家具该贵了。她听了真往心里去，当着邻居的面儿对我说——那咱们凑钱先买一个大衣柜吧！

搞得我这位"表哥"没法儿再窘。于是的，似乎从第一面之后，她已是我的"对象"了。非但已是我的"对象"了，简直就是我的未婚妻了。有次她又来，我去食堂打饭的一会儿工夫，回到宿舍发现，我压在铺桌玻璃板下的几位女知青战友、大学女同学的照片，竟一张都不见了。我问那些照片呢？她说她替我"处理"了。说下次她会替我带几张她自己的照片来……而纸篓里多了些"处理"的碎片……她吃着我买回的饺子，坦然又天真。显然的，她丝毫也没有恶意。仿佛只不过认为，一个未来家庭的未来的女主人，已到了该在玻璃板下预告她的理所当然的地位的时候了我想,我得跟她好好地谈一谈了。于是我向她讲我小时候是一个怎样的穷孩子,如今仍是一个怎样的穷光蛋,以及身体多么不好,有胃病,肝病,早期心脏病等等。并且,我的家庭包袱实在是重哇!而以为这样的一个男人也是将就着可以做丈夫的,意味着在犯一种多么糟糕多么严重的大错误啊。一个女孩子在这种事上是绝对将就不得、凑合不得、马虎不得的。但是嘛,如果做一个一般意义上的好朋友,我还是很有情义的。当时的情形恰如一首歌里唱的——我向她讲起了我的童年 / 她瞪着大而黑的眼睛痴痴地呆呆地望着我……

我曾以这种颇虚伪也颇狡猾的方式成功地吓退过几个我认为与我没"缘"的姑娘。

然而事与愿违。她被深深地感动了,哭了。仿佛一个善良的姑娘被一个穷牧羊人的命运感动了——就像童话里所常常描写的那样……

她说:"那你就更需要一个人爱护你了啊!……"

于是我明白——她正是从那一时刻开始真正爱上了我。

我一向期待的所谓"缘",也正是从那一时刻显现了面目,促狭地向我眨眼的……

三个月后到了年底。

某天晚上她问我:"你的棉花票呢?"

我反问:"怎么,你家需要?"

翻出来全给了她。

而她说:"得买新被子啦。"

我说:"我的被子还能盖几年。"

她说:"结婚后就盖你那床旧被呀?再怎么不讲究,也该做两床新被吧?"

我瞪着她一时发愣。

我暗想——梁晓声你还有什么好说的?看来这个大女孩儿,似乎注定了就是那个叫上帝的古怪老头赐给你的妻子。在她该出现于你生活中的时候,她最适时地出现了……

十个月后我们结婚了。我陪我的新娘拎着大包小包乘公共汽车光临我们的家。那年在下三十二岁。没请她下过一次"馆子"。

她在我十一平方米的单身宿舍里生下了我们的儿子。三年后我们的居住条件有所改善,转移到了同一幢筒子楼的一间十三平方米的住室里……

妻子曾如实对我说——当年完全是在一种人道精神的感召下才决定了爱我。当年她想——我若不嫁给这个忧郁的男人还有哪一个傻女孩儿肯嫁给他呢?如果他一辈子讨不上老婆,不成了社会问题?

我相信她的话。相信她当年肯定是这么想的。细思忖之,完全可能像她说的那样。当年肯真心爱这样的一个穷光蛋,并且准备同时能做到真心地视我的老父老母弟弟妹妹为自己亲人的,除了她,我还没碰着。

她是唯一没被我的"自白"吓退的姑娘……十三年间我的工资

由四十九元而五十几元而七十几元而八十几元、九十几元……

一九九二年底,我的基本工资升至一百二十五元至今……

十三年间她的工资由五十几元而六十几元、七十几元、八十几元渐次升至一百多元……

一九九二年以前她的工资始终高于我的工资十几元。

一九九二年我们的工资一度接近,但她有奖金,我没有奖金,实际工资仍比我高。

现在,她的单位经济效益不错,实际工资则比我高得多了。

我有稿费贴补,生活还算小康。而我们的起点,却是从一穷二白开始的。着实过了五六年拮据日子呢!

十三年内,我几乎整个儿影响了她——我不喜欢娱乐,尤其不喜欢户外娱乐,故我们这三口之家,是从来也不曾出现在娱乐场所的。最传统的消遣方式,也不过就是于周末晚上,借一盘或租一盘大人孩子都适合看的录像带,聚一处看个小半通宵。我对豪奢有本能的反感——所以我的家是一个俭约的家,从大到小,没一样东西是所谓名牌。我们结婚时的一张木床,当年五十七元凭结婚证买的,直至去年才送给了乡下来的传达室师傅。我不能容忍一日三餐浪费太多的时间精细操作,一向强调快、简、淡的原则。而她是喜欢烹饪的,为我放弃爱好,练就了一种能在十几分钟内做成一顿饭的本事。她常抱怨自己变成了急行军中的炊事员。我还不许她给我买衣服,买了也不穿。我的衣服鞋子,大抵是散步时自己从早市上买的。看着自己能穿,绝不砍价,一手钱,一手货,买了就走。仿佛自己买的,穿起来才舒适。大上其当的时候,也无悔。不在乎。有时她见我穿得不土不洋,不伦不类,枉自叹息,却无可奈何。而在这一点上至今我决不让步。我偏执地认为,一个男人为买一件自己穿的衣服而逛商场是荒诞不经的。他的老婆为他穿的衣服逛商场也是不可原谅的毛病。因为那时间从某种意义讲已不完全属于她,而属于他们。现代人的闲暇已极有限,为一件衣服值得吗!她当然也因她当妻子的这一种"特权"被粗暴取消与我争执过,但最终还是屈从于我,彻底放弃了"特权",不得不对我这个偏执的丈夫实行"无为而治"……

儿子一天天长大了,渐渐地我觉得自己老之将至了,精力早已大不如前。每每看妻子,似乎才于不经意间发现似的——她也早已不是十三年前的大女孩儿,脸上有了些许女人的岁月沧桑的痕迹……

我最感激的,是我老父亲老母亲住在北京的日子里,她对他们的孝心。我老父亲生病时期,我买了一辆三轮车,专为带老父亲去医院。但实际上,因为我那时在厂里挂着行政职务,倒是她经常蹬着三轮车带我老父亲去医院。不知道老人家是我父亲的,还以为是她父亲呢。知道了却原来是我的父亲,无不感慨多多。如今,将公公当自己的父亲一样孝顺的儿媳,尤其年轻的儿媳们,不是很多的……

我最感到安慰的,是我打算周济弟弟妹妹们的生活时,她一向是理解的,支持的。我的稿费的一半左右有计划地用于周济弟弟妹妹们的生活。我总执拗地认为我有这一义务。能尽好这一义务便感到高兴。在各种社会捐助中，尤其对穷人，对穷人孩子的捐助，倘我哪一次错过，下一次定加倍补上。不这么做，我就良心不安。贫困在我身上留下的印痕太深，使我成为一个本能的毫无怨言的低消费者。旧的家具、旧的电视机，不一定非要换成新的，换成名牌。几千元我拿得出来的情况下，倘我无动于衷，我便会觉得自己未免"为富不仁"了，尽管我不是"大款"，几千元不知凝聚着我多少"爬格子"的心血。没有一个在此方面充分理解我对穷人的思想感情并支持我的妻子，那么家里肯定经常吵闹无疑……

好丈夫是各式各样的。除了吸烟我没有别的坏毛病。除了受过两次婚外情感的渗透我没什么"过失"。我非是"登徒子"式的男人，也从不"拈花捻草""招蜂惹蝶"。事实上，在男女情感关系中我很虚伪。如果我不想，即或与女性经年相处，同行十万八千里，她们也是难以判断我究竟喜爱不喜爱她们的。我自认为，我在这一方面常显得冷漠无情，并且，我不认为这多不好。虚伪怎么会反而好呢？其实我内心里对女性是充满温爱的。一个女性如果认为我的友爱对她在某一时期某种情况之下极为重要，我今后将不再自私。

最重要的，我的妻子赞同我对友爱与情爱的理解。在这一前提下，我才能学做一个坦荡男人。我不认为婚外恋是可耻之事，但我也不喜欢总在婚外恋情中游戏的一切男人和女人。爱过我的都是好女孩儿和好女人，我对她们的感激是永远的。真的，我永远在内心里为她们的幸福祈祝着……

我对妻子坦坦荡荡毫无隐私。我想这正是她爱我的主要之点。我对她的坦荡理应获得她对我的婚外情感的尊重。实际上她也做到了。她对我"无为而治",而我从她的"家庭政策"中领悟到了一个已婚男人该怎样自重和自爱……

好妻子也是各式各样的。十三年前的那个大女孩儿,用十三年的时间充分证明了她是一个好妻子——最适合于我的"那一个"。

我给未婚男人们的忠告是——如果你选择妻子,最适合你的那一个,才是和你最有"缘"的那一个。好的并不都适合。适合的大抵便是对你最好的了……

信不信由你!

也谈"四十不惑"

女人们,如果——你们的丈夫已接近四十岁,或超过了四十岁,那么——我劝你们,重新认识他们。

这是我对于你们的善意的忠告。

否则,"他"也许不再是你当初认识所自以为永远了解的"那一个"男人了。

四十岁左右的男人,"内容"肯定发生变化。

"四十而不惑",孔子的话。后来几乎成了全体中国男人的"专利"。四十岁左右的男人,大抵都习惯自诩到了"不惑之年"。"不惑"的含义,指向颇多。功名利禄,乃一方面。"不惑"无非是看得淡泊了,想得透彻了。用庄子的话说——"人生天地之间,若白驹之过隙,忽然而已。""不惑",当然并不等于什么追求皆没有了,而是指追求开始趋向所谓"自我完善"的境界,在品行、德行、节操、人格等方面。

不是,绝不是,从来也不是一切的男人,到了四十岁左右,都是到了"不惑之年"。人家孔子的话,那是说的人家自己,原文,或者说原话是——吾十有五而志于学,三十而立,四十而不惑,五十而知天命,六十而耳顺,七十而从心欲,不逾矩……

吾——非是吾们。

"四十而不惑",较符合孔子自己人生的阶段特点。人家孔子对自己的分析还是挺实事求是的。

"四十而不惑",对于一切"三十而立"的男人,起码"而立"之后,权力欲功名欲不再继续膨胀的男人,和虽并未"而立",但始终恪守靠正当的方式和坚持不懈的努力争取"而立"的男人,也具有较普遍的意义。

《札记·曲礼上》篇中是这么概括人生的——"人生十年曰幼,学。二十曰弱,冠。三十曰壮,有室。四十曰强,而仕。五十曰艾,服官政。六十曰耆,指使。七十曰老,而传。八十、九十曰耄……"

这篇古文,对人生阶段的划分(不消强调,是指的男人们的人生),与孔子的话就大相径庭了。孔子说自己"四十而不惑"。后者言"四十而仕"——到了理应当官的年龄了。孔子说自己"五十而知天命",就是说对于自己的"人生价值"要有自知之明了。后者言:"五十而服官政"——到了理应掌握权柄的年龄了。孔子说自己"六十而耳顺",就是说对于别人的话,善于分析了,凡有道理的善于接受了。后者言"六十而指使"——到了该有资格命令别人的年龄了……

一曰"四十而不惑"。

一曰"四十而仕"。

两种思想,两条人生哲学。

中国的许许多多的男人们,几千年来,听的是谁的信奉的是什么呢?历史和现实告诉我们,其实听的信奉的并非孔子的话,而是《礼记·曲礼》上篇——四十岁当官,五十岁掌权,六十岁发号施令,七十岁以上考虑怎样为自己"而传",考虑盖棺定论的问题……

如此看来,对于许多中国男人,"四十而不惑",其实是四十而始"惑"——功名利禄,样样都要获得到,仿佛才不枉当一回男人。"不惑"是假,是口头禅,是让别人相信的。"惑"是真,是内心所想。梦寐以求的,是目标,是目的。

我不知《礼记·曲礼》的著说者何许人。我想,倘他活到今天,倘看了我这篇短文,很可能会和我商榷,甚至展开辩论。

他也许这么反问:孔子"三十而立",四十当然"不惑"。更多的男人"三十有室",刚成家,不过刚有老婆孩子,根本谈不到"立"不"立"的,怎么能做到"四十而不惑"呢?"立"不就是今天所谓"功成名就"么?

细思忖之,可不也有一定的道理么?

中国男人们的人生阶段,就多数人而言,大致是这样的——十七十八清华北大(指希望而言)、二十七八电大夜大、三十七八要啥没啥、四十七八等待提拔、五十七八准备回家……

十七八能进入大学"而志于学"的,不过"一小撮"。大多数没这机会,也没这幸运。谁有这机会就是幸运的。"三十而立"之后,还要啥没啥呢。五十七八,差二三年便该退休回家了,短暂的十几年,老百姓话,"一晃"就"晃"过去了,又怎么能达到"不惑"的境界呢?

所以,四十岁左右,差不多成了不论属什么的一切男人们的"本命年",一个"坎儿"。这个"坎儿"迈得顺了,则可能时来运转,一路地"顺"将下去,而"仕",而"服官政",而当这当那而掌握权柄,而发号施令……于是地位有了,房子有了,车子有了,男人的"人生价值"似乎也体现出来了,很对得起老婆孩子了……

绝不能说中国的男人个顶个都是官迷,但说中国的男人到了三十七八四十来岁起码都愿有房子住,工薪高一些,经济状况宽容些,大概是根据充分的。怎么着才能实现能达到呢?当官几乎又是一条捷径。

非常值得注意的,是那些"而志于学"过,那些被认为或自认为"学而优"的,那些因此被社会所垂青,分配到或自己钻营到了权利场名利场上的男人,他们在三十七八四十来岁"要啥没啥"的年龄,内心会发生大冲击、大动荡、大倾斜、大紊乱,甚至——大恶变。由于"要啥有啥"的现实生生动动富于诱惑富于刺激地摆在他们面前,于是他们有的人真正看透了,不屑于与那些坏思想坏作风同流合污,而另一些人却照样学样,毫不顾惜自己的品行、德行、节操、人格,运用被正派人所不齿的手段——见风使舵,溜须拍马,曲意奉迎,谄权媚势,落井下石,墙倒众人推,拉大旗作虎皮,弃节图利等等,以求"而仕""而服官政",由被指使而"指使"。

女人们,如果你们的丈夫,不幸被我言中,正是那等学坏样的男人，难道你们还不认为你们应该重新认识他们么？

也许某些四十来岁和四十多岁的男人会十分愤慨，会觉得我这篇短文近乎诽谤和污蔑，那便随他们愤慨罢，而我绝不是没有根据的。根据是现实生活提供给我的，在我周围，曾与我有过交往的四十来岁的四十多岁的某些男人，他们的人格和心理的嬗变、裂变、蜕变、恶变，往往令我讶然，不得不重新认识他们。于是我同时想到了他们的妻子和某些女人们，常为她们感到可悲和忧虑。

女人们，重新认识你们的丈夫总之是必要的，即不但要考察他们在你们面前的家庭中的表现如何，也要考察他们在别人眼中在家庭以外究竟是怎样的，正在变成怎样的人。在他们学坏样还没到"舐糠及米"的程度时，也许还来得及扯他们一把，使他们不至于像熊舔掌似的，将自己作为男人的更为宝贵的东西都自行舔光了……

中年感怀

我越来越意识到，自己几乎每一天都在失去着一些东西。而所失去的东西，对任何人都是至可宝贵的。

首先是健康。

如果有人看到我于今写作时的样子，定会觉得古怪且滑稽——由于颈椎病，脖子上套着半尺宽的硬海绵颈圈，像一条挣断了链子的狗。由于腰椎病，后背扎着一尺宽的牛皮护腰带。由于颈和腰都不能弯曲，一弯曲头便晕，写作时必得保持从腰到颈的挺直姿势。仅仅靠了颈圈和护腰带，还是挺直不到头不晕的姿势，就得有夹得住稿纸的竖架相配合。小稿纸有小的竖架；大稿纸有大的竖架。大的竖架一立在桌上，占去半个桌面。不像是在写作，像是在制图。大小两个竖架，都是中国人民大学一位退了休的老师让人送给我的，可以调换两个倾斜度。我已经使用一年多了，却还没和她见过面。颈圈、护腰带、竖架，自从写作时依赖于这三样东西，写作之前所做的预备，就如工厂里的技工临上车床似的了。有几次那样子去为客人开门，着实将客人吓了一跳……

于是从此失去了以前写作时的良好状态。每每回想以前，常不免地心生惆怅。看见别人不必"武装"一番再写作，也不免地心生羡慕。

朋友们都劝——快用电脑哇！

是啊，迟早有一天，我也会迫不得已地用起电脑来的。我说"迫不得已"，乃因对"笔耕"这一种似乎已经很原始的写作方式，实在地情有独钟，舍不得告别呢！汲足一笔墨水儿，摆正一沓稿纸，用早已定形了的字体，工工整整地写下题目，标下页码"1"，想着要从这个"1"开始，一页页标下去，一直标到"100""500"，乃至"1000"，那一份儿从容，那一份儿自信，那一份儿骑手跨上骏马时的感受，大概不是面对显字屏，手敲按键所能体验到的啊！

想想连这一份儿写作者的特殊的体验也终将失去了，尽管早已将买电脑的钱存着了，还是一味地惆怅。

健康其实是人人都在失去着的。一年年的岁数增加着，反而一年比一年活得硬朗的人，毕竟是极少数。人也是一台车床，运转便磨损。不运转着生产什么，便似废物。宁磨损着生产什么，不似废物般的还天天进行保养，这乃是绝大多数人的活法。人到四十多岁以后，感觉到自我磨损的严重程度了，感觉到自我运转的状况大不如前了，肯定都是要心生惆怅的。

也许惆怅乃是中年人的一种特权吧？这一特权常使中年人目光忧郁。既没了青年的朝气蓬勃，也达不到老者们活得泰然自若那一种睿智的境界，于是中年人体会到了中年的尴尬。体会到了这一种无奈的尴尬的中年人，目光又怎么能不是忧郁的呢？心情又怎么能不常常陷入惆怅呢？

我和我的中年朋友们相处时，无论他们是我的作家同行抑或不是我的同行，每每极其敏感到他们的忧郁和他们的惆怅。也无论他们被认为是乐观的人抑或自认为是乐观的人，他们的忧郁和惆怅都是掩盖不了的。好比窗上的霜花，无论多么迷人，毕竟是结在玻璃上的。太阳一出，霜花即化，玻璃就显露出来了。而那定是一块被风沙扑打得毛糙了的玻璃。他们开怀大笑时眸子深处隐藏着忧郁和惆怅；他们踌躇满志时眸子深处隐藏着忧郁和惆怅；他们作小青年状时，眸子深处隐藏着忧郁和惆怅；他们装得什么都不在乎时，眸子深处尤其隐藏着忧郁和惆怅。他们的眸子是我的心境。两个中年男人开怀大笑一阵之后，或两个中年女人正亲亲热热地交谈着的时候，忽然的目光彼此凝视住，忽然都从对方眼里看到了那一种企图隐藏到自己的眸子后面而又没有办法做到的忧郁和惆怅，我觉得那一刻是生活中很感伤的情境之一种，比从对方发中一眼发现了一缕白发是更令中年人感伤的。

全世界的中年人本质上都是忧郁和惆怅的。成功者也罢，落魄者也罢，在这一点上所感受到的人生况味儿，其实是大体相同的。于是中年人几乎整代整代地被吸入了一个人类思想的永恒的黑洞——人生的意义究竟何在？

中年人比青年人更勤奋地工作，更忙碌地活着，大抵因为这乃是拒绝回答甚至回避思考的唯一选择。而比青年人疏懒了，比青年人活得散漫了，又大抵是因为开始怀疑着什么了。

中年人的忧郁和惆怅，对这世界是无害的，只不过构成着人类社会一道特殊的风景线罢了。而人类社会好比是一幅大油画，本不可以没有几笔忧郁的色彩惆怅的色彩。没有，人类社会就是一个大幼儿园了。

中年人的忧郁和惆怅，衬托得少女们更加显得纯洁烂漫，衬托得少年们更加显得努力向上，衬托得青年男女们更加生动多情，衬托得老人们更加显得清心寡欲，悠然淡泊。少女们和少年们，青年们和老者们的自得其乐，归根结底是中年人们用忧郁和惆怅换来的呀！中年人为了他们，将人生况味儿的种种苦涩，都默默地吞咽了，并且尽量关严"心灵的窗户"，不愿被他们窥视到。

中年人的忧郁和惆怅，归根结底也体现着社会的某种焦虑和不安。中年人替少男少女们，替青年们，替老者们，也将社会的某种焦虑和不安，最大剂量地默默地默默地吞咽到肚子里去了。因为中年人大抵是做了父母的人，是身为长兄长姐的人，是仍身为长子长女的人，这是中年人们的一种本能，也是人类的一种本能。

中年人成熟了，又成熟又疲惫。咬紧牙关扛着社会的焦虑和不安，再吃力也只不过就是眸子里隐藏着忧郁和惆怅。

他们的忧郁和惆怅，一向都是社会的一道凝重的风景线。

谁叫他们，不，谁叫我们是中年人了呢！……

心灵的花园

谁不希望拥有一个小小花园？哪怕是一丈之地呢！若有，当代人定会以木栅围起。那木栅，我想也定会以个人的条件和意愿，摆弄得尽可能地美观。然后在春季撒下花种，或者移栽花秧。于是，企盼着自己喜爱的花儿，日日地生长、吐蕾，在夏季里姹紫嫣红开成一片。虽在秋季里凋零却并不忧伤。仔细收下了花籽儿，待来年再种，相信花儿能开得更美……

真的，谁不曾怀有过这样的梦想呢？

都市寸土千金，地价炒得越来越高。拥有一个小小花园的希望，对寻常之辈不啻是一种奢望，一种梦想。某些副部级以上的干部，而且是老资格的，才有可能把希望变成现实，于是令寻常之人羡眼勺斜。

我想，其实谁都有一个小小花园，谁都是有苗圃之地的，这便是我们的内心世界。人的智力需要开发，人的内心世界也是需要开发的。人和动物的区别，除了众所周知的诸多方面，恐怕还在于人有内心世界。心不过是人的一个重要脏器,而内心世界是一种景观,它是由外部世界不断地作用于内心渐渐形成的。每个人都无比关注自己及至亲至爱之人心脏的健损,以至于稍有微疾便惶惶不可终日。但并非每个人都关注自己及至亲至爱之人的内心世界的阴晴,己所无视,遑论他人?

我常"侍弄"我心灵的苗圃。身已不健,心倘尤秽,又岂能活得好些?职业的缘故,使我惯对自己和他人的心灵予以研究。结论是——心灵,亦即我所言内心世界,是与人的身体健康同样重要的。故保健专家和学者们开口必言的一句话,不仅仅是"身体健康",而且是"身心健康"。

我爱我的儿子梁爽。他读小学这正是一个人的内心世界开始形成的年龄。我也常教他学会如何"侍弄"他那小小心灵的苗圃。"侍弄"这个词,用在此处是很勉强的,不那么贴切,姑且借用之吧!意思无非是——人自己的内心世界如果自己惰于拂拭,是会浮尘厚积、杂草丛生的。也许有人联系到禅家的一桩"公案"——"时时勤拂拭,莫使惹尘埃"之说的"俗"和"心中无一物,何处惹尘埃"之说的"彻悟"。

我系俗人,仅能以俗人的观念和方式教子。至于禅家乃至禅祖们的某些玄言,我一向是抱大不恭的轻慢态度的。认为除了诡辩技巧的机智,没什么真的"深奥"。现代人中,我不曾结识过一个内心完全"虚空"的。满口"虚空",实际上内心物欲充盈、名利不忘的,倒是大有人在。何况我又不想让我的儿子将来出家,做什么云游高僧，故我对儿子首先的教诲是——人的内心世界，或言人的心灵，大概是最容易招惹尘埃、沾染污垢的，"时时勤拂拭"也无济于事。心灵的清洁卫生只能是相对的，好比人的居处的清洁卫生只能是相对的。而根本不拂拭，甚至不高兴别人指出尘埃和污垢，则是大不可取的态度，好比病人讳疾忌医。

一次儿子放学回到家里，进屋就说："爸爸，今天同学的红领巾被老师收去了！"我问为什么。儿子回答："犯错误了呗！把老师气坏了！"那同学是他好朋友，但却有些日子不到家里来玩儿了。我依稀记得他讲过，似乎老师要在他们两者之间选拔一名班干部。我又问："你高兴？"他怔怔地瞪着我。我将他召至跟前，推心置腹地问："跟爸爸说实话，你是不是因此而高兴？"他便诚实地回答："有点儿。"我说："你学过一个词，叫'幸灾乐祸'，你能正确解释这个词吗？"他说："别人遭到灾祸时自己心里高兴。"我说："对。当然，红领巾被老师收去了，还算不得什么灾。但是，你心里已有了这种'幸灾乐祸'的根苗，那么你哪一天听说他生病了、住院了，甚至生命有危险了，说不定你内心里也会暗暗地高兴。"儿子的目光告诉我，他不相信自己会那样。我又说："为什么他的红领巾被老师收去了，你会高兴呢？让爸爸替你分析分析，你想一想对不对？——如果你们老师并不打算在你们两个之间选拔一名班干部，你倒未必幸灾乐祸。如果你心里清楚，老师最终选拔的肯定是你，你也未必幸灾乐祸。你之所以幸灾乐祸，是因为自己感到，他和你被选拔的可能性是相等的，甚至他被选拔的可能性更大些。于是你才因为他犯了错误，惹老师生气了而高兴。你觉得，这么一来，他被选拔的可能性缩小，你自己被选拔的可能性就增大了。你内心里这一种幸灾乐祸的想法，完全是由嫉妒产生的。你看，嫉妒心理多丑恶呀，它竟使人对朋友也幸灾乐祸！"

儿子低下了头。

我接着说："如果他并没犯错误，而老师最终选拔他当了班干部，你现在幸灾乐祸，就可能变成一种内心里的愤恨了。那就叫嫉妒的愤恨。人心里一旦怀有这一种嫉妒的愤恨，就会进一步干出不计后果、危害别人、危害社会的事，最后就只有自食恶果。一切怀有嫉妒的愤恨的人，最终只有那样一个下场……"

接着我给他讲了两件事——有两个女孩儿，她们原本是好朋友，又都是从小学芭蕾的。一次，老师要从她们两人中间选一个主角。其中一个，认为肯定是自己，应该是自己，可老师偏偏选了另一个。于是，她就在演出的头一天晚上，将她好朋友的舞裙，剪成了一片片。另外有两个女孩儿，是一对小杂技演员。一个是"尖子"，也就是被托举起来的。另一个是"底座"，也就是将对方托举起来的。她们的演出几乎场场获得热烈的掌声。可那个"底座"不知为什么，内心里怀上了嫉妒，总是莫名其妙地觉得，掌声是为"尖子"一个人鼓的。她觉得不公平。日复一日地，那一种暗暗的嫉妒，就变成了嫉妒的愤恨。她总是盼望着她的"尖子"出点儿什么不幸才好。终于有一天，她故意失手，制造了一场不幸，使她的"尖子"在演出时当场摔成重伤……

最后我对儿子讲，如果那两个因嫉妒而干伤害别人之事的女孩儿，不是小孩儿是大人，那么她们的行为就是犯罪行为了……

儿子问："大人也嫉妒吗？"

我说大人尤其嫉妒。一旦嫉妒起来尤其厉害，甚至会因嫉妒杀人放火干种种坏事。也有因嫉妒太久，又没机会对被嫉妒的人下手而自杀的……

我说，凡那样的大人，皆因从小的时候开始，就让嫉妒这颗种子，在心灵里深深扎了根。他们的内心世界，不是花园，不是苗圃，而是荆棘密布的乱石岗……

儿子问："爸爸你也嫉妒过吗？"

我说我当然也嫉妒过，直到现在还时常嫉妒比自己幸运比自己优越比自己强的人。我说人嫉妒人是没有办法的事。从伟大的人到普通的人，都有嫉妒之心。没产生过嫉妒心的人是根本没有的。

儿子问："那怎么办呢？"

我说，第一，要明白嫉妒是丑恶的，是邪恶的。嫉妒和羡慕还不一样。羡慕一般不产生危害性，而嫉妒是对他人和社会具有危害性和危险性的。第二，要明白，不可能一切所谓好事，好的机会，都会理所当然地降临在你自己头上。当降临在别人头上时，你应对自己说，我的机会和幸运可能在下一次。而且，有些事情并不重要。比如对于一个小学生来说，当上当不上班干部，并不说明什么。好好学习，才是首要的……

儿子虽然只有十几岁，但我经常同他谈心灵。不是什么谈心，而是谈心灵问题。谈嫉妒、谈仇恨、谈自卑、谈虚荣、谈善良、谈友情、谈正直、谈宽容……

不要以为那都是些大人们的话题。十几岁的孩子能懂这些方面的道理了。该懂了。而且，从我儿子，我认为，他们也很希望懂。我认为，这一切和人的内心世界有关的现象，将来也必和一个人的幸福与否有关。我愿我的儿子将来幸福，所以我提前告诉他这些……

邻居们都很喜欢我的儿子，认为他是个"懂事"的好孩子。同学们跟他也都很友好，觉得和他在一起高兴，愉快。

我因此而高兴，而愉快。

我知道，一个心灵的小花园，"侍弄"得开始美好起来了……

解剖我的心灵

其实，依我想来，我们每一个人，都有若干机会，或曰若干时期，证明自己是一个心灵方面、人格方面的导师和教育家。区别在于，好的，不好的，甚而坏的，邪恶的。

我相信有人立刻就能领会我的意思，并赞同我的看法。会进一步指出，完全是这样——不过是在我们成为父亲或母亲之后。

这很对。但这非是我的主要的意思。

我的人生经验和教训告诉我——也许这世界上根本没有谁能够对我们施以终生的影响，根本没有谁能够对我们负起长久的责任，连对我们最具责任感的父母都不能够。正如我们做了父母，对自己的儿女也不能够一样。倘说确曾存在过能够对我们的心灵品质和人格品质的形成施以终生影响负起长久责任的某先生和某女士，那么他或她绝不会是别人。肯定的，乃是我们自己。

我们在我们是儿童的时候就已经开始教育我们自己了。

我们在我们是少年的时候，就已经开始怀疑甚至强烈排斥大人们对我们的教育了。处在那么一种年龄的我们自己,已经开始习惯于说:"不,我认为……"了。我们正是从开始第一次这么说、这么想那一天起,自觉不自觉地进入了导师和教育家的角色。于是我们收下了我们"教育生涯"的第一个学生——我们自己。于是我们"师道尊严"起来,朝"绝对服从"这一方面培养我们的本能。于是我们更加防范别人,有时几乎是一切人,包括我们所敬爱的人们对我们的影响。如同一位导师不能容忍另一位导师对自己最心爱的弟子耳提面命一样……

我们在这样的心理过程中成了青年。这时我们对自己的"高等教育"已经临近结业。我们已经太像我们按照我们自己确定的"教育大纲"和自己编写的"教材"所预期的那一个男人或女人了。当然,我指的是心灵方面和人格方面。

四十多岁的我,看我自己和我周围人们的童年、少年和青年时期,仿佛翻阅了一册册"品行记录"。其上所载全是我们自己对自己的评语和希望。我的小学同学、中学同学、兵团知青战友,无论今天在社会地位坐标上显示出是怎样的人,其在心灵和人格方面的基本倾向,几乎全都一如当年。如果改变恐怕只有到了老年,因为老年时期是人的二番童年的重新开始。在这一点上,"返老还童"有普遍的意义。老年人,也许只有老年人,在临近生命终点的阶段,积一生几十年之反省的力量,才可能彻底否定自己对自己教育的失误。而中年人往往不能。中年人之大多数,几乎都可悲地执迷于早期自我教育的"原则"中东突西撞,无可奈其何。

童年的我曾是一个口吃得非常厉害的孩子，往往一句话说不出来，"啊啊呀呀"半天，憋红了脸还是说不出来。我常想我长大了可不能这样。父母为我犯愁却不知怎么办才好。我决定自己"拯救"我自己。这是一个漫长的"计划"。基本实现这一"计划"，我用了三十余年的时间。

少年时的我曾是一个爱撒谎的孩子，总企图靠谎话推掉我对某件错事的责任。

青年时期的我曾受过种种虚荣的不可抗拒的诱惑，而且嫉妒之心十分强烈。我常常竭力将虚荣心和嫉妒心成功地掩饰起来。每每地，也确实掩饰得很成功，但这成功却是拿虚伪换来的。

幸亏上帝在我的天性中赋予了一种细敏的羞耻感，靠了这一种羞耻感我才能够常常嫌恶自己。而我自己对自己的劣点的嫌恶，则从心灵的人格方面"拯救"了我自己。否则，我无法想象——一个少年时爱撒谎，青年时虚荣、嫉妒且虚伪的人，四十多岁的时候会成为一个怎样的男人？

所以，我对"自己教育自己"这句话深有领悟。它是我的人生信条之一。最主要的也是最重要的、首位的人生信条。

我想，"自己教育自己"，体现着人对自己的最大爱心，对自己的最高责任感。在这一点上，我们不能指望别人对我们比我们自己对自己更有义务。一个连这一种义务都丧失了的人，那么，便首先是一个连自己都不爱的人了。一个连自己都不爱的人，那么，他或她对异性的爱，其质量都肯定是低劣的。

我想，我们每个人生来都被赋予了一根具有威严性的"教鞭"。它是我们人类天性之中的羞耻感。它使我们区别于一切兽类和禽类。我们唯有靠了它才能够有效地对自己实施心灵和人格方面的教育。通常我们将它寄放在叫作"社会文明环境"的匣子里。它是有可能消退也有可能常新的一种奇异的东西。我们久不用它，它就消退了。我们常用它指斥自己的心灵，它便是常新的。每一次我们自己对自己的心灵的指斥，都会使我们的羞耻感变得更加细敏而不至于麻木，都会使它更具有权威性而不至于丧失。它的权威性是摈除我们心灵里假丑恶的最好的工具，如果我们长久地将它寄存在"社会文明环境"这个匣子里不用，那么它过不了多久便会烂掉。因为那"匣子"本身，永远不是纯洁的真空。

我对自己的心灵进行"自我教育"的时间，肯定地将比我用意志校正自己口吃的时间长得多，因为我现在还在这样。但其"成果"，则比我校正自己口吃的"成果"相差甚远。在四十五岁的我的内心里，仍有许多腌腌臜臜的东西及某些丑陋的"寄生虫"。我的人格的另一面，依然是褊狭的，嫉名妒利的，暗求虚荣的，乃至无可奈何地虚伪着的。还有在别人遭到挫败时的卑劣的幸灾乐祸和快感。

有人肯定会认为像我这样活着太累，其实我的体会恰恰相反。内心里多一份真善美，我对自己的满意便增加一层。这带给我的更是愉悦。内心里多一份假丑恶，我对自己的不满意、沮丧、嫌恶乃至厌恶也便增加一层。人连对自己都不满意的时候还能满意谁满意什么？人连对自己都很厌恶的话又哪有什么美好的人生时光可言？

至今我仍是一个活在"好人山"之山脚下的人,仍是一个活在"坏人坑"之坑边上的人。在"山脚下"和"坑边上"两者之间,我手执人的羞耻感这一根"教鞭",比以往任何时候都更加"师道尊严"地教诲我自己这一个"学生"。我深知我不是在"坑"内而是在"坑"边上,所幸全在于此。因为,从童年到少年到青年到现在,我受过的欺骗、遭到过的算计、陷害和突然袭击,多少次完全可能使我脚跟不稳身子一晃,索性栽入"坏人坑"里索性坏起来算。在兵团、在大学、在京都文坛,有几次陷害和袭击,对我的来势几乎是置于死地的。

可我至今仍活在"好人山"边儿上,有时细想想,这真不容易啊!

每个人的心灵都是一处院落。在未来的日子里,有许多人将会教给我们许多谋生的技艺和与人周旋的技巧。但为我们的心灵充当园丁的人,将很少很少。羞耻感这根人借以自己教诲自己的"教鞭",正大批地消退着,或者腐烂着。

朋友,如果你是爱自己的,如果你和我一样,存在于"山"之脚下和"坑"之边上,那么,执起"教鞭"吧……

我心灵的诗韵

怀　疑

△对于人，怀疑是最接近天性的。人有时用一辈子想去相信什么，但往往在几分钟甚至几秒钟内就形成了某种怀疑，并且像推倒多米诺骨牌一样去影响别人……

怀疑是一种心理喷嚏，一旦开始便难以中止，其过程对人具有某种快感。尤其当事重大，当怀疑和责任感什么的混杂在一起，它往往极迅速地嬗变为结论，一切推理都会朝一个主观的方向滑行……

△在任何时候，在任何情况之下，倘对出于高尚冲动而死的人，哪怕他们死得并不其所——表现出即使一点点儿轻佻，也是有人心的。是的，你可以为之遗憾，但请别趁机轻佻……

△那些挥霍无度的男人和那些终日沉湎于享乐的女人——当他们和她们凑在一起的时候，人生便显得癫狂又迷醉。但，仅此而已。我们知道，这样的人生其实并没太大的意思，更惶论什么意义了……

△同样的策略，女性用以对付男性，永远比男人技高一筹，稳操胜券……

激 情

△人的诉说愿望，尤其女人的，一旦寻找到机会，便如决堤之水，一泻千里，直到流干为止……

△某些时候，众人被一种互相影响的心态所驱使而做的事，大抵很难停止在最初的愿望。好比许多厨子合做一顿菜，结果做出来的肯定和他们原先商议想要做成的不是一道菜。在此种情况下，理性往往受到嘲笑和轻蔑。而激情和冲动，甚至盲动，往往成为最具凝聚力和感召力的精神号角。在此种情况之下，人人似乎都有机会有可能像三军统帅一样一呼百应千应万应——而那正是人人平素企盼过的，因而这样的时候对于年轻的心是近乎神圣的。那种冲动和激情嚣荡起的漩涡，仿佛是异常辉煌的，魅力无穷的，谁被吸住了就会沉入蛮顽之底……

虔 诚

△追悼便是活人对死的一种现实的体验，它使生和死似乎不再是两件根本不同的事，而不过是同一件事的两种说法了。这使虔诚的人加心怀虔诚，使并不怎么虔诚的人暗暗感到罪过。这样虔诚乃

是人类最为奇特的虔诚，肯定地高于人对人产生崇拜时那种虔诚。相比之下，前者即使超乎寻常也被视为正常，而后者即便寻常也会显得做作……

△即使神话或童话以一种心潮澎湃的激越之情和一种高亢昂奋的自己首先坚信不疑的腔调讲述，也会使人觉得像一位多血质的国家元首的就职演说，故而，多血质的人可以做将军，但不适于出任国家元首。因为他们往往会把现实中的百姓带往神话或童话涅槃……

△普遍的人们，无论男人抑或女人，年轻的抑或年老的，就潜意识而言，无不有一种渴望生活戏剧化的心理倾向。因为生活不是戏剧，人类才创造了戏剧以弥补生活持久情况之下的庸常。许多人的许多行为，可归结到企图摆脱庸常这一心理命题。大抵，越戏剧化越引人入胜……

△于今天的年轻人，虔诚并非一种值得保持的可贵的东西。不错，即使他们之中说得上虔诚的男孩儿和女孩儿，那虔诚亦如同蝴蝶对花的虔诚。而蝴蝶的虔诚是从不属于某一朵花的。他们的虔诚——如果确有的话，是既广泛又复杂的。像蒲公英或芦棒，不管谁猛吹一口气，便似大雪纷纷。他们好比是积雨云——只要与另一团积雨云摩擦，就狂风大作，就闪电，就雷鸣，就云若泼墨，天地玄黄，大雨倾盆。但下过也就下过了。通常下的是阵雨。与积云不同的是——却并不消耗自己……

△人们在散步的时候，尤其在散步的时候，即使对一句并不睿智，并不真值得一笑的话，也往往会慷慨地赠予投其所好的一笑。

人们的表情拍卖,在散步的时候是又廉价又大方的……

权　威

　　△一种权威,如果充分证明了那的确是一种权威的话,如果首先依恃它的人一点儿不怀疑它的存在的话,那么看来,无论在何时何地,它就不但是真实存在的,而且是可以驾驭任何人任何一种局面的。在似乎最无权威可言的时候和情况下,普通的人,其本质上,都在盼望着有人重新管理他们的理性,并限制他们的冲动。人,原来天生是对绝对的自由忍耐不了多久的。我们恐惧自己行为的任性和放纵,和我们有时逆反和逃避权威的心理是一样的。我们逃避权威永远是一时的,如同幼儿园的儿童逃避阿姨是一时的。我们本质上离不开一切权威。这几乎是我们一切人的终生的习惯。无论我们自己愿意或不愿意承认,事实如此……

　　给表上一次弦,起码走二十四小时。

　　给人一次"无政府主义"的机会,哪怕是他们自己选择的,起码二十四年内人们自己首先再不愿经历。于权威而言"无政府主义"更是大多数人所极容易厌倦的……

希　望

　　△希望是某种要付出很高代价的东西。希望本身无疑是精神的

享受，也许还是世界上最主要的精神的享受。但是，像其他所有不适当地受着的快乐一样，希望过奢定会受到绝望之痛的惩罚。某种危险的希望，不是理性的，所期待产生的不合乎规律的事件，而不过是希望者的要求罢了。危险的希望改变了正常的过程，从根本上说，是只能破坏实现什么的普遍规则的……

△行动总是比无动于衷更具影响力。任何一种行动本身便是一种影响，任何一种行动本身都能起到一种带动性。不过有时这种带动性是心理的，精神的，情绪的，潜意识的，内在的，不易被判断的。而另一些时候则会产生趋之若鹜的从众现象……

爱

△爱是一种病。每一种病都有它的领域：疯狂发生于脑，腰痛来自椎骨；爱的痛苦则源于自由神经系统，由结膜纤维构成的神经网。情欲的根本奥秘，就隐藏在那看不见的网状组织里。这个神经系统发生故障或有缺陷就必然导致爱的痛苦，呈现的全是化学物质的冲击和波浪式的冲动。那里织着渴望和热情，自尊的嫉恨。直觉在那里主宰一切，完全信赖于肉体。因为它将人的生命的原始本能老老实实地表达出来。理性在那里不过是闯入的"第三者"……

△男人结婚前对女人的好处很多——看电影为她们买票，乘车为她们占座，进屋为她们开门，在饭店吃饭为她们买单，写情书供她们解闷儿，表演"海誓山盟"的连续剧被她们观赏……

结婚以后，男人则使她们成为烹饪名家——"那一天在外边吃的一道菜色香味儿俱全，你也得学着做做！"还锻炼她们的生活能力——"怎么连电视机插头也不会修？怎么连保险丝也不会接？怎么连路也不记得？怎么连……"

最终女人什么都会了，成了男人的优秀女仆。男人还善于培养她们各种美德，控制她们花钱教导她们"节俭"，用"结了婚的女人还打扮什么"这句话教导她们保持"朴实"本色。用纠缠别的女人的方式来使她习惯于"容忍"，用"别臭美啦"这句话来使她们懂得怎样才算"谦虚"……但如果一个女人漂亮，则一切全都反了过来……

△我时常觉得，一根联系自己和某种旧东西的韧性很强的脐带断了。我原是很习惯于从那旧东西吸收什么的，尽管它使我贫血，使我营养不良。而它如今什么也不能再输导给我了。它本身稀释了，淡化了，像冰溶为一汪水一样。脐带一断，婴儿落在接生婆血淋淋的双手中。我却感到，自己那根脐带不是被剪断的，它分明是被扭扯断的，是被拽断的，是打了个死结被磨断的。我感到自己仿佛是由万米高空坠下，没有地面，甚至也没有水面，只有一双血淋淋的接生婆的手……

而我已不是一个婴儿，是一个男人，一个长成了男人的当代婴儿，一个自由落体……我只有重新成长一次。我虽已长成一个男人，可还不善于吸收和消化生活提供给我的新"食物"。我的牙齿习惯于咬碎一切坚硬的带壳的东西，而生活提供给我的新"食物"，既不坚硬也不带壳。它是软的,粘的,还粘牙,容易消化却难以吸收……我必须换一个胃么?我必须大换血么? 我更常常觉得我并没有被一双手真正托住。或者更准确地说,我并没有踏在地上,而不过是站在一双手上……大人们,不是常常让婴儿那么被他们的双手托着的么?……

嬗　变

△人间英雄主义的因子如果太多了,将阻碍人的正常呼吸……

△骆驼有时会气冲斗牛,突然发狂。阿拉伯牧人看情况不对,就把上衣扔给骆驼,让它践踏,让它噬咬得粉碎,等它把气出完,它便跟主人和好如初,又温温顺顺的了……

聪明的独裁者们也懂得这一点的。

△讲究是精神的要素,与物质财富并没有太直接的关系。满汉全席可以是一种讲究,青菜豆腐也是一种讲究。物质生活不讲究的社会,很少讲究精神生活,因为精神观念是整体的……

△现在的人们变得过分复杂的一个佐记,便是通俗歌曲的歌词越来越简单明了……

△破裂从正中观察,大抵是对称的射纹现象——东西,事件,和人的关系,都是这样……

△信赖是不能和利益一样放在天平上去称的。

△友情一经被精明所利用,便会像钻石变成了碎玻璃一样不值

一文……

△一次普通的热吻大约消耗九个卡路里,亲三百八十五次嘴儿足可减轻体重半公斤。由此可见,爱不但是精神的活动,而且是物质的运动……

△友情和所谓"哥儿们义气"是有本质区别的。"哥们儿义气"连流氓身上也具有,是维系流氓无产者之间普遍关系的链条。而友情是从人心通向人心的虹桥……

理 解

△ 生活中原本是有误会和误解存在的。谁没误解别人?谁没被人误解过?误会和误解,倘被离间与挑唆所谋,必然会造成细碎的过节儿和不泯的仇憎。品格优良的人,对误会和误解的存在,应以正常的原则对待,便不至于给小人们以可乘之机。误会和误解也便不会多么持久……

△在生活中,成心制造的误会和误解并不比梅雨季节阴湿墙角生出的狗尿蘑少,因而我们有些人才变得处处格外谨小慎微,唯恐稍有疏忽。成了这一类"误会"和"误解"的牺牲品……

△某一类人存在,某一类事注定发生;好比有蛹的存在,注定有蝇的孵出……

△尽管现实之人际正变得虚伪险诈,但并非已到了"他人皆地狱"的程度。只要我们稍微留意,便不难观察到,常言"他人皆地狱"

者，其实大抵活得相当快意，一点儿也不像在地狱之中受煎熬——人们，千万要和他们保持距离啊！

△宽忍而无原则，其实是另一种怯懦……

△我们每个人都有遭到流氓袭击和欺辱的可能性。倘是我，绝不怯懦。我也有男人的拳头，还有人人都有的牙齿，可做自卫之"武器"。流氓可以杀死我，但我会咬下流氓的一只耳朵，或者抠出他的一只眼睛，甚至夺下凶器，于血泊之中，也捅流氓一刀！即或捅其不死，也要令其惨叫起来……

流氓不只在下流的地方存在，也不见得靴中藏刀——总之我们要使他们惧我们，而不要怕他们……

人　格

△人，不但要有起码的保护自己生命的主动意识，也应有维护自己尊严的主动意识。一个连自己保护自己的冲动都丝毫没有的人，当他夸夸其谈对他人对社会的任何一方面的责任感时，是胡扯……

△中国许多方面的问题，或曰许多方面的毛病，不在于做着的人们，而在于不做或什么也做不了或根本就什么也不想做的甚至连看着别人做都来气的人。做着的人，即使也有怨气怒气，大抵是一时的。他们规定给自己的使命不是宣泄，而是做。不做或什么也做不了或根本就什么也不想做甚至连看着别人做都气不打一处来的人，才有太多的工夫宣泄。因为他们气不打一处来，所以他们总处

在生气的状态下。所以他们总需要宣泄。宣泄一次后，很快就又憋足了另一股气。这股气那股气无尽的怨气怒气邪气，沉瀣一气，氤氲一体，抑而久之，泻而浩之，便成人文方面的灾难……

△我常和人们争论——我以为做人之基本原则是，你根本不必去学怎样做人。所谓会做人的人，和一个本色的人，完全两码事。再会做人的人，归根到底，也不过就是"会做人"而已。一个"会"字，恰说明他或她是在"做"而不是"作为"。

我绝不与"会做人"的人深交。这样的人使我不信任。因为他或她在接受我的信任或希望获得我的信任时，我怎知他或她那不是在"做"？想想吧，一个人，尤其一个男人，"会做人"地活着而不是作为一个人地活着，不使人反感么？倘我是一个女人，无论那样的男人多么风流倜傥，多么英俊潇洒，我也是爱不起来的。除非我和他一样，都是"做"人的行家。我简直无法想象一个女人和一个善于"做"人的男人睡觉那一种古怪感觉。那，爱可真叫是"做"爱了……

△我们在对文字过分谨慎地加以修饰的同时，在我们最初的思想和感情经过打扮的同时，"最初的"思想和情感也便死亡了。不，我要写的不是那样的一篇东西。绝对地不是。绝对地并不那样写。我要我的笔直接地从我的头脑和心灵之中扯出丝缕。它可断了再连起来，但我不允许我的笔像纺锤一样纺它。它从我头脑和心灵之中扯出的丝缕，当然应该是属于"最初的"那一种。毛糙而真实。爱憎之情，必是"最初的"。正如冬季里的一个晴日，房檐是冰溶化滴下的水滴，在它欲落未落的那一瞬间它才是它，之前和之后它都

不是它，也就不是什么最初的……

珍　惜

△每个人内心里其实都应有一个小宝盒——收藏着点值得珍惜的东西。我们所做之事，有时既不但为着别人，同时也为着我们自己。人需要给自己的记忆保留些值得将来回忆一下的事情。当我们老了的时候，我们的回忆足以向我们自己和我们的下一代证明，人生中还是不乏温馨和美好的。这一个小宝盒是轻易不可打开示人的。一旦打开来，内心的宝贵便顷刻风化……

女　人

△事实上，一个男人永远也无法了解一个女人。他无论怎样努力，都是深入不到女人的心灵内部去的。女人的心灵是一个宇宙，男人的心灵不过是一个星球而已。站在任何一个星球上观察宇宙，即使借助望远镜，你又能知道多少？了解多少呢？……

△女人无论成为一个什么样的女人，都有希望被某个男人充分理解的渴望——女人对女人的理解无论多么全面而且深刻，都是不能使她们获得慰藉的。这好比守在泉眼边而渴望一钵水，她们要的不是水，还有那个盛水的钵子……还不明白这个道理的女人，不是一个成熟的女人。有些女人，在她们刚刚踏入生活不久，便明白了

这个道理。她们是幸运的。有些女人，在她们向这个世界告别的时候，也许还一直没弄明白这个道理。她们真是不幸得很……

△好女人是一所学校。

△一个好男人通过一个好女人走向世界……

△一个男人的一百个男朋友，也没有一个好女人好；一个男人的一百个男朋友，也不能替代一个好女人。好女人是一种教育。好女人身上散发着一种清丽的春风化雨般的妙不可言的气息，她是好男人寻找自己，走向自己，然后又豪迈地走向人生的百折不挠的力量……

好女人使人向上。事情往往是这样；男人很疲惫，男人很迷惘，男人很痛苦，男人很狂躁；而好女人更温和，好女人更冷静，好女人更有耐心，好女人最肯牺牲。好女人暖化了男人，同时弥补了男人的不完整和幼稚……

△当你走向战场和类似战场的生活，身后有一位好女人相送，那死也不是可怕的了！当你感到身心疲惫透顶的时候，一只温暖的手放在你的额头，一觉醒来，你又成了朝气蓬勃的人。当你糊涂又懒散，自卑自叹，丧失了目标，好女人温柔的指责和鞭策，会使你羞惭地进行自省……

△女人是因为产生了爱情才成为女人的。

爱　情

△爱情乃是人生诸事业中最重要的事业，是其他事业的阶梯；

其他事业皆攀此阶梯而达到某种高度。这一事业的成败，可使有天才的人成为伟人，也可使有天才的人成为庸人……

△人道，人性，爱，当某一天我们将这些字用金液书写在我们共和国的法典和旗帜上的时候，我们的人民才能自觉地迈入一个文明的时代并享受到真正的文明。因为这些字乃是人类全部语言中最美好的语言，全部词汇中最美好的词汇。人，在一切物质之中，在一切物质之上，那么人道，人性，爱，也必在人类的一切原则之上……

△人道乃是人类尊重生命的道德；人性乃是人类尊重人的悟性；而爱证明，人不但和动物一样有心脏，还有动物没有的心灵……

△每一个人都有自己的帆。有的人一生也没有扬起过他或她的帆；有的人刚一扬起他或她的帆就被风撕破了，不得不一辈子停泊在某一个死湾；有的人的帆，将他或她带往名利场，他或她的帆不过变成了缎带上的一枚徽章，随着时间的流逝而失去光泽；而有的人的帆，直至他或她年高岁老的时候，仍带给他或她生命的骄傲……

△有一类年轻女性，在她们做了妻子之后，她们的心灵和性情，依然如天真纯良的少女一般。她们是造物主播向人间的稀奇而宝贵的种子。世界因她们的存在，而保持清丽的诗意。生活因她们的存在，而奏出动听的谐音。男人因她们的存在，而确信活着是美好的。她们本能地向人类证明，女人存在的意义，不是为世界助长雄风，而是向生活注入柔情……

△受伤的蚌用珠来补它们的壳……

△没有一个女人，任何一个家庭都不是完整的家庭。人类首先

创造了"女人"二字,其后才创造了"家庭"一词。女人,对于男人们来说,意味着温暖、柔情、抚慰、欢乐和幸福。有男人的刚强,有男人的隐忍,有男人的自信,有男人的勇敢,甚至也有男人的爱好和兴趣……但是男人们没有过属于他们自己的幸福。是的,从来没有过。而只有女人们带给男人们,并为他们不断设计,不断完善,不断增加,不断美化的幸福。"幸福"是一个女性化的词。

年 轮

△每个人的一生都有几个年龄界线,使人对生命产生一种紧迫感,一种惶惑。二十五岁、三十岁、三十五岁……二十五岁之前我们总以为我们的生活还没开始,而青春正从我们身旁一天天悄然逝去。当我们不经意地就跨过了这人生的第一个界线后,我们才往往大吃一惊,但那被诗人们赞美为"黄金岁月"的年华却已永不属于人们。我们不免对前头两个界线望而却步。幻想着能逗留在二十五岁和三十岁之间。这之间的年华,如同阳光映在壁上的亮影,你看不出它的移动。你一旦发现它确是移动了,白天已然接近黄昏,它暗了,马上就要消失,于是你懵懵懂懂地跨过了人生的第二个界线,仿佛被谁从后猛推一掌,跌入一个本不想进入的门槛……

△即使旧巢毁坏了,燕子也要在那个地方盘旋几圈才飞向别处,这是生物本能;即使家庭分化解体了,儿女也要回到家里看看再考虑自己今后的生活打算,这是人性。恰恰相反的是——动物和禽类

几乎从不在毁坏了巢穴的地方继续栖身,而人则几乎一定要在那样的地方重建家园……

△在山林中与野兽历久周旋的猎人,疲惫地回到他所栖身的那个山洞,往草堆上一倒,许是要说一句——"总算到家了"吧?……即便不说,我想,他内心里也是定会有那份儿感觉的吧?云游天下的旅者,某夜投宿于陋栈野店,头往枕上一挨,许是要说一句——"总算到家了"吧?……即便不说,我想,他内心里也是定会有那份儿感觉的吧?

一位当总经理的友人,有次邀我到乡下小住,一踏入农户的小院,竟情不自禁地说:"总算到家了!"

他的话使我愕然良久……

切莫猜疑他们夫妻关系不佳,其实很好的。

为什么,人会将一个洞、一处野店,乃至别人家,当成自己"家"呢?

我思索了数日,终于恍然大悟——原来人人除了自己的躯壳需要一个家而外,心灵也需要一个"家"的。至于那究竟是一处怎样的所在,却因人而异了……

心灵的"家"乃是心灵得以休憩的地方。休憩的代名词当然是"请勿打扰"。

是的,任何人的心灵都是需要休憩的——所以心灵有时候不得不从人的家里出走,找寻到自己的"家"……

遗憾的是,几乎我们每一个人都有家,而我们疲惫的心灵却似无家可归的流浪儿。朋友,你倘以这种体验去听潘美辰的歌《我想有个家》，难免不泪如泉涌……

谎　言

△谎言是有惯性的。当它刹住，甩出的是真实……

△友情好比一瓶酒，封存的时间越长，价值则越高；而一旦启封，还不够一个酒鬼滥饮一次……

△男人在骗人的时候比他一向更巧舌如簧；女人在要骗人的时候比她一向更漂亮多情……

△男人宁愿一面拥着女人的娇体，吻着她的香唇，同时听着她娓娓动听的关于爱的谎言；而不愿女人庄重地声明她内心里的真话——"我根本不爱你"……使我们简直没法说，男人在这种时候究竟是幻想主义者还是现实主义者。由此可见，幻想主义和现实主义，在特殊情况之下是可以统一的。拥吻着现实而做超现实的幻想，睁大眼睛看看，我们差不多都在这么活着……

△因为在生活中没有所谓"平等"可言乃是大的前提，所以人在游戏时有时候力求定下诸多"平等"的原则……

△几乎每一个人都极言自己的活法并不轻松，可是几乎每一个人都不肯轻易改变自己的活法，足见每一个人都具有仿佛本能的明智——告诉他或她，属于他或她的活法，也许最好是目前的活法……

△言论自由的妙处在于——当你想说什么就可以说什么的时候，我们大多数人似乎便无话可说了……

△在聚餐点菜的时候，我们常常可以发现民主的负面……

△当护士在你的臀部打针的时候，你若联想到你敬畏而又轻蔑的某些大人物的屁股上，也必留下过针眼儿，你定会暗自一笑，心里平和许多……

△人：给我公平！

时代：那是什么？

人：和别人一样的一切！

时代：你和哪些别人一样？

人　生

△时代抛弃将自己整个儿预售给他人的人，犹如旅者扔掉穿烂的鞋子……

△朋友，你一定也留意过秋天落叶吧？一些半黄半绿的叶子，浮在平静的水面上，向我们预示着秋天的最初的迹象。秋天的树叶是比夏天的树叶更美丽的。阳光和秋风给它们涂上了金黄色的边儿。金黄色的边儿略略向内卷着，仿佛是被巧手细致地做成那样的，仿佛是要将中间的包裹起来似的。那，也与夏天的绿不同了。少了些翠嫩，多了些釉青。叶子的经络，也显得格外的分明了，像血管，看去仍有生命力在呼吸……它们的叶柄居然都高翘着，一致地朝向前方，像一艘艘古阿拉伯的海船……树是一种生命。叶亦是一种生命。当明年树上长出新叶时，眼前这些落叶早已腐烂了。它们一旦

从树上落下，除了拾标本的女孩儿，谁还关注它们？而这恰恰是它们两种色彩集于一身，变得最美丽的时候。而使它们变得美丽的，竟是死亡的色彩……

人也是绝不能第二次重度自己的某一个季节的，故古人诗曰——莫道桑榆晚，为霞尚满天。人呵，钟爱自己的每一个人生季节吧！也许这世界上只有钱这种东西才是越贬值越重要的东西。生活的的确确是张着大口要每一个人不停地用钱喂它。而每一个人又都不得不如此。随处可见那样一些人，他们用钱饲喂生活，如同小孩儿用糖果饲喂杂技团铁笼子里的熊一般慷慨大方。而不把生活当成那样的熊的人，则经常最感缺少的竟是钱……

△对女人们的建议——像女人那样活着，像男人那样办事……

△在人欲横流的社会，善良和性行为同样都应有所节制。无节制的前者导致愚蠢。无节制的后者——我们都已知道，导致艾滋病……

△美好的事物之所以美好，恰在于恰当的比例和适当的成分。酵母能使蒸出来的馒头雪白暄软，却也同样能使馒头发酸……

△是的，每一个人都有向谁述说的愿望，或曰本能。幸运的人和不幸的人都是如此。在这一点上，人的内心世界是很渺小的。幸运稍微多一点儿或者不幸稍微大一点儿，就会从心里溢出来，所谓水满自流……

△我的同代人是这样的一些人——如同大潮退后被遗留在沙滩上的鱼群，在生活中啪啪嗒嗒地蹦跳着，大张着他们干渴的嘴巴，

大咧着他们鲜红的腮，挣扎而落下一片片鳞，遍体伤痕却呈现出令人触目惊心的、活下去的生命力。正是那样一种久经磨砺的生命力，仿佛向世人宣言，只要再一次大潮将他们送回水中，他们虽然遍体伤痕但都不会死去。他们都不是娇贵的鱼。他们将在水中冲洗掉磨进了他们躯体的尖锐的沙粒……

然而时代作用于他们的悲剧性在于——属于他们的大潮已过……

△男人是通过爱女人才爱生活的……

△为什么那么多人觉得表达出享受生活的愿望仿佛是羞耻的？其实这种愿望是隐瞒不住的。就像咳嗽一样，不管人怎样压制，它最终还是会真实地表现出来……

△女人如果不能够靠自己的灵性寻找到一个真实的自我，那么她充其量最终只能成为某一男人的附属品。一切对人生的抱怨之词大抵是从这样的女人口中散播的。而实际上这样的女人又最容易对人生感到满足。只要生活赐给她们一个外表挺帅的男人她们就会闭上嘴巴的。即使别人向她们指出，那个男人实际上朽木不可雕也，她们仍会充满幻想地回答：可以生长香菇。她自己就是香菇……

△对于一个男人，任何一个有魅力的女人，要取代一个死去了的女人在他心灵中的位置的话，绝不比用石块砸开一颗核桃难。不管她生前他曾多么爱她。而反过来则不一样……

△大多数女人天生比男人的心灵更钟于情爱……

△人生有三种关系是值得特别珍惜的——初恋之情，患难之交，

中学同学之间的友谊。中学同学是有别于大学同学的。大学同学，因为"大"了，则普遍是理性所宥的关系，难免掺杂世故的成分。但在中学同学之间，则可能保持一种少男少女纯本的真诚。在中学同学之间，即使后来学得很世故的人，往往也会羞于施展。就算当上了总统的人，见了中学时代的好朋友，也愿暂时忘记自己是总统，而见了大学同学，却会不由自主地时常提醒自己，别忘了自己已然是总统⋯⋯

△哀伤并不因谁希望它有多久，就能在人心里常驻⋯⋯

△世上没有利用不完的东西。人对人的利用是最要付出代价的，而且是最容易贬值的⋯⋯

△几乎所有的人，当心灵开始堕落的时候，起初都认为这世界变邪了⋯⋯

△宁静的正确含义是这样的——它时时提醒我们这世界是不宁静的⋯⋯

△我们通常所说作"灵魂"的东西，恐怕原本未必是那么不喜欢孤独的东西，恐怕原本未必是那么耐不住寂寞的。也许恰恰相反，不喜欢孤独的是人自身，耐不住寂寞的也是人自身。而"灵魂"，其实是个时时刻刻伺机寻求独立时时刻刻企图背叛人却又无法彻底实现独立的东西⋯⋯

△看电影是娱乐，办丧事也容易导向娱乐，而且是可以身心投入的娱乐。是可以充当主角、配角、有名次的群众演员和一般性无名次的群众演员娱乐。大办便意味着有大场面，有大情节，有大高潮⋯⋯

△能够使心灵得以安宁的爱情,无论于男人抑或女人,都不啻是一件幸事。安宁之中的亲昵才适合氤氲出温馨,而温馨将会长久地营养爱情。

△爱情的真谛可以理解为如下的过程——第一是爱上一个人。第二是被一个人所爱。第三,至关重要的是,祈求上帝赐助两者同时发生……

△医治失恋并无什么灵丹妙药,只有一个古老的偏方——时间,加上别的姑娘或女人……

△中国的贫穷家庭的主妇们,对生活的承受力和耐忍力是极可敬的。她们凭一种本能对未来充满憧憬,虽然这憧憬是朦胧的、盲目的,带有虚构的主观色彩的。她们的孩子,是她们这种憧憬中的"佛光"……

姑　娘

△九十年代的姑娘有九十年代的特点。或者毫无思想。毫无思想而又"彻底解放",也便谈不上有多少实在的感情。或者仿佛是女哲人,自以为是女哲人。年纪轻轻的便很"哲"起来,似乎至少已经活了一百多岁,已经将人间世界看得毕透一般。人便觉得那不是姑娘,而是尤物。即令美得如花似玉,也不过就是如花似玉的尤物。这两类,都叫我替她们的青春惋惜。又有九十年代的心理艾滋病传染着她们——玩世不恭。真正地玩世不恭,也算是一种玩到家

了的境界。装模作样的玩世不恭，那是病态。九十年代的姑娘装模作样的玩世不恭，和封建社会思春不禁的公主小姐们装模作样地假正经，一码事。

△一个男人二十多岁时认为非常好的姑娘，到了三十五六岁回忆起来还认为非常好，那就真是好姑娘了。在二十多岁的青年眼中，姑娘便是姑娘。在三十五六岁以上年龄的男人眼中，姑娘是女人。这就得要命。但男人们大抵如此。所以大抵只有青年或年轻人，才能真正感到一个"姑娘"的美点。到了"男人"这个年龄，觉得一个姑娘很美，实在是觉得一个女人很美。这之间是有区别的。其区别犹如蝴蝶和彩蛾……

△二十岁缺少出风头的足够勇气和资本，三十岁起码因此吸取了一两次教训。二十五岁，二十五岁，这真是年轻人最最渴望出风头的年龄！年轻人爱出风头，除了由于姑娘们的存在，难道不会因为别的什么刺激吗？只有小伙子在一起的情况下，最爱出风头的他们，也没多大兴致出风头。正如只有姑娘在一起的情况下，连最爱打扮的她们，也没多大兴致打扮自己。出风头实在是小伙子们为姑娘们打扮自己的特殊方式——你说一名在演兵场上操练的士兵如果出风头，只不过是企图博取长官的夸奖？那么士兵企图博取长官的夸奖是为了什么呢？为了改变领章和肩章的星豆？为了由列兵而上等兵？为了由上等兵而下士？为了由下士而……可这一切归根结底又是为什么呢？尽管演兵场附近没有姑娘的影子……

△爱情方面的幸福，不过是人心的一种纯粹自我的感觉。心灵

是复杂而微妙的东西。幸福并不靠别人的判断才得出结论。一个人倘真的认为他是幸福的，那么他便无疑是幸福的……

△我们曾经从自诩自恃的"无产阶级"的立场所呕呕指斥的"小资产阶级"的情调，我认为实实在在是人类非常普遍的富有诗意的情调。我们的生活中如果断然没有了这一种情调，那真不知少男少女们会变成什么样子？恋爱中的年轻人怎么彼此相爱？而我们的生活又将会变成什么样子？

孤 独

△有两种人对孤独最缺少耐受力。一种是内心极其空旷的人。一种是内心极其丰富的人。空旷，便渴望从外界获得充实。丰富，则希图向外界施加影响。而渴望从外界获得充实的孤独在比希图向外界施加影响的孤独可怕得多，它不是使人的心灵变得麻木，就是使人的心灵变得疯狂……

空旷的心灵极易被幽暗笼罩。而人类情感的诗意和崇高的冲动会在这样的心灵中消退，低下的欲念和潜意识层的邪恶会在这样的心灵中萌生，像野草茂长在乱石之间。

书

△书，是一代人对另一代人的精神馈赠。是历史的遗言。是时

代的自由。是社会的"维生素"。是人类文明的"助推器"。各种愚事,当人读一本好书时,就仿佛冰烤向火一样,渐渐化解。它把我们生活中寂寞的晨光变成精神享受时刻。它是我们的"船",带领我们从狭隘的内心世界驶向明天无垠广阔的精神海洋……

忍　让

△在昆虫方面,毛毛虫变成美丽的蝴蝶;而在人,为什么常常反过来?为什么我们会这么长久,这么长久地容忍这一种丑恶的嬗变?

△我们每个人都根本无法预测,将会有怎样的悲剧突然降临在我们头上。等你从某种祸事或不幸中愕醒,你或许已经失去了原先的生活,以及一切维系那种生活的条件。仍面临着另一种从前绝不曾想到过的严峻生活、整个世界仿佛在你面前倾斜了。在这种情况下——人能忍受自己,便能忍受一切。

△阳光底下,再悲惨、再恐怖的事情,都能以人的胸襟和对生命的热爱而将它包容。人类正是靠了这一种伟大的能力繁衍到今天。

怀　念

△怀念,这是人作为人的最本质的,最单纯的,最自己的,最顽固的权利,它为心所拥有。当人心连这种任什么人的什么威慑也

无法剥夺的权利都主动放弃了，人心就不过是血的泵罢了……

△富有者的空虚与贫穷者的空虚是同样深刻的，前者有时甚至比后者更咄咄逼人。抵御后者不过靠本能，而抵御前者却要靠睿智的自觉。对贫穷的人来说，富人的空虚是"矫情"；对富人来说，穷人的空虚是"破罐子破摔"——两种人都无法深入对方的心灵里去体验。这种互相无法体验的心理状态只能产生一种情绪，那就是彼此的敌意……

中国的富有者们当然没有培养起抵御富有了之后的那一种空虚的睿智。他们被时代倒提着双脚一下子扔在了享乐的海绵堆上。他们觉得很舒服，但未免同时有种不落实的悬空感。富有而睿智的人是未来社会的理想公民，但他们不可能是今天富有而空虚的人们的后代，正如不可能是今天的贫穷而"破罐子破摔"的人们的后代……

享乐的海绵堆也是能吞没人的。

△中国人尊崇"伯乐"，西方人相信自己。

"伯乐"是一种文化和文明的国粹。故中国人总在那儿祈祷被别人发现的幸运，而西方人更靠自己发现自己。十位"伯乐"的价值永远也不如一匹真正的千里马更有价值。如果"伯乐"只会相马，马种的进化便会致"伯乐"们的失业。对马，"伯乐"是"伯乐"们的失业；对人，"伯乐"今天包含有"靠山"和"保护人"的意思……

△所谓"正统"的思想之于我的某些同代人们，诚如旧童装之对于长大了的少女，她们有时容忍不了别人将她们贬为"过时货"，乃是因为她们穿着它们确曾可爱过。时代之所以是延续的，正由于

只能在一代人的内心里结束。而历史告诉我们,这个过程比葡萄晒成干儿的时间要长得多……

△大多数人在学会了与生活"和平共处"的时候,往往最能原谅自己变成了滑头,但却并不允许自己变成恶棍。可以做到聆听滑头哲学保持沉默,但毕竟很难修行到容忍恶棍理论冒充新《道德经》的地步……

而人类的希望也许正体现在这一点上。

△对于三十多岁的女人,生日是沮丧的加法。

三十三岁的女人,即或漂亮,也是谈不上"水灵"的。她们是熟透了的果子。生活是果库,家庭是塑料袋儿,年龄是贮存期。她们的一切美点,在三十三岁这一贮存期达到了完善——如果确有美点的话。熟透了的果子是最不易贮存的果子。需要贮存的东西是难以保留的东西。三十三岁是女人生命链环中的一段牛皮筋,生活、家庭既能伸长它又能老化它。这就是某些女人为什么三十四岁了三十五岁了三十六岁了依然觉得自己逗留在三十三岁上,依然使别人觉得她们仍像三十三岁的缘故,这是某些女人为什么一过三十三岁就像秋末的园林般没了色彩没了生机一片萧瑟的缘故……

△某类好丈夫如同好裁缝,家庭是他们从生活这匹布上裁下来的。他们具备剪裁的技巧。他们掂掇生活,努力不被生活所掂掇。与别的男人相比较而言,他们最优秀之处是他们善于做一个好丈夫。而他们的短处是他们终生超越不了这个"最"。如果他们娶了一个对生活的欲望太多太强的女人,是他们的大不幸,随遇而安的女人

嫁给他们算是嫁着了……

△女人需要自己的家乃是女人的第二本能。在这一点上，她们像海狸。普通的女人尤其需要自己的家，哪怕像个小窝一样的家。嘲笑她们这一点的男人，自以为是在嘲笑平庸。他们那种"超凡脱俗"的心态不但虚伪而且肤浅。他们忘了他们成为男人之前无一个不是在女人们构造的"窝"里长大的。不过人类筑窝营巢的技巧和本领比动物或虫鸟高明罢了……

△喜欢照镜子的男人绝不少于喜欢照镜子的女人。女人常一边照镜子一边化妆和修饰自己。男人常对着镜子久久地凝视自己，如同凝视一个陌生者，如同在研究他们为什么是那个样子。女人既易接受自己，习惯自己，钟爱自己，也总想要改变自己。男人既苦于排斥自己，怀疑自己，否定自己，也总想要认清自己……

大多数女人迷惘地寻找着属于自己的那一个男人。大多数男人迷惘地寻找着自我。

男人寻找不到自我的时候，便像小儿童一样投入到女人的怀抱……

男人是永远的相对值。

女人是永远的绝对值。

女人被认为是一个人之后，即或仍保留着某些孩子的天性，其灵魂却永不再是孩子。所以她们总是希望被当作纯洁烂漫的儿童。男人被认为是一个男人之后，即或刮鳞一样将孩子的某些天性从身上刮得一干二净，其灵魂仍趋向于孩子。所以他们总爱装"男子汉"。

事实上哪一个男人都仅能寻找到自己的一部分，甚至很小的一部分。正如哪一个女人都不能寻找到一个不使自己失望的"男子汉"一样……

△女人是男人的小数点，她标在人生的哪一阶段，往往决定一个男人成为什么样的男人。夸父若有一个好女人为伴，大概不至于妄自尊大到去逐日而累死的地步……

我们看到高大强壮伟岸挺拔的男人挽着娇小柔弱的女人信心十足地走着，万勿以为他必是她的"护花神"，她离了他难以生活；其实她对于他可能更重要，谁保护着谁很不一定……爱神、美神、命运之神、死神、战神、和平之神、胜利之神乃至艺术之神都被想象为女人塑造为女人，不是没有原因的。我们勘查人类的心理历程，在最成熟的某一阶段，也不难发现儿童天性的某些特点，实乃因为人类永远有一半男人。女性化的民族如果没有出息，不是因为女人在数量上太多，而是因为男人在质量上太劣……

一个苦于寻找不到自我才投入女人怀抱的男人，终将会使他意识到，他根本不是她要寻找的男人，而不过是延长断奶期的孩子。对于负数式的男人，女人这个小数点没有意义……

女人给她们爱的男人也给她自己生一个孩子，他们互相的爱才不再是小猫小狗之间的亲昵而已……

△婚前与婚后，是男人和女人的爱之两个境界。无论他们为了做夫妻，曾怎样花前月下，曾怎样山盟海誓；如胶似漆、形影不离、耳鬓厮磨卿卿我我，曾怎样同各自的命运挣扎拼斗破釜沉舟孤注一

掷不成功便成仁，一旦他们真正实现了终于睡在经法律批准的同一张床上的夙愿，不久便会觉得他们那张床不过就是水库中的一张木筏而已。爱之狂风暴雨，闪电雷鸣过后，水库的平静既是宜人的也是庸常的……

△现实真厉害，它冷漠地改变着我们每一个人做人的原则和处世的教养……

没有一种人生不是残缺不全的……

任何人也休想抓住一个属于自己的完整的人生句号。我们只能抓毁它。抓到手一段大弧或小弧而已。那是句号的残骸。无论怎样认真书写，那仍像一个或大或小的逗号。越描越像逗号。人的生命在胚胎时期便酷似一个逗号。所以生命的形式便是一个逗号。死亡本身才是个句号。

△生活有时就像一个巨大的振荡器。它白天发动，夜晚停止。人像沙砾，在它开始振荡的时候，随之跳跃、互相摩擦。在互相摩擦中遍体鳞伤。在它停止之时随之停止。只有停止了下来才真正感到疲惫，感到晕眩，感到迷惑，感到颓丧，产生怀疑，产生不满，产生幽怨，产生悲观。而当它又振荡起来的时候，又随之跳跃和摩擦。在跳跃和摩擦着的时候，认为生活本来就该是这样的，盲目地兴奋着和幸福着。白天夜晚，失望——希望，自怜——自信，自抑——自扬，这乃是人的本质。日日夜夜，循环不已，这乃是生活的惯力……

△满足是幸福的一种形式；比较是痛苦的一种形式；忘却是自由的一种形式……

△一千年以前的蜜蜂构筑的巢绝不比今天的蜂巢差劲儿多少。一千年以后的蜜蜂大概还要构筑同样的六边形。蜜蜂世界竟是那么一个恒久的有序世界。细想一想，真替我们人类沮丧，几万年来人类在追求着自身的理想王国，可至今人类世界依然乱糟糟的……

一千年以后人类还能从蜂蜜中提取出什么来呢？……

岁　月

△男人需要某一个女人的时候，那个女人大抵总是会成为世界上最好的女人；为了连男人自己也根本不相信的赞语，女人便常将自己作为回报……

△成人有时想象死亡，正如儿童之有时想象长大……

△四十岁以后的女人最易对悄然去悄然来的岁月产生恐惧，对生命之仿佛倏然枯萎的现象产生惊悸。她们的老就像一株老榕树，在她们内心里盘根错节，遮成不透雨不透阳光暗幽幽闷郁郁阴凄凄的一个独立王国。她们的情感只能在它的缝隙中如同一只只萤火虫似的钻飞。那神奇的昆虫尾部发出的磷光在她们内心聚不到一起，形成不了哪怕是一小片明媚的照耀，只不过细细碎碎闪闪烁烁地存在而已。幸运的是，当她们过了五十岁以后，反而对皱纹和白发泰然处之了。如此看来，"老"是人，尤其是女人很快便会习惯的某一过程……

△一个幸福家庭和主妇，有时也会渴望再度成为独身女子，那

是对个体复归的本能的向往……

△我们每个人多像被杂技表演者旋转了又顶在木棍上的盘子，不是继续旋转，便是倒下去被弃于一隅……

△美国人喜爱"超人"。创造出男"超人"，继而又创造出女"超人"，满足他们的男人们和女人们的"超人"欲。英国人喜爱"福尔摩斯"。"福尔摩斯"被他们的崇尚绅士派头的老一辈忘掉了，他们的新一代便创造出"007"，让他在全世界各地神出鬼没，一边与各种肤色的女人们忙里偷闲地寻欢作乐，一边潇潇洒洒地屡建奇功。法国的男人和女人几乎个顶个地幻想各式各样的爱情；生活中没有罗曼蒂克对他们就像菜没有盐一样。中国人却喜爱"包公"，世世代代地喜爱着，一直喜爱至今天。没有了"包公"，对中国人来说是非常之沮丧的事……

△在我们的生活中，自私自利和个性独立，像劣酒和酒精一样常被混为一谈，这真可耻。

△"老"是丑的最高明的化妆师。因而人们仅以美和丑对男人和女人的外表进行评论，从不对老人们进行同样的评论。老人是人类的同一化的复归。普遍的男人们和女人们对普遍的老人们的尊敬，乃是人类对自身的同一化的普遍认可。

△今天，在城市，贫穷已不足以引起普遍的同情和怜悯。也许恰恰相反。而富有，哪怕仅仅是富有，则足以使许多人刮目相视了。一个以富为荣的时代正咄咄地逼近着人们。它是一个庞然大物，它是巨鳄，它是复苏的远古恐龙。人们闻到了它的潮腥气味儿。人们

都感到了它凶强而猛健的呼吸，可以任富人骑到它的背上，甚至愿意为他们表演节目，绝不过问他们是怎样富的。在它爬行过的路上，它会将贫穷的人践踏在脚爪之下，他们将在它巨大的身躯下变为泥土。于是连不富的人们，也惶惶地装出富者的样子，以迎合它嫌贫爱富的习性，并幻想着也能够爬到它的背上去。它笨拙地、然而一往无前地爬将过来，用它那巨大的爪子拨拉着人。当它爬过之后，将他们分为穷的，较穷的，富的，较富的和极富的。它用它的爪子对人世重新进行排列组合。它将冷漠地吞吃一切阻碍它爬行的事物，包括人。它唯独不吞吃贫穷。它将贫穷留待人自己去对付……

△女人不能同时兼备可敬和可爱两种光彩。女人若使男人觉得可爱，必得舍弃可敬的披风……

△人们宁肯彻底遗忘掉自己的天性，而不肯稍忘自己在别人的眼里是怎样的人或应该是一个怎样的人。人们习惯了贴近别人看待我们的一成不变的眼光，唯恐自己一旦天性复归，破坏了自己在别人心目中的形象。所以，和人忘乎所以玩一小时，胜过和人交往一年对人的认识……

我如何面对困境

小蕙：

你来信命我谈谈对人生"逆境"所持的态度，这就迫使我不得不回顾自己匆匆活到四十七岁的半截人生。结果，我竟没把握判断，自己是否真的遭遇过什么所谓人生的"逆境"？

我曾不止一次被请到大学去，对大学生谈"人生"，仿佛我是一位相当有资格大谈此命题的作家。而我总是一再地推脱，声明我的人生迄今为止，实在是平淡得很，平常得很，既无浪漫，也无苦难，更无任何传奇色彩。对方却往往会说，你经历过"三年自然灾害"时期，经历过"文革"，经历过"上山下乡"，怎可说没什么谈的呢？其实这是几乎整整一代人的大致相同的人生经历。个体的我，摆放在总体中看，真是丝毫也不足为奇的。

比如我小的时候家里很穷，从懂事起至下乡为止，没穿过几次新衣服。小学六年，年年是"免费生"。初中三年，每个学期都享受二级"助学金"。初三了，自尊心很强了，却常从收破烂的邻居的破烂筐里翻找鞋穿，哪怕颜色不同，样式不同，都是左脚鞋或都是右脚鞋，在买不起鞋穿的无奈情况下，也就只好胡乱穿了去上学……有时我自己回想起来，以为便是"逆境"了。后来我推翻了自己的以为，因在当年，我周围皆是一片贫困。

倘说贫困毫无疑问是一种人生"逆境"，那么我倒可以大言不惭地说，我对贫困，自小便有一种积极主动的、努力使自己和家人在贫困之中也尽量生活得好一点儿的本能。我小学五六年级就开始粉刷房屋了。初中的我，已不但是一个出色的粉刷工，而且是一个很棒的泥瓦匠了。炉子、火墙、火炕，都是我率领着弟弟们每年拆了砌，砌了拆，越砌越好。没有砖，就推着小车到建筑工地去捡碎砖。我家住的，在"大跃进"年代由临时女工们几天内突击盖起来的房子，幸亏有我当年从里到外地一年多次的维修，才一年年仍可住下去。我家几乎每年粉刷一次，甚至两次，而且要喷出花儿或图案，你知道一种水纹式的墙围图案如何产生么？说来简单——将石灰浆兑好了颜色，再将一条抹布拧成麻花状，沾了灰浆往墙上依序列滚动，那是我当年的发明。每次，双手被灰浆所烧，几个月后方能褪尽皮。在哈尔滨那一条当年极脏的小街上，在我们那个大杂院里，我家门上，却常贴着"卫生红旗"。每年春节，同院儿的大人孩子，都羡慕我家屋子粉刷得那么白，有那么不可思议的图案。那不是欢乐是什么呢？不是幸福感又是什么呢？

下乡后，我从未产生跑回城里的念头。跑回城里又怎样呢？没工作，让父母和弟弟妹妹也替自己发愁么？自从我当上了小学教师，我曾想,如果我将来落户了,我家的小泥房是盖在村东头还是村西头呢?哪一个女知青愿意爱我这个全没了返城门路打算落户于北大荒的穷家小子呢?如果连不漂亮的女知青竟也没有肯做我妻子的,那么就让我去追求一个当地人的女儿吧!

面对所谓命运,我从少年时起,就是一个极冷静的现实主义者。我对人生的憧憬,目标从来定得很近很近,很低很低,很现实很现实。想象有时也是爱想象的,但那也只不过是一种早期的精神上的"创作活动",一扭头就会面对现实,做好自己在现实中首先最该做好的事,哪怕是在别人看来最乏味儿最不值得认真对待的事。

后来我调到了团宣传股。这是我人生中的第一次"上升阶段"。再后来我又被从团机关"精简"了,实际上是一种惩罚,因为我对某些团首长缺乏敬意,还因为我同情一个在看病期间跑回城市探家的知青。于是我被贬到木材加工厂抬大木。

那是一次从"上升阶段"的直接"沦落",连原先的小学教师都当不成了,于是似乎真的体会到了身处"逆境"的滋味儿,于是也就只有咬紧牙关忍。如今想来,那似乎也不能算是"逆境",因为在我之前,许多男知青,已然在木材厂抬着木头了。抬了好几年了。别的知青抬得,我为什么抬不得?为什么我抬了,就一定是"逆境"呢?

后来我被推荐上了大学。我的人生不但又"上升"了,而且"飞跃"了,成了几十万知青中的幸运者。

在大学我因议论"四人帮",成为上了"另册"的学生。又因一张汇单,遭几名同学合谋陷害,几乎被视为变相的贼。那些日子,当然也是谈不上"逆境"的,只不过不顺遂罢了。而我的态度是该硬就硬,毕不了业就毕不了业,回北大荒就回北大荒。一次,因我说了一句对"四人帮"不敬的话,一名同学指着我道:"你再重复一遍!"我就当众又重复了一遍,并将从兵团带去的一柄匕首往桌上一插,大声说:"你他妈的可以去汇报!不会判我死刑吧?只要我活着,我出狱那一天,你的不安定的日子就来了!无论你分配到哪儿,我都会去找到你,杀了你!看清楚了,就用这把匕首!"

那事儿竟无人敢去汇报。

毕业时我的鉴定中多了一条别的同学所没有的——"与'四人帮'作过斗争"。想想怪可笑的,也不过就是一名青年学生对"四人帮"的倒行逆施说了些激愤的话罢了。但当年我更主要的策略是逃,一有机会,就离开学校,暂时摆脱心理上的压迫,甚至在一个上海知青的姨妈家,在上海郊区一个叫朱家桥的小镇上,一住就是几个星期……

这些都是一个幸运者当年的不顺遂,尽管也埋伏着人生的凶险,但都非大凶险,可以凭了自己的策略对付的小凶险而已。

一名高干子弟,我的一名知青战友,曾将他当年的日记给我看。他下乡第二年就参军去了,在北戴河当后勤兵,喂猪。他的日记中,满是"逆境"中人如坠无边苦海的"磨难经"——而当年在别的同代人看来,成了一名光荣的解放军战士,又是何等幸运何等梦寐以求的事啊!

鲁迅先生当年曾经说过家道中落之人更能体会世态炎凉的话。我以为，于所谓的"逆境"而言，也似乎只有某些曾万般顺遂、仿佛前程锦绣之人，一朝突然跌落在厄运中，于懵懂后所深深体会的感受，以及所调整的人生态度，才更是经验吧？好比公子一旦落难，便有了戏有了书。而一个诞生于穷乡僻壤的人，于贫困之中呱呱坠地，直至于贫困之中死去，在他临死之前问他关于"逆境"的体会及思想，他倒极可能困惑不知所答呢！

　　至于我，回顾过去，的确仅有些人生路上的小小不顺遂而已。实在是不敢妄谈"逆境"。而如今对于人生的态度，是比青少年时期更现实主义了。若我患病，就会想，许多人都患病的，凭什么我例外？若我生癌，也会想，不少杰出的人都不幸生了癌，凭什么上帝非呵护于我？若我惨遭车祸，会想，车祸几乎是每天发生的。总之我以后的生命，无论这样或那样了，都不再会认为自己是多么的不幸了。知道了许许多多别人命运的大跌宕，大苦难，大绝望，大抗争，我常想，若将不顺遂也当成"逆境"去谈，只怕是活得太矫情了呢！……

晓声

1996年6月30日

我养鱼，我养花

我也爱鱼。我也爱花。人长一双眼睛，总希望看到些悦目的颜色，总希望看到些美丽的东西。否则岂非辜负了自己的一双眼睛么？"赏心悦目"这个词，其实很应该反过来说的。首先目悦之，而后心赏之，难道不是吗？

如今的生活，已经变得相当丰富多彩了。可我几乎是个足不出户的人，终日伏案写作，抬头是墙，扭头是窗。窗的对面仍是墙——别的一幢楼的墙。目所见的颜色是极其单调的，心所赏的景物是极其局限的。久而久之，便觉得自己仿佛是一只小小盒子里的蜥蜴，于是对悦目的颜色和美丽的东西油然而生强烈的渴望……

我愿窗台上常有花儿开着，我愿桌上常有鱼儿在鱼缸里游着，使我在凝神思考之际有什么值得睇视的东西看着。为了满足自己这心愿，我便买了花盆和花，买了鱼缸和鱼。

先说花。我喜欢那些好看的草花，也就是老百姓说的"家常花"。不敢青睐那些名贵的花。它们太娇气，侍弄不得法，便会无可救药地死去。而我，又不可能像一位专宠专爱的郎君，太分心在它们身上。"家常花"则耐活多了。每天别忘了浇水，晒晒阳光，大抵就会慷慨地开放。即或几天内忘了浇水，忘了晒阳光，发现它们枯了萎了，"将功补过"一般也是来得及的。我曾从外地千里迢迢地带回家几盆花，但因易地之故，水土不服，都死了。当然，也有我的责任——照料不够。在我和花的关系中，坦率地说，我承认我一向较自私。花儿一厢情愿为我开，我为花儿服务却不够。一本书上讲，从这种现象似可判断一个男人对女性的态度。像我这样的男人，在对待女性的态度方面，又似该列入那么一种类型——也企盼着女性钟情于己，却不怎么能为人家做出牺牲。我扪心自问，觉得并不尽然，颇怀疑那本书的分析的科学性。但转而一想，也完全可能那本书的分析并不错，是我自己不能勇于正视自己的本来面目。不过呢，纵然那本书的分析千真万确，我拿不可救药的自己也没什么好办法了。无非时时告诫自己，疏远女性，只拈花惹草而已。花草，吾所欲也。女性，亦吾所欲也。但花草较之女性，毕竟有似是而非的不同。于前者，缺乏责任感，不过是粗心罢了。于后者，则是男人的德行问题了。

现在的我，对花已培养起了几分责任感。虽谈不上"只恐夜深花睡去，故烧高烛照红妆"，该浇点水的时候浇水，该沐浴阳光的时候搬到阳光底下去，这些起码的责任还是能尽到的。我尽到了起码的责任，我养的那些"家常花"，也就为我无私地示翠绿，吐嫣红。我本对它们也没太高的期待，也就极满足了。并不想获得李清照那种"知否,知否,应是绿肥红瘦"的寂雅闲情,也不想获得秦观那种"有情芍药含春泪,无力蔷薇卧晓枝"的感怀怅心。倒是有几分曹组那种"著意闻时不肯香,香在无心处"的意外欣喜……

我望着我养的一些"家常花"开了,总会联想到胡适的几句话——花儿开了／我笑了／我觉花儿是为我开的了／我心里也像有花儿开了／花儿觉我是为它笑了／花儿开得也像笑了……记不很清了。大概就是这么个意思。我欣赏的不是胡适先生的诗句本身,而是他这几句诗话的意思。意思比他的诗句本身有意思。一个人能在细微处生愉悦,是怪难得的。我从养些"家常花"获得了这一点,便觉自己怪难得的,比以前的自己怪难得的……

再说鱼。我养的都是金鱼,品种最一般的金鱼。逛早市的时候买的,最贵的一元五一条,便宜的一元钱两条。一元钱在今天居然能买两条有生命的小东西,有时甚至可以买到四条,你不能不认为这是一元钱所能买到的最美丽的东西了。我买的鱼儿们,在品种上被归为"草鱼"一类。在我看来,鱼儿能像它们那样美丽,也就够美丽的了。而且,它们的可贵处,像我养的"家常花",都是很耐活的。我最先只买了两条,养在一个圆形的小鱼缸里。后来又买了两条,养在一个较大的方形鱼缸里。再后来索性又买了几条,共同养在一个更大的鱼缸里。鱼缸大,桌上是不能摆了,只好摆在阳台上。坐在窗前写小说,抬头可见金鱼在鱼缸里悠然自得地游,便觉得自己改善了自己寂寂甘苦的创作生涯。心中别是一种自慰。我对鱼儿们比对花儿们更有责任感些。每天按时喂食。隔几日换一次水,尽量使它们在清洁的水中活着。它们游得不生动了，我便会细细地透过鱼缸观察，怕它们病了。因为和花儿相比，鱼儿更是生命啊！死了一条鱼儿，也更比死了一株花儿感到内疚。最初的十几条鱼儿，本是养得很好的。鳞光闪耀，鳍尾透亮，在颇大的鱼缸里生活得相当"幸福"。后来妻说，鱼缸够大，理应多养些——一大片游过来，一大片游过去，那多好看。我一想象，也觉那将是很壮观的情形。于是又买了十几条。结果，就开始不停地死。可能新买来的鱼儿，在卖鱼人的鱼盆里饿着的，所以到了我这儿，必然抢食吃，有的便撑死了。也可能是鱼儿增多了，水中的氧不够了，有的闷死了。当然，也不排除新买的鱼儿有传染病的原因。总之，几乎"全军覆灭"。有一天从早到晚竟死了七条……

那几天我什么事儿也顾不上了，长时间地守在鱼缸前。有鱼蔫了，便捞出，放另一缸里单养，往水中兑药，抢救了几条鱼儿的生命……

养鱼使我对小生命培养起了尊重，以及更大的责任感。我想，既然我把它们买回家了，那么，也就意味着，上帝将它们交由我来照料了。对它们的生死，我岂能麻木不仁呢？为了养好它们，我特意买了一册北京出版社出的书《金鱼》。当然，也为它们置备了充氧器，滤水器……现在，在我的"关照"下，鱼儿们又"幸福"起来……

归根结底，虽然我为花儿和鱼儿付了点儿精力和时间，但它们也给我带来了生活的情趣儿。尽管我养的不过是一些"家常花"和最普通最便宜的鱼儿……

我所站在的弧上

有些现象是相似的——比如树的年轮、比如靶环、比如影碟和音碟细密的纹,甚至,比如声波……

于是我常想,以上种种,正好比社会群体之构成和排列吧?

在我的主观中,越来越认为社会是环状的。某环之外,一环又一环,环环相吻。反之,某环之内,亦是如此。

环的正中,是实心的。就像圆的中心一样,是一个点。这个点非常主要。没有此点,圆不成其为圆。因而这个点,在中国的政治术语中,又叫"核心"。"核心"只能有一个。若居然有了两个或几个,圆就不圆了。

社会人群,一环一环地,围绕此"核心"而自然分布。以其差不多的生存状态,聚集为同一环链。

社会的阶层越细密,环越多。

那么,我就常问自己——我这位作家,站在社会之哪一环的哪一段弧上呢?

在中国，作家是可以站在离"核心"较近的某一环的某一段弧上的。如果此时作家的眼还向内圈看，那么他或她一定是短视的，因为这是由视野的半径所决定着的。

所以，我一向要求自己向外圈闪退，站在能离外圈较近的某一环的某一段弧上。

这样，对于作家的创作有一个好处——向内圈看，能看明白中国的大举措是怎么酝酿的，怎么成熟的，怎么发生的，便较为可能地对中国形成可靠的大感觉。而转身向外圈看，则能较清楚地看到芸芸众生的生存形态。我们都知道的，芸芸众生一向生存在社会构成的外圈……

我出自他们之中。我自认为相当熟悉他们。我不愿远离了他们。因为除了这一种熟悉，另外的熟悉不太能引起我创作的直接冲动。比如对当代文人的熟悉，对演艺圈的熟悉，对某几类官员以及某几类商人的熟悉……

其实，我已经被我所熟悉的群体排除于外了。但是，对于其他的群体，我又实在不愿跻身其中……

所以，我常觉我的处境是尴尬的。

我站在一段并不容纳我的弧上。尽管如此，以我的眼向社会最边缘的几环上看，仍能较清楚地看到一群群疲惫的人们。他们的疲惫，我认为绝非我的夸张。我相信我的眼的可靠，因而，我不禁地同情疲惫的人们……

疲惫的人们不是不想潇洒，不是不愿潇洒，而是没起码的前提潇洒，便只有疲惫下去。

人生真相

仅仅为了生存而被自己根本不愿做的事情牢牢粘住一生的人越来越少;每一个人只要努力做好自己必须做的事情,只要自己愿意做的事情不脱离实际,终将有机会满足一下或间接满足一下自己的"愿意"。

人活着就得做事情。

古今中外,无一人活着而居然可以不做什么事情。连婴儿也不例外。吮奶便是婴儿所做的事情,不许他做他便哭闹不休,许他做了他便乖而安静。广论之,连蚊子也要做事:吸血。连蚯蚓也要做事:钻地。

一个人一生所做之事,可以从许多方面来归纳——比如善事恶事,好事坏事,雅事俗事,大事小事……等等。

世上一切人之一生所做的事情,也可用更简单的方式加以区分,那就是无外乎——愿意做的、必须做的、不愿意做的。

古今中外,上下数千年,任何一个曾活过的人们,正活着的人们的一生，皆交叉记录着自己们愿意做的事情、必须做的事情、不愿意做的事情。即将出生的人们的一生，注定了也还是如此这般。

细细想来，古今中外，一生仅做自己愿意做的事情，但凡不愿意做的事情可以一概不做的人，极少极少。大约，根本没有过吧？从前的国王皇帝们还要上朝议政呢，那不见得是他们天天都愿意做的事。

有些人却一生都在做着自己不愿意做的事情。比如他或她的职业绝不是自己愿意的，但若改变却千难万难，"难于上青天"。不说古代，不论外国，仅在中国，仅在二十几年前，这样一些终生无奈的人比比皆是。

而我们大多数人的一生，其实只不过都在整日做着自己们必须做的事情。日复一日，渐渐地，我们对我们那么愿意做，曾特别向往去做的事情漠然了。甚至，再连想也不去想了。仿佛我们的头脑之中对那些曾特别向往去做的事情，从来也没产生过试图一做的欲念似的。即使那些事情做起来并不需要什么望洋兴叹的资格和资本。日复一日地，渐渐地，我们变成了一些生命流程仅仅被必须做的、杂七杂八的事情注入得满满的人。我们只祈祷我们千万别被自己不愿意做的事情粘住了。果而如祈，我们则已谢天谢地，大觉幸运了。甚至会觉得顺顺当当地过了挺好的一生。

我想，这乃是所谓人生的真相之一吧？一生仅做自己愿意做的事情，凡不愿意做的事情可以一概不做的人，我们就不必太羡慕了吧！衰老、生病、死亡，这些事任谁都是躲不过的。生病就得住院，住院就得接受治疗。治疗不仅是医生的事情，也是需要病人配合着做的事情。某些治疗的漫长阶段比某些病本身更痛苦。于是人最不愿意做的事情，一下子成了自己必须做的事情。到后来为了生命，最不愿做的事情不但变成了必须做的事情，而且变成了最愿做好的事情。倒是唯恐别人认为自己做得不够好进而不愿意在自己的努力配合之下尽职尽责了。

我们且不说那些一生被自己不愿做的事情牢牢粘住，百般无奈的人了吧！他们也未必注定了全没他们的幸运。比如他们中有人一听做胃镜检查这件事就脸色大变，竟幸运地有一副从未疼过的胃，一生连粒胃药也没吃过。比如他们中有人一听动手术就心惊胆战，竟幸运地一生也没躺上过手术台。比如他们中有人最怕死得艰难，竟幸运地死得很安详，一点儿痛苦也没经受，忽然地就死了，或死在熟睡之中。有的死前还哼着歌洗了人生的最后一次热水澡，且换上了一套新的睡衣……

我们还是了解一下我们自己，亦即这世界上大多数人的人生真相吧！

我们必须做的事情，首先是那些意味着我们人生支点的事情。我们一旦连这些事情也不做，或做得不努力，我们的人生就失去了稳定性，甚而不能延续下去。比如我们每人总得有一份工作，总得有一份收入。于是有单位的人总得天天上班；自由职业者不能太随性，该勤奋之时就得自己要求自己孜孜不倦。这世界上极少数的人之所以是幸运的，幸运就幸运在——必须做的事情恰也同时是自己愿意做的事情。大多数人无此幸运。大多数人有了一份工作有了一份收入就已然不错。在就业机会竞争激烈的时代，纵然非是自己愿意做的事情，也得当成一种低质量的幸运来看待。即使打算摆脱，也无不掂量再三，思前虑后，犹犹豫豫。

因为对于我们大多数人而言，我们整日必须做的事情，往往不仅关乎我们自己的人生，也关乎种种的责任和义务。比如父母对子女的、夫妻双方的、长子长女对弟弟妹妹的等等。这些责任和义务，使那些我们寻常之人整日必须做的事情具有了超乎于愿意不愿意之上的性质。并随之具有了特殊的意义。这一种特殊的意义，纵然不比那些我们愿意做的事情对于我们自己更快乐，也比那些事情显得更重要，更值得。

我们做我们必须做的事情，有时恰恰是为了因而有朝一日可以无忧无虑地做我们愿意做的事情。普遍的规律也大抵如此。一些人勤勤恳恳地做他们必须做的事情，数年如一日，甚至十几年二十几年如一日，人生终于柳暗花明，终于得以有条件去做自己愿意做的事情了。其条件当然首先是自己为自己创造的。这当然得有这样的前提——自己所愿意做的事情，自己一直惦记在心，一直向往着去做，一直并没泯灭了念头……

我们做我们必须做的事情，有时恰恰不是为了因而有朝一日可以无忧无虑地做我们愿意做的事情。我们往往已看得分明，我们愿意做的事情，并不由于我们将我们必须做的事做得多么努力做得多么无可指责而离我们近了；相反，却日复一日地，渐渐地离我们远了，成了注定与我们的人生错过的事情。不管我们一直怎样惦记在心，一直怎样向往着去做。但我们却仍那么努力那么无可指责地做着我们必须做的事情。为了什么呢？为了下一代，为了下一代得以最大程度地做他们和她们愿意做的事；为了他们和她们不再完全被动地与自己的人生眼睁睁错过；为了他们和她们，具有最大的人生能动性，不被那些自己根本不愿意做的事粘住，使自己必须做的事与自己愿意做的事协调地相一致起来。起码部分地相一致起来。起码不重蹈我们自己人生的覆辙，因了整日陷于必须做的事而彻底断送了试图一做自己愿意做的事情的条件和机会。

社会是赖于上一代如此这般的牺牲精神而进步的。

下一代人也是赖于上一代人如此这般的牺牲精神而大受其益的。

有些父母为什么宁肯自己坚持着去干体力难支的繁重劳动，或退休以后也还要无怨无悔地去做一份收入极低微的工作呢？为了子女们能够接受高等教育，从而使子女们的人生顺利地靠近他们愿意做的事情。

"可怜天下父母心"这句话，在这一点上，实在是应该改成"可敬天下父母心"的。而子女们倘竟不能理解此点，则实在是可悲可叹啊。

最令人同情的是这样一些人——他们终于像放下沉重的十字架一样，摆脱了自己必须做甚而不愿意做却做了几乎整整一生的事情；终于有一天长舒一口气自己对自己说——现在，我可要去做我愿意做的事情了。那事情也许只不过是回老家看看，或到某地去旅游，甚或，只不过是坐一次飞机，乘一次海船……而死神却突然来牵他或她的手了……

所以，我对出身贫寒的青年们进一言，倘有了能力，先不必只一件件去做自己愿意做的事情。要想一想，自己怎么就有了这样的能力？完全靠的自己？含辛茹苦的父母做了哪些牺牲？并且要及时地问："爸爸妈妈，你们一生最愿意做的事情是些什么事情？咱们现在就做那样的事情！为了你们心里的那一份长久的期望！……"

我的一位当了经理的青年朋友就这样问过自己的父母，在今年的春节前——而他的父母吞吞吐吐说出来的却是，他们想离开城市重温几天小时候的农村生活。

当儿子的大为诧异：那我带着公司员工去农村玩过几次了，你们怎么不提出来呢？

父母道：我们两个老人，慢慢腾腾的，跟了去还不拖累你玩不快活呀！

当儿子的不禁默想，进而戚然。

春节期间，他坚决地回绝了一切应酬，是陪父母在京郊农村度过的……

我们憧憬的理想社会是这样的：仅仅为了生存而被自己根本不愿做的事情牢牢粘住一生的人越来越少；每一个人只要努力做好自己必须做的事情，只要自己愿意做的事情不脱离实际，终将有机会满足一下或间接满足一下自己的"愿意"。

据我分析，大多数人们愿意做的事情，其实还都是一些不失自知之明的事情。

时代毕竟进步了。

标志之一也是——活得不失自知之明的人越来越多而非越来越少了。

尽管我们大多数人依然还都在做着我们整日必须做的事情，但这些事情随着时代的进步，与我们的人生的关系已变得越来越灵活，越来越宽松，使我们开始有相对自主的时间和精力顾及我们愿意做的事情，不使之成为泡影。重要的倒是，我们自己是否还像从前那么全凭"必须"这一种惯性活着……

我们都知道的，金钱除了不能解决生死问题，除了不能一向成功地收买法律，几乎可以解决、至少可以淡化人面临的许许多多困扰。

我们大多数世人，或更具体地说——百分之九十甚至百分之九十五以上的世人，与金钱到底是一种什么样的关系呢？我的意思是在说，或者是在问，或者仅仅是在想——那种关系果真像我们人类的文化和对自身的认识经验所记录的那样，竟是贪而无足的么？

我感觉到这样的一种情况，即在我们人类的文化和对自身认识的经验中，教诲我们人类应对金钱持怎样的态度和理念，是由来久矣并且多而又多的；但分析和研究我们与金钱之关系的真相的思想成果，却很少很少。似乎我们人类与金钱的关系，仅仅是由我们应对金钱持怎样的态度来决定的。似乎只要我们接受了某种对金钱的正确的理念，金钱对我们就是无足轻重的东西了，对我们就会完全丧失吸引力了。

在我们人类与金钱的关系中，某种假设正确的理念，真的能起特别重要的作用吗？果而那样，思想岂不简直万能了吗？

在全世界，在人类的古代，金即是钱；即是通用币；即是永恒的财富。百锭之金往往意味着佳食锦衣，唤奴使婢的生活。所有富人的日子一旦受到威胁，首先将金物及价值接近着金的珠宝埋藏起来。所以直到现在，虽然普遍之人的日常生活早已不受金的影响，在谈论钱的时候，却仍习惯于二字合并。

在今天，在中国，"文化"已是一个泡沫化了的词，已是一个被泛淡得失去了"本身义"并被无限"引申义"了的词。不是一切有历史的事物都能顺理成章地构成一种文化。事物仅仅有历史只不过是历史悠久的事物。纵然在那悠久的历史中事物一再地演变过，其演变的过程也不足以自然而然地构成一种文化。

只有我们人类对某一事物积累了一定量的思想认识，并且传承以文字的记载，并且在大文化系统之中占据特殊的意义，某一事物才算是一种文化"化"了的事物。

这是我的个人观点。而即使此观点特别容易引起争议，我们若以此观点来谈论金钱，并且首先从"金钱文化"说起，大约是不会错到哪里去的。

外国和中国的一切古典思想家们，有一位算一位，哪一位不曾谈论过人与金钱的关系呢？可以这么认为，自从金钱开始介入我们人类的生存形态那一天起，人类的头脑便开始产生着对于金钱的思想或曰意识形态了。它们一而再,再而三地呈现在童话、神话、民间文学、士人文学、戏剧以及后来的影视作品和大众传媒里。它们的全部的教诲,一言以蔽之,用教义最浅白的"济公活佛圣训"中的一句话来概括那就是——"死后一文带不去,一旦无常万事休"。

数千年以来,"金钱文化"对人类的这种教诲的初衷几乎不曾丝毫改变过,可谓谆谆复谆谆,用心良苦。只有在现当代的经济学理论成果中,才偶尔涉及我们人类与金钱之关系的真相,却也每几笔带过,点到为止。

那真相我以为便是——其实我们人类之大多数对金钱所持的态度,非但不像"金钱文化"从来渲染的那么一味贪婪,细分析,简直还相当理性,相当朴素,相当有度。

奴隶追求的是自由。

诗人追求的是传世。

科学家追求的是成果。

文艺家追求的是经典。

史学家追求的是真实。

思想家追求的是影响。

政治家追求的是稳定……

而小百姓追求的只不过是丰衣足食,无病无灾,无忧无虑的小康生活罢了。倘是工人,无非希望企业兴旺,从而确保自己们的收入养家度日不成问题;倘是农民,无非希望风调雨顺,亩产高一点儿,售出容易点儿;倘是小商小贩,无非希望有个长久的摊位,税种合理,不积货,薄利多销……

如此看来,大多数世人虽然每天都生活在这个由金钱所推转着的世界上,每一个日子都离不开金钱这一种东西,甚而我们的双手每天都至少点数过一次金钱,我们的心里每天都至少盘算过一次金钱,但并不因而都梦想着有朝一日成为富豪或资本家,银行账户上存着千万亿万,于是大过奢侈的生活,于是认为奢侈高贵便是幸福……

真的,细分析,我确确实实地觉得,人类之大多数对金钱所持的态度,从过去到现在甚至包括将来,其实一向是很健康的。

一直不健康的或温和一点儿说不怎么健康的,恰恰是"金钱文化"本身。这一种文化几乎每天干扰我们对这个世界的正常视听、要求和愿望,似乎企图使我们彻底地变成仅此一种文化的受众,从而使其本身变成摇钱树。这一种文化的一个显著的特征那就是——当其在表现人的时候几乎永远只有一个角度,无非人和金钱的关系,再加点性和权谋。它的模式是——"那公司那经理那女人,和那一大笔钱"。

我们大多数世人每天受着这一种文化的污染,而我们对金钱的态度却仍相当理性,相当朴素,相当有度。我简直不能不这样赞叹——大多数世人活得真是难能可贵!

再细加分析,具体的一个人,无论男女,无论有一个穷爸爸还是富爸爸,其一生皆大致可分为如下阶段:

童年——以亲情满足为最大满足的阶段。

少年——以自尊满足为最大满足的阶段。

青年——以爱情满足为最大满足的阶段。

中年前期——以事业满足为最大满足的阶段。

中年后期——以金钱满足为最大也许还是最后满足的阶段。

老年前期——以自尊满足为最大满足的阶段。

老年后期——以亲情满足为最大满足的阶段……

大多数人大抵如此，少数人不在其列。

人，尤其男人，在中年后期，往往会与金钱发生撕扯不开的纠缠关系。这乃因为——他在爱情和事业两方面，可能有一方面忽然感到是失败的，甚或两方面都感到是失败的、沮丧的。也许那是一个事实，也许仅仅是他自己误入了什么迷津；还因为中年后期的男人，是家庭责任压力最大的人生阶段，缓解那压力仅靠个人作为已觉力不从心，于是意识里生出对金钱的幻想。我们都知道的，金钱除了不能解决生死问题，除了不能一向成功地收买法律，几乎可以解决至少可以淡化人面临的许许多多困扰。但普遍而言，中年后期的男人已具有与其年龄相一致的理性了。他们对金钱的幻想仅仅是幻想罢了。并且，这幻想折叠在内心里，往往是不说道的。某些男人在中年后期又有事业的新篇章和爱情的新情节，他们便也不会把金钱看得过重。

在经济发达的国家，人们的追求，包括对人生享受的追求，往往呈现着与金钱没有直接关系的现象。"金钱文化"在那些国家里也许照旧地花样翻新，但对人们的意识已经不足以构成深刻的重要的影响。我们留心一下便不难得出这样的结论——那些国家的文化的文艺的和传媒的主流内容往往是关于爱、生、死、家庭伦理和人类道德趋向以及人类大命运的。或者，纯粹是娱乐的。

因为在那些国家里，中产阶级生活已经是不难实现的。

而中产阶级，乃是一个与金钱的关系最自然，最得体，最有分寸的阶级。

在经济落后的国家，普遍的人们也反而不太产生对金钱的强烈又痛苦的幻想。因为那接近着是梦想。他们对金钱的愿望被自己限制得很低很低，于是金钱反而最容易成为带给他们满足的东西。

在发展中国家，特别在由经济落后国家向经济振兴国家迅速过渡的国家，其文化随之嬗变的一个显著事实就是——"金钱文化"同步地迅速繁衍和对大文化系统的蚕食，和对人们日常生活的方方面面的几乎无孔不入的侵略式影响。人面对之，要么采取个人式的抵御姿态；要么接受它的冲击它的洗脑，最终变得有点儿像金钱崇拜者了。在这样的国家这样的时代，充斥于文化、文艺和媒体的经常的主要的内容，往往是关于金钱这一种东西的。在这样的国家这样的时代，文化和文艺往往几乎已经丧失掉了向人们讲述一个纯粹的，与金钱不发生瓜葛的爱情故事的能力。因为这样的爱情故事已不合人们的胃口，或曰已不合时宜，被认为浅薄了。于是通俗歌曲异军突起，将文化和文艺丧失了的元素吸收去变成为自身存在的养分。通俗歌曲的受众是青少年，是以对爱情的向往为向往，以对爱情的满足为满足的群体。他们沉湎于通俗歌曲为之编织的爱情帷幔中，就其潜意识而言，往往意味着不愿长大，逃避长大——因为长大后，将不得不面对金钱的左右和困扰。

在这样的国家这样的时代，贫富迅速分化，差距迅速悬殊，人对金钱的基本需求和底线一番番被刷新。相对于有些人，那底线不断地不明智地一次次攀升；相对于另一些人，那底线不断地不得已地一次次跌降。前者往往可能由于不能居住于富人区而混乱了人与金钱的关系；后者则往往可能由于连生存都无法为计而产生了人对金钱的偏狂理解。

归根结底，不是人的错，更不是时代的错，也当然不是金钱的错，而只不过是——在特殊的历史阶段，人和金钱贴紧于同一段社会通道之中了。当同时钻出以后，人和金钱两种本质上不同的东西（姑且也将人叫作东西吧），又会分开来，保持必要的距离，仅在最日常的情况之下发生最日常的"亲密接触"。

那时，大多数人就可以这样诚实又平淡地说了：金钱么？它不是唯一使我万分激动的东西；也不是唯一使我惴惴不安的东西。更不是我人生中唯一重要的东西。我必须有足够花用的金钱，而我的情况正是这样。

归根结底，爱国主义——正是由这一种人对金钱相当理性，相当朴素，相当有度，因而相当良好的感觉来决定的。

哪一个国家使它的人民与金钱的关系如此这般着了，它的人民便几乎无须被教导，自然而然地爱着他们的国了……

人生的意义在于承担

我曾多次被问到"人生有什么意义?"往往,"人生"之后还要加上"究竟"二字。

我想,"人生有什么意义"这一个问题,从本质上说,是从"现在时"出发对"将来时"的一种叩问,是对自身命运的一种叩问。世界上只有人才关心自身的命运问题。"命运"一词,意味着将来怎样。它绝不是一个仅仅反映"现在时"的词。

"人生有什么意义"这一个问题与人的思想活动有关,古今中外,解答可谓千般百种,形形色色。我也回答过这一问题,可每次的回答都不尽相同,每次的回答自己都不满意。

一般而言,儿童和少年不太会问"人生有什么意义"的话,他们倒是很相信人生总归是有些意义的,专等他们长大了去体会。老年人也不太会问"人生有什么意义"的话,问谁呢?中年人常问"人生有什么意义",相互问一句,或自说自话一句。一切都似乎不言自明,于是相互获得某种心理的支持和安慰。因为他们是有压力的,压力常常使他们对人生的意义保持格外的清醒。人生的意义在他们那儿的解释是——责任。

是的，责任即意义。责任几乎成了大多数寻常百姓的中年人之人生的最大意义。对上一辈的责任，对儿女的责任，对家庭的责任，对单位对职业的责任。人只有到了中年时，才恍然大悟，原来从小盼着快快长大好好地追求和体会一番的人生的意义，除了种种的责任和义务，留给自己的，即纯粹属于自己的另外的人生的意义，实在是并不太多了。他们老了以后，甚至会继续以所尽之责任和义务尽得究竟怎样，来掂量自己的人生意义。

而在一些年轻人眼中，人生的意义就是享受，他们还没有受什么苦，也没有经历大的波折磨难，在他们看来，世界是美好的，人生要享受眼前的美好。如果他们经历了点什么困难，他们更有理由了——人活在这个世界这么苦，不好好享受对不起自己。

其实，这是大错特错的。我有一种结论，所谓"人生的意义"，它至少是由三部分组成：一部分是纯粹自我的感受；一部分是爱自己和被自己所爱的人的感受；还有一部分是社会和更多有时甚至是千千万万别人的感受。

当一个青年听到一个他渴望娶其为妻的姑娘说"我愿意"时，他由此顿觉人生饱满、有意义了，那么这是纯粹自我的感受。爱迪生之人生的意义，体现在享受电灯的发明成果的全世界人身上；林肯之人生的意义，体现在当时美国获得解放的黑奴们身上。

如果一个人只从纯粹自我一方面的感受去追求所谓人生的意

义,那么他或她到头来一定所得极少。最多,也仅能得到三分之一罢了。但倘若一个人的人生在纯粹自我方面的意义缺少甚多,尽管其人生作为的性质是很崇高的,那么在获得尊敬的同时,必然也引起同情。这是自我价值和社会价值的失衡。

　　权力、财富、地位、高贵得无与伦比的生活方式,这其中任何一种都不能单一地构成人生的意义。而勇于担当的人,即使卑微,对于爱我们也被我们所爱的人而言,可谓大矣!因为他尽到了自己的责任,他承担起了属于自己的义务。这样的人,尽管平凡渺小,但值得钦佩。

人性似水

天地之间，百千物象，无常者，水也；易化者，水也；浩淼广大无边际者，水也；小而如珠如玑甚或微不可见者，水也。

人性似水。

一壶水沸，遂蒸发为汽，弥漫满室，削弱干燥；江河湖海，暑热之季，亦水汽若烟，成雾，进而凝状为云，进而作雨。雨或霏霏，雨或滂沱，于是电闪雷鸣，每有霹雳裂石、断树、颓墙、轰亭阁；于高空遇冷，结晶成雹；晨化露，夜聚霜……总之一年四季，十二个月二十四节气，雨、雪、霜、雹、露、冰、云、雾，无不变形变态于水；昌年祸岁，也往往与水有着密切的关系。乌云翻滚，霓虹斜悬，盖水之故也；碧波如镜，水之媚也；狂澜巨涛，水之怒也；瀑乃水之激越；泉乃水之灵秀；溪显水性活泼；大江东去一日千里，水之奔放也。

人性似水。

水在地上，但是没有什么力量也没有什么法术可以将它限制在地上。只要它"想"上天,它就会自由自在地随心所欲地升到天空进行即兴的表演,于是天空不宁。水在地上,但是没有什么力量也没有什么法术可以将它限制在地上。只要它"想"入地,即使针眼儿似的一个缝隙,也足可使它渗入到地下溶洞中去。这一缝隙堵住了,它会寻找到另一缝隙。针眼儿似的一个缝隙太小了吗?水将使它渐渐变大。一百年后,起先针眼儿似的一个缝隙已大如斗口大如缸口。一千年后,地下的河或地下的潭形成了。于是地藏玄机。除了水,世上还有什么东西能像水一样在天空、在地上、在地底下以千变万化的形态存在呢?

人性似水。

我们说"造物"这句话时,头脑之中首先想到的是"上帝",或法力仅次于"上帝"的什么神明。但"上帝"是并不存在的,神明也是并不存在的。起码对如我一样的无神论者而言是不存在的。水却是实在之物。以我浅见,水即"上帝"。水之法力无边。水绝对地当得起是"造物"之神。动物加植物,从大到小,从参天古树到芊芊小草,从蜗蚁至犀象,总计百余万科目、种类,哪一种哪一类离得开水居然能活呢?哪一种哪一类离开了水居然还能继续它们物种的演化呢?地壳的运动使沧海变成桑田,而水却使桑田又变成了沧海。坚硬的岩石变成了粉末,我们认为那是风蚀的结果。但风是怎样形成的呢?不消说,微风也罢,罡风也罢,可怕的台风、飓风、龙卷风也罢,归根结底,生成于水。风只不过是水之子。"鬼斧神工"之物,或直接是水的杰作,或是水遭风完成的。连沙漠上也有水的幻象——风将水汽从湿润的地域吹送到沙漠上,或以雨的形态渗入到很深很深的沙漠底层,在炎日的照射之下,水汽织为海市蜃楼……

人性似水。

水真是千变万化的。某些时候,某种情况下,又简直可以说是千姿百态的。鸟瞰黄河,蜿蜒逶迤,九曲八弯,那亘古之水看去竟是那么的柔顺,仿佛是一条即将临产的大蛇,因了母性的本能完全收敛其暴躁的另面,打算永远做慈爱的母亲似的。那时候那种情况下,它真是恬静极了,能使我们关于蛇和蟒的恐怖联想也由于它的柔顺和恬静而改变了。同样是长江,在诗人和词人们的笔下又竟是那么的不同。"万里长江飘玉带,一轮明月滚绣球",意境何其浩壮幽远而又曼妙呵!"乱石穿空,惊涛拍岸,卷起千堆雪",却又多么的气势险怵,令人为之屏息呵!人性亦然,人性亦然。人性之难以一言而尽,似天下之水的无穷变化。

人性似水。人性确乎如水呵!

水成雾;雾成露;一夜雾浓,晨曦中散去,树叶上,草尖上,花瓣上,都会留下晶莹的露珠。那是世上最美的珠子。没有任何另外一种比它更透明,比它更润洁。你可以抖落在你掌心里一颗,那时你会感觉到它微微的沁凉。你也能用你的掌心掬住两颗、三颗,但你的手掌比别人再大,你也没法掬住更多了。因为两颗露珠只消轻轻一碰,顷刻就会连成一体。它们也许变成了较大的一颗,通常情况下却不再是珠子;它们会失去珠子的形状,只不过变成了一小汪水,结果你再也无法使它们还原成珠子,更无法使它们分成各自原先那么大的两颗珠子。露珠虽然一文不值，却有别于一切司空见惯的东西。你可以从河滩上捡回许许多多自己喜欢的石子，如果手巧，还可以将它们粘成为各种好看的形状。但你无法收集哪怕是小小的一碟露珠占为私有。无论你的手多么巧，你也无法将几颗露珠串成首饰链子，戴在颈上或腕上炫耀于人。这就是露珠的品质，它们看去都是一样的，却根本无法收集在一起，更无法用来装饰什么，甚至企图保存一整天也不是一件容易之事。你只能欣赏它们。你唯一长久保存它们的方式，就是将它们给你留下的印象"摄录"在记忆中。露珠如人性最细致也最纯洁的一面，通常体现在女孩儿和少女们身上。我的一位朋友曾告诉我，有次她给她的女儿讲《卖火柴的小女孩》，她那仅仅四岁的女儿泪流满面。那时的人家里还普遍使用着火柴，从此女孩儿有了收集整盒火柴的习惯，越是火柴盒漂亮的她越珍惜，连妈妈用一根都不允许。她说等她长大了，要去找到那卖火柴的小女孩儿并且将自己收集的火柴全都送给她。她仅仅四岁，还听不明白在那一则令人悲伤的故事中，其实卖火柴的小女孩儿已经冻死。是的，这一种露珠般的人性，几乎只属于天真的心灵。

人性似水。

山里的清泉和潺潺小溪，如少男和少女处在初恋时期的人性。那是人自己对自己实行的第一次洗礼。人一生往往也只能自己对自己实行那么一次洗礼。爱在那时仿佛圣水，一尘不染；人性第一次使人本能地理解什么是"忠贞"。哪怕相爱着的两个人一个字也不认识，从没听谁讲解过"忠贞"一词。关于性的观念在现代的社会已然"解放",人性在这方面也少有了动人的体现。但是某些寻找宝物似的一次次在爱河中浮上潜下的男人和女人,除了性事的本能的驱使又是在寻找什么呢?也许正是在寻找那如清泉和小溪一般的人性的珍贵感受吧?

静静的湖泊和幽幽的深潭,如成年男女后天形成的人性。我坦率地承认二者相比我一向亲近湖泊而畏避深潭。除了少数的火山湖,更多的湖是由江河的支流汇聚而成的,或是由山雪溶化和雨后的山洪形成的。经过了湍急奔泻的阶段,它们终于水光清漪波平如镜了。倘还有苇丛装点着,还有山廓做背景,往往便是风景。那是颇值得或远或近地欣赏的。通常你只要并不冒失地去试探其深浅,它对你是没有任何危险的。然而那幽幽的深潭却不同。它们往往隐蔽在大山的阴暗处,在阳光不易照耀到的地方。有时是在一处凸着的山嗉的下方,有时是在寒气森森潮湿滴水的山洞里。即使它们其实并没有多么深的深度,但看去它们仍给人以深不可测的印象。海和湖的颜色一般是发蓝的,所以望着悦目。江河哪怕在汛季浑浊着,却是我常见的,对它们有一种熟悉的感觉。然而潭确乎不同。它的颜色看去往往是黑的。你若掬起一捧,它的水通常也是清的。然而还入潭中,又与一潭水黑成一体了。潭水往往是凉的,还往往是很凉很凉的。除了在电影里出现过片段,在现实生活中偏喜在潭中游泳的人是不多的。事实上,与江河湖海比起来,潭尤其对人没什么危害。历史上没有过任何关于潭水成灾的记载,而江河湖海泛滥之灾全世界每年到处发生。我害怕潭可能与异怪类的神话有关。在那类神话中,深潭里总是会冷不丁地跃出狰狞之物,将人一爪捕住或一口叼住拖下潭去。潭每使我联想到人性"城府"的一面。"城府"太深之人不见得便一定是专门害人的小人。但是在这样的人的心里,友情一般是没有什么位置的。正义感、公道原则也少有。有时似乎有,但最终证明,还是没有。那给你错误印象的感觉,到头来本质上还是他的"城府"。如潭的人性,其实较少体现在女人身上。"城府"更是男人的人性一面。女人惯用的只不过是心计。但是有"城府"的男人对女人的心计往往一清二楚,他只不过不动声色,有时还会反过来加以利用,以达到自己的目的。

一切水都在器皿中。盛装海洋的,是地球的一部分。水只有在蒸发为汽时,才算突破了局限它的范围,并且仍存在着。

盛装如水的人性的器皿是人的意识。人的意识并非完全没有任何局限。但是它确乎可以非常之巨大,有时能盛装得下如海洋一般广阔的人性。如海洋的人性是伟大的人性,诗性的人性,崇高的人性。因为它超越了总是紧紧纠缠住人的人性本能的层面,使人一下子显得比地球上任何一种美丽的或强壮的动物都高大和高贵起来。如海洋的人性不是由某一个人的丰功伟绩所证明的。许多伟人在人性方面往往残缺。具有如海洋一般人性的人,对男人而言,一切出于与普罗米修斯同样目的而富有同样牺牲精神的人,皆是。不管他们为此是否经受过普罗米修斯那一种苦罚。对女人而言,南丁格尔以及一切与她一样心怀博爱的她的姐妹,也皆是。

如水的人性亦如水性那般没有长性。水往低处流这一点最接近着人性的先天本质。人性体现于最自私的一面时，于人永远是最自然而然的。正如水往低处流时最为"心甘情愿"。一路往低处流着的水不可能不浑浊。汪住在什么坑坑洼洼的地方还会因而成为死水，进而成为腐水。社会谴责一味自私自利着的人们时，往往以为那些人之人性一定是卑污可耻并快乐着的。而依我想来，人性长期处于那一种状态未必真的有什么长期的快乐可言。引向高处之水是一项大的工程。高处之水比之低处之水总是更有些用途，否则人何必费时费力地偏要那样？大多数人之人性，未尝不企盼着向高处升华的机会。当然那高处非是尼采的"超人"们才配居住的高处。那种"高处"算什么鬼地方？人性向往升华的倾向是文化的影响。在一个国家或一个民族里，普遍而言，一向的文化质量怎样，一向的人性质量便大抵怎样。一个男人若扶一个女人过马路，倘她不是偶然跌倒于马路中央的漂亮女郎，而是一个蓬头垢面破衣烂衫的老妪，那么他即使没有听到一个"谢"字，他也会连续几天内心里充满阳光的。他会觉得扶那样一个老妪过马路时的感觉，挺好。与费尽心机勾引一个女郎并终于如愿以偿的感觉大为不同，是另一种快活。如水的人性倒流向高处的过程，是一种心灵自我教育的过程。但是人既为人，就不可能长期地将自己的人性自筑水坝永远蓄在高处。那样子一来人性也就没了丝毫的快乐可言。因为人性之无论于己还是于他人，都不是为了变成标本镶在高级的框子里。真实的人性是俗的。是的，人性本质上有极俗的一面。一个理想的社会和与之相适应的文化不该是这样的一把剪刀——以为可以将一概人之人性极俗的一面从人心里剪除干净；而且明白它，认可它，理解它，最大程度地兼容它；同时，有不俗的文化在不知不觉之中吸引和影响我们普遍之人的人性向上，而不一味地"流淌"到低洼处从而一味地不可救药地俗下去……

我们俗着，我们可以偶尔不俗；我们本性上是自私自利的，我们可以偶尔不自私自利；我们有时心生出某些邪念，我们也可以偶尔表现高尚一下的冲动；我们甚至某时真的堕落着了，而我们又是可以从堕落中自拔的……我们至死还是没有成为一个所谓高尚的人，有道德的人，脱离了低级趣味的人；但是检点我们的生命，我们确曾有过那样的时候，起码确曾有过那样的愿望……

人性似水，我们实难决定水性的千变万化。

但是水呵，它有多么美好的一些状态呢！

人性也可以的。

而不是不可以——一个社会若能使大多数人相信这一点，那么这个社会就开始是一个人文化的社会了……

第 二 辑

所谓积极的清醒的人生，无非就是要找到那一种最适合自己的人生方式。

论寂寞

都认为,寂寞是由于想做事而无事可做;想说话而无人与说;想改变自身所处的这一种境况而又改变不了。是的,以上基本就是寂寞的定义了。寂寞是对人性的缓慢地破坏。寂寞相对于人的心灵,好比锈相对于某些极容易生锈的金属。

但不是所有的金属都那么容易生锈。金子就根本不生锈。不锈钢的拒腐蚀性也很强。而铁和铜,我们都知道的,它们之极容易生锈像体质弱的人极容易伤风感冒。

某次和大学生们对话时,被问:阅读的习惯对人究竟有什么好处?我回答了几条,最后一条是——可以使人具有特别长期地抵抗寂寞的能力。他们笑。我看出他们皆不以为然。他们的表情告诉了我他们的想法——我们需要具备这一种能力干什么呢?是啊,他们都那么年轻,大学又是成千上万的青年学子云集的地方,一间寝室住六名同学,寂寞沾不上他们的边啊!但我却同时看出,其实他们中某些人内心深处别提有多寂寞。而大学给我的印象正是一个寂寞的地方。大学的寂寞包藏在许多学子追逐时尚和娱乐的现象之下。所以他们渴望听老师以外的人和他们说话,不管那样的一个人是干什么的,哪怕是一名犯人在当众忏悔。似乎,越是和他们的专业无关的话题,他们参与的热忱越高。因为正是在那样的时候,他们内心深处的寂寞获得了适量地释放一下的机会。

故我以为,寂寞还有更深层的定义,那就是——从早到晚所做之事,并非自己最有兴趣的事;从早到晚总在说些什么,但没几句是自己最想说的话;即使改变了这一种境况,另一种新的境况也还是如此,自己又比任何别人更清楚这一点。这是人在人群中的一种寂寞。这是人置身于种种热闹中的一种寂寞。这是另类的寂寞。现代的寂寞。如果这样的一个人,心中再连值得回忆一下的往事都没有,头脑中再连值得梳理一下的思想都没有,那么他或她的人性,很快就会从外表锈到中间的。无论是表层的寂寞,还是深层的寂寞,要抵抗住它对人心的伤害,那都是需要一种人性的大能力的。

我的父亲虽然只不过是一名普普通通的建筑工人,但在"文革"中,也遭到了流放式的对待。仅仅因为他这个十四岁闯关东的人,在哈尔滨学会了几句日语和俄语,便被怀疑是日俄双料潜伏特务。差不多有七八年的时间,他独自一人被发配到四川的深山里为工人食堂种菜。他一人开了一大片荒地,一年到头不停地种,不停地收。隔两三个月有车开入深山给他送一次粮食和盐,并拉走菜。他靠什么排遣寂寞呢?近五十岁的男人了,我的父亲,他学起了织毛衣。没有第二个人,没有电,连猫狗也没有;更没有任何可读物。

有对于他也是白有。因为他是文盲。他劈竹子自己磨制了几根织针。七八年里，将他带上山的新的旧的劳保手套一双双拆绕成线团，为我们几个他的儿女织袜子，织线背心。这一种从前的女人才有的技能，他一直保持到逝世那一年。织成了他的习惯。那一年他77岁。

劳动者为了不使自己的心灵变成容易生锈的铁或铜，也只有被逼出了那么一种能力。而知识者，我以为，正因为所感受到的寂寞往往是更深层的，所以需要有更强的抵抗寂寞的能力。这一种能力，除了靠阅读来培养，目前我还贡献不出别种办法。

胡风先生在所有当年的"右派"中被囚禁的时间最长——三十余年。他的心经受过双重的寂寞的伤害。胡风先生逝世后，我曾见过他的夫人一面，惴惴地问："先生靠什么抵抗住了那么漫长的与世隔绝的寂寞？"她说："还能靠什么呢？靠回忆，靠思想。否则他的精神早崩溃了，他毕竟不是什么特殊材料的人啊！"但我心中暗想，胡风先生其实太够得上是特殊材料的人了啊！幸亏他是大知识分子，故有值得一再回忆之事，故有值得一再梳理之思想。若换了我的父亲，仅仅靠拆了劳保手套织东西，肯定是要在漫长的寂寞伤害之下疯了的吧？知识给予知识分子之最宝贵的能力是思想的能力。因为靠了思想的能力，无论被置于何种孤单的境地，人都不会丧失最后一个交谈伙伴，而那正是他自己。自己与自己交谈，哪怕仅仅做这一件在别人看来什么也没做的事，也足以抵抗很漫长很漫长的寂寞。如果居然还侥幸有笔有足够的纸，孤独和可怕的寂寞也许还会开出意外的花朵。《绞刑架下的报告》《可爱的中国》《堂吉诃德》的某些章节、欧·亨利的某些经典短篇，便是在牢房里开出的思想的或文学的花朵。

知识分子靠了思想善于激活自己的回忆。所以回忆之于知识分子，并不仅仅是一些过去了的没有什么意义了的日子和经历。哪怕它们真的是苍白的，思想也能从那苍白中挤压出最后的意义——它们所以苍白的原因。思想使回忆成为知识分子的驼峰。而最强大的寂寞，还不是想做什么事而无事可做，想说话而无人可说；是想回忆而没有什么值得回忆的，是想思想而早已丧失了思想的习惯。这时人就自己赶走了最后一个陪伴他的人，他一生最忠诚的朋友——他自己。

谁都不要错误地认为孤独和寂寞这两件事永远不会找到自己头上。现在社会的真相告诉我们，那两件事迟早会袭击我们。

人啊，为了使自己具有抵抗寂寞的能力，读书吧！

人啊，一旦具备了这一种能力，某些正常情况下，孤独和寂寞还会由自己调节为享受着的时光呢！信不信，随你……

论崇高

崇高是人性善的极致体现,以为他人、为群体牺牲自我作前提。

一个时期以来,"崇高"二字,在中国成了讳莫如深之词,甚至成了羞于言说之句。我们的同胞在许多公开场合眉飞色舞于性,或他人隐私。倘谁口中不合时宜地道出"崇高"二字,那么结果肯定地大遭白眼。

而我是非常敬仰崇高的。我是非常感动于崇高之事的。

我更愿将崇高与人性连在一起思考。

我认为崇高是人性内容很重要也很主要的组成部分。我确信崇高也是人性本能之一方面。确信它首先非是任何一类道德说教的成果。既非宗教道德说教的成果,亦非政治道德说教的成果。

我确信人性是由善与恶两部分截然相反的基本内容组成的。若人性恶带有本性色彩,那么人性善也是带有本性色彩的。人性有企图堕落的不良倾向,堕落往往使人性快活;但人性也有渴望升华的高贵倾向,升华使人性放射魅力。长久处在堕落中的人其实并不会长久地感到快活，而只不过是对自己人性升华的可能性完全丧失信心，完全绝望。这样的人十之七八都曾产生过自己弄死自己的念头。产生此种念头而又缺乏此种勇气的堕落者往往是相当危险的。他们的灵魂无处突围便可能去伤害别人，以求一时的恶的宣泄。那些在堕落中一步步滑向人性毁灭的人的心路，无不有此过程。

但人性虽然天生地有渴望升华的高贵倾向，人类的社会却不可能为满足人性这一种自然张力而设计情境。这使人性渴望升华的高贵倾向处于压抑，于是便有了关于崇高的赞颂与表演，如诗，如戏剧，如文学和历史和民间传说。人性以此种方式达到间接的升华满足。

崇高是人性善的极致体现，以为他人为群体牺牲自我作前提。我之所以确信崇高是人性本能，乃因在许多灾难面前，恰恰是一些最最普通的人，其人性的升华达到了最最感人的高度。

一九六一年十二月十七日，巴西某马戏团正在尼泰罗伊郊区的一顶尼龙帐篷下表演，帐篷突然起火，二千五百名观众四处逃窜，其中大部分是儿童。

一个农民站在椅子上大喊："男人们不要动，让我们的孩子们先逃！"

他喊罢立刻安坐了下去。

火灾被扑灭后，人们发现三十几个人集中坐在椅子上被活活烧死，都是农民。

没谁对他们进行过政治性的崇高说教。他们都不是教徒，无一人生前进过一次教堂。

一八八九年五月三十一日，位于美国宾夕法尼亚州的约翰斯敦水库十二英里长的水库堤坝全线崩溃，泻出水量四十万立方英尺，五十六亿加仑的水重达二千万吨，压塌了山谷，顿时将约翰斯敦和周围的十几个城镇摧为废墟。

下游城镇的几乎全体居民发动了空前自觉的营救。许多人为救他人而献身。

一九一三年，美国俄亥俄、印第安纳、伊利诺伊等州洪水泛滥成灾，十二万五千居民被困在屋顶和树上，许多居民自发地组成了互救队，涌现了许多感人的崇高、英雄主义的事迹。七十高龄的国家货币注册公司经理帕特逊，只着短裤，独自驾舟往返于各街道之间，从水中救起几十人……十二名电报业务员坚守岗位六十余小时，她们不知亲人安危与否，半数人因过度疲劳而昏倒。俄亥俄州特立华大学的学生们也涌现出了一桩桩可歌可泣的营救事迹。两名学生和一位老教授划船救了几十人后，船被大浪掀翻，师生三人一起遇难……

伊利诺伊州州长灾后的一次讲演中有这样一句话："在此次灾难中，上帝引导我们中许多人舍生忘死，先人后己。这些人便是上帝。他们人性中的崇高美点永垂不朽！"

世界各地从古至今的每一次灾难中都曾有崇高之烛闪耀过。我们人类的人性中的崇高美德接受过何止百次严峻的检阅？

一九九八年，中国南北两地的抗洪救灾，也何尝不是经受这样的大检阅呢？之所以感人，恰因那种种的崇高，乃是被标定在人性最高的位置上昭示于我们啊!

其他任何位置,依我看来,都非那种种崇高真本的位置。中国人,珍视啊!千万不要扭曲了它啊!一想到这里,我不禁地忧郁起来……

论 贫 穷

人类生活的一切不幸的根源，就是贫困。这是很明白的，贫困使一切穷人对生活产生共同的恐怖和疑惧……

贫穷是人类最大的丑恶现象。如果我们已知人类有百种丑恶，那么三分之二盖源于贫穷，三分之一盖源于贪婪……穷人是贫穷的最直接的受害者和牺牲品。贫穷恰恰是剩余价值的产物，正如富有是剩余价值的产物一样。

当剩余价值造就了第一个富人的时候，同时也便造就了第一个穷人。穷人永远是使富人不安的影子，进而使社会和时代不安……高尔基说过，人类生活的一切不幸的根源，就是贫困。这是很明白的，贫困使一切穷人对生活产生共同的恐怖和疑惧……

卢梭说过，贫困使一切做好事的手段显得脆弱。它又产生了如此强大的社会和时代难以消化的繁衍罪恶的能力。它使人类本性和道德这一公正存在的原则几乎完全丧失效应……

他们都曾体验过贫困的屈辱和压迫。他们的话代表知识分子对社会和时代的警告。约翰逊说过，贫困是人类幸福最大的敌人；它确实破坏了自由，使平等无法实现，使国家处于矛盾尖锐的境地……他的话代表政治家对社会和时代的警告。"开城门，迎闯王，闯王来了不纳粮。"——这是穷人对社会和时代发出的警告。关于贫困也有另外一些名人说过另外一些著名的话：比如伊壁鸠鲁说过，甘于贫困就是一笔体面的不动产！比如卢克莱修说过，甘于守贫是一个人的最大教养……

当我们研究他们的经济基础，却发现他们自己从不曾被贫困所窘过。对于时代和社会而言，他们的话仅仅是一些供富人品味的隽语而已。并且，他们的话常被教会所引用，借以对穷人进行说教……

在贫困超过了穷人的心理承受能力的情况下，通常便爆发了革命。革命的最初的使命——或者更准确地说，被穷人所理解的使命，乃是消灭富人。革命的原始口号正如我们所知道的那样，是——革地主的命！革资本家的命！革一切富人的命！然而历史向穷人开了一个很大的玩笑——它最终告知穷人——消灭富人并不等于消灭了贫困，也不一定就能使穷人得到拯救。正如卢梭所言，"消灭富人要比消灭贫困现象容易得多，而穷人却只能从后一种行动中获得普遍的利益。"中国之改革的最终目标我想可以归结为这样一句话——消灭贫穷。使一部分人先富起来是不难的。使先富起来了的一部分人继续参与使别人也富起来的改革是较难的。使许许多多仍处在贫穷生存状况的人，在眼见别人先富起来的情况之下，仍以高度的理性忍耐改革的步骤，这是更难的。而舍此，则不能完成中国之改革大业。再贫穷的国家也有那个国家的富人和大富豪。据统计，全世界的几近四分之一的巨大财富，控制在七千多万散于世界各地的华人手中。而中国目前却仍是世界上的贫穷国家之一。

改革像一切事物一样也是自有其负面的。一个值得政治家们关注的事实是——最有能力和最善于避开改革负面压力的人，往往是最先富起来的一部分人。而最没有能力和最不善于避开改革负面压力的人，则往往是最直接承受贫穷摆布的人。对中国而言，他们是比先富起来的人多得多的人。在国家不能替他们分担压力的那些地方和那些方面，将从他们中产生出对改革的怀疑、动摇，乃至积怨和愤愤不平。而他们恰恰又是曾对改革寄予最大希望的人。

贫穷是可以消灭的。穷人却是永远都存在的。

西方的金融大亨到阿拉伯石油王国去做客，离开对方金碧辉煌的宫殿，自嘲地说感到自己变成了一个"乞丐"。

"心理贫穷症"将是商品时代的一种"绝症"。全世界的首脑对此"绝症"都是束手无策的。时代、社会和国家，都无须乎对"心理贫穷症"者的嘟囔做出任何认真的反应……

现在是叫响另一个口号的时候了，那就是——消灭贫穷！

改革的最庄重的课题只能是——消灭贫穷！

论"不忍"

"不忍"二字,曾人言颇多。指谁将做什么狠心之事,却受一时恻隐的干预,难以下得手去。于是,古今中外的小说和戏剧,便有了大量表现此种内心矛盾的情节。倘具经典性,评论家们每赞曰:"人性的深刻。"前些日子唱红过一首流行歌曲《心太软》。"不忍"就意味着"心太软"。"心太软"每每要付出代价。最沉重的代价是搭上自己的命。一种情况是始料不及,另一种情况是舍生取义。

京剧《铡美案》中有一个人物叫韩琪——驸马府的家将。陈世美派他去杀秦香莲母子女三人,"指示"复命时要钢刀见血。那韩琪听了秦香莲的哭诉哀求,明白了她的无辜,目睹了她的可怜,省悟了驸马爷派他执行的是杀人灭口的勾当。天良起作用,又没第二种选择,横刃自刎……

某日从电视里看到这一场戏,感动之余,突发篡改之念。原因是,似乎只有篡改了,才更符合当代之某些中国人的思想观念,才更具有现实性,才能"推陈出新"……于是篡改如下:

韩琪："秦香莲,哪里走?留下人头来!"秦香莲："啊,军爷,我秦香莲母子女的可怜遭遇,方才不是已说与军爷听了么?"韩琪："听是听,可怜么,倒也着实的可怜。但却饶你们不得!"秦香莲复又双膝跪下,并扯一儿一女跪于两旁,磕头不止,泗泪滂沱,咽泣哀求："啊,军爷呀军爷,既听明白了,既信真相了,既已可怜于我们了,缘何不放小女子一马,又非要我们留下人头来?"

韩琪："嘟!秦香莲,你也给我仔细听着!想我韩琪,乃驸马府家将。驸马爷与当朝公主,一向对俺不薄。并言事成之后,定有重赏。杀你们母子女三人,对俺易如反掌。区区小事,驸马爷挚诚秘托,俺韩琪身为家将,岂有欺主塞责之理?倘不曾堵得着你们,还则罢了。已然堵你们于此庙中,心软放之,教俺如何向驸马爷交代?!韩琪也乃一条好汉,站得直,坐得正,驸马爷与公主面前深获信任。言必信,行必果,驸马府里美名传。若今放了你母子女,我将有何面目重见我那恩主驸马爷?!"

秦香莲："军爷呀军爷,难道没听说过'仁以为己任,不亦重乎'这句古话么?"

韩琪："秦香莲,难道没听说过'受人好处,替人消灾,这句古话么?我今杀你们,天经地义,理所当然!不杀,倒特显得我韩琪迂腐了!"

秦香莲："军爷呀军爷,我们母子女与你往日无冤,近日无仇,军爷还是开恩饶命吧!"

于是再磕头,再哀求;于是子与女皆磕头如捣蒜,皆咽泣哀求……

不料韩琪怒从心起，喝道："嘟！好个啰嗦讨厌的秦香莲！都道是'理解万岁'，你怎么只一味儿贪生怕死，丝毫也不理解我韩琪的难处？！真真一个凡事当先，只为自己着想的女子！难怪世人说——可怜之人，必有可恨之处！韩琪从前不信，今日信了信了！"秦香莲："军爷呀……"韩琪："休再啰嗦，哪个有耐心听你哭哭啼啼，看刀！"

遂手起刀落，将那香莲人头削于尘埃；又唰唰两刀，结果了那少年与少女的性命……

当然的，开封府包大人帐前，韩琪也就免不了牵扯到人命官司里去了。包大人铡了世美，自然接着要铡韩琪的。

当然还要一番篡改：

韩琪："包大人，冤枉啊，冤枉！韩琪虽死，理上也是不服的！"

包大人："韩琪，似你这等冷酷无情，替主子杀人灭口的恶仆，铡了你，你有什么可冤枉的？你又有什么理上不服的？！……"

韩琪："包大人，韩琪有自辩书一份，容读。请大人听罢再作明鉴……"

自辩书云：

"君命臣死，臣不得不死；父叫子亡，子不得不亡。此乃我中华民族昭昭纲常之首义也！推而及主奴关系，则可引申出主之忧，奴当解之；主之托，奴当照办的道理。家将者，府奴也。犹如臣惟命于圣上，子依从于父训。违之，殊不义也？抗之，殊大逆不道也？

又常言道——有奶便是娘。奶者，实惠之物也。娘者，至尊之人也。如君相对于臣，如父相对于子，亦如主相对于奴也！臣奉君旨而行事，虽错虽恶，错恶在君耳！子依父训而差谬，虽差虽谬，差谬在父耳！奴为主杀人灭口，当诛者，主耳！在家将，只不过例行公事也！小的韩琪杀人，实在也是出于为奴仆者尽职尽责的一片耿耿忠心呀！所以包大人若连韩琪也铡了，韩琪到了阴曹地府也是一百个不服的！"

《赵氏孤儿》中，也有一个与韩琪类似的人物，叫钮麑。是奸臣屠岸贾的家奴。屠命其深夜去行刺忠臣赵盾。他勾足悬身于檐，但见那赵盾，秉烛长案，正襟危坐，批阅公文。他心里就暗想了，早听说这赵盾是大大的忠臣，今日亲见，果然名不虚传！此夜此时，良辰美景，哪一王公大臣的府第之中，不是妖姬翩舞，靡音绕梁呢？满朝文武，像赵盾这么家居简陈，尽职至夜者实在不多了呀！我若行刺于他，天理不容啊！他这么一想，他可就一时的"心太软"了。"心太软"，他就做出了太愧对自己的正义冲动之事来了——纵下檐头，蹲立厅堂，朗声高叫："赵大夫听了，我乃屠岸贾之家奴钮麑是也！今夜屠岸贾命我前来行刺大夫，并许以重赏。钮麑每闻大夫刚正不阿之名，心窃敬之。岂忍做下世人唾骂之事！然大夫不死，钮麑难以复命，故钮麑宁肯自尽了断恶差！我死之后，那屠岸贾必派他人继来行刺，望大夫小心谨慎，处处提防为是……"

小时候读过这戏本，台词意思记了个大概。于今想来，这钮麑其实也是不必自己死的。他不妨向赵盾说明自己的两难之境，请赵盾反过来同情于自己，体谅于自己，对自己"理解万岁"。想那赵盾，既要于昏君当道之世偏做什么刚正不阿之臣，必有思想准备，早已将生死置之度外。绝不会香莲也似的魂飞魄散，咽泣哀求。而那钮麂，杀人前先便获得了被杀者的理解和同情，天良也就不必有所不安了。即使后来因而受审，也可以振振有词地自我辩护——赵盾当时都理解我了，你们凭哪条判我的罪？难道我当时的两难之境就不值得同情么？……

联想开去——罪恶滔天的德国军党战犯，后来正就是以此种辩护逻辑为自己的罪名开脱的。

侵略的无罪是——"军人以服从命令为天职。"

屠杀犹太人的无罪是——"执行本职'工作'。"

连希特勒的接班人格林在战后公审的法庭之上，也是自辩滔滔地一再强调——我有我的难处，对我当时的难处，公审法官们应该"理解万岁"……

日本大小侵华战犯，被审时的辩护逻辑还是如此，现在，这逻辑仍在某些日本人那儿成立……

联想回来，说咱们中国，从"文革"后至今，同样的逻辑，在某些"文革"中的小人、恶人、政治打手那儿，也仍被喋喋不休地嘟哝着——大的政治背景那样，我怎么能不服从？我的罪过，其实一桩也不是我的罪过，全是"文革"本身的罪过……

"文革"中狠心的事冷酷的事太多了。

"不忍"之人的"不忍"之心体现得太少了……

联想得再近些,说现在——大家都知道,现在的中国,是有一些人肯当杀手的。雇佣金高低幅度较大,而且,时兴"转包"。每一转再转,中间人层层剥皮。

他们丝毫也没了"不忍"之心。

当然,也断不会像小说、戏剧以及近代才有的电影中的情节那样,给被杀者哀求和陈诉真相的机会,自己也完全没有希望被杀者死个明白,要求被杀者对自己"理解万岁"的愿望……

一旦接了钱,他们往往快刀斩乱麻。

其过程是那么地符合现代的快节奏——想了就议,议了就决,决了就干,干就要干得干脆。自己没"废话",也不听"废话",人性方面绝对不会产生什么"不忍"……

但是,倘被缉拿归案,又总是要找律师替自己辩护,强调自己们只不过是被雇佣的"工具"。既是"工具",似乎便可以超脱于人性的谴责。就算有罪,仿佛也罪不当诛。犯死罪的,似乎只应是雇佣者们了……

在中国,可以想象,韩琪和钮麂那样的杀手,那样的刺客,也许,再也不会产生了。

他们显得太古典了,因而也未免显得太迂腐了。

我心里,有时却不禁地产生一种崇古之情,每每竟有些怀念他们那样的古代杀手和刺客。于是也不禁地每每自嘲自己的古典情结和与现代格格不入的迂腐……

若联想得更近些,说我们大家人人身边的事——读者诸君,你们是否也和我一样，对"不忍"二字有点儿久违了似的呢？你们是否也和我一样，经常能听到的，倒是"别心太软"的告诫，或"只怪我心太软"的后悔之言呢？

我们大家人人身边的事，当然都只不过是些"凡人小事"，并不人命关天——比如小名小利……千万别心太软！……有什么忍不忍的？这年头，你不忍，别人还不忍么？……你不忍了？那么你等着吃哑巴亏吧！……于是，我们往往也就正是为了那些小名小利，将别人，甚至将朋友抛出去"变卖"一次，或将友情、信任出卖一次。当陷别人于窘境，于困境，甚至可能毁了别人的名誉之时，我们又往往这样替自己辩护：

我不过是奉行了合理的个人主义啊！如今这年头，谁不像我一样呢？真的，我眼见的这类人和这类事，多得早已使我的心有些麻木了。于这麻木之中，我竟每每很怀念"不忍"二字。难道这"不忍"二字，真的将从我们某些中国人的日常用语中废除了吗？难道我们某些中国人迅速地"现代"起来了的头脑中的观念，真的半点儿古典的缝隙也不存在了吗？阿门，给我们中国人的人心，留下一条还能夹住"不忍"二字的缝隙吧！……

现实中的"不忍"渐少，小说、戏剧、电影中的"心太软"自然就泛多起来。人想要的，总会以某种方式满足。画饼充饥的方式，于肚子是没什么意义的，于精神，却能起到望梅止渴的作用。

在小说、戏剧和电影中，情节（而且往往是尾声情节）通常是这样设置的——即使是坏人、仇人，一旦落到任凭摆布之境，主角们便顿时地恻隐起来,"不忍"起来。于是坏人、仇人大受感动,幡然悔悟,放下屠刀,立地成佛,于是人性的力量光芒四射……

但在近当代的小说、戏剧和电影中,这样的情节已不常见,被认为是陈旧的套路。事实上也确实成为陈旧的套路。

近当代的小说、戏剧和电影,在处理类似的情节时,似乎更愿告诫和强调人性恶的顽固。那情节一般是这样的——主角们手起而刀不落,枪逼而弹不发,虽咬牙切齿,却终究有几分心不忍……

于是遏敛杀心,刀归鞘,枪入套,转身而去……

被放条生路的坏人、仇人们却不领情,爬将起来,从背后进行卑鄙又凶恶的暗算……

于是惹得英雄怒发冲冠,慈悲荡然,不复心软,灭绝有理……

这类情节所证明给人看的,乃鲁迅先生"费厄泼赖应当缓行"的主张,或"东郭先生可以休矣"理念。

还有另一种处理——坏人、仇人暗算成功,主角仆于尘埃,卧于血泊,绝命前指着说出一个字是:"你……"

倘我们用现今生活中的惯常话替他说完,那句话大概是——"你怎么这样?!"

坏人、仇人则冷笑不已。或说什么,或什么都不说,趋前再加残害。台词也罢,表情也罢,行为语言也罢,总之是这么个意思——你活该,谁叫你对我心太软?后悔晚了!……

从此等情节,可反观我们当代人对人性善与人性恶的大矛盾——我们是多么地希望自己的心有所不忍啊！我们又是多么地恐惧于一旦不忍导致的悲剧结果啊！

港台的武侠片、江湖片，外国的黑社会片，几乎片片都有相似情节，亦成套路矣。

《这个杀手不太冷》冲击过不少影碟发烧友的感观，故事也比较地动人心魄。我也曾是影碟发烧友，当然也动我心魄。

此片名译为中文，真有点儿怪怪的。我们将近当代之人心不冷的希望寄托于冷酷杀手，让他替我们去义无反顾出生入死地完成人心不冷的"任务"，足见我们自己的心已经多么承受不起"心太软"的人性的负担和后果，也多么渴求人心别太硬的温暖……

此片问世后，同类故事的影片相继而出。仿佛这世界上心并不冷、心最不冷的，倒仅剩下些杀手们似的了。

比如另有一部美国电影，片名译为中文是《黑杀手》。因为那杀手乃五十来岁，人高马大，外表迟钝木讷的黑人哥们儿。他属于职业杀手。他也自认为杀人是他的职业，与歌唱、经商、体育、拳击、从政等职业没有什么两样。他从事此业二十余年仍能混迹人群，逍遥法外，证明他虽外表迟钝木讷，于业务方面还是有不少"宝贵经验"的。他无忏悔之心。因为他每次进入"工作阶段"之前，都被告之对方是坏人。坏人们消灭不过来，他就"替天行道"。他也是人，也有物质的需求，所以"替天行道"也不能白干。他又认为他从事的是"风险行业"，索费颇高。但是他觉得"廉颇老矣"，厌倦了"工作"，打算自己允许自己"退休"了。偏偏在这样的情况之下，又有人花钱雇他杀人了。若不干,对方威胁要告发他。那他岂不就只有"退休"到监狱里去了么?他没了选择,违愿地接了钱。一接钱,黑社会内的规矩,就等于签合同了,就负有信誉责任了。而当时接头儿匆匆,竟忘了问明白将要被杀的是什么人,自己"替天行道"的前提充分不充分?……

及至骗开了门,面对一位三分清醒七分醉的水灵少妇,他不禁地暗暗叫苦不迭。因为他还从未杀过女性。因为那小少妇怎么看都不像坏人恶人。而且,似乎还未成年……

他冒充检修电路的。她也就相信他是,让他顺便检修一下电视插板——当晚有她喜欢看的肥皂剧,她正因看不成而寂寞而沮丧。他佯装检修,打开工具箱,取出手枪时,她奔入厨房去了,咖啡扑了,而卧室里传出了婴儿的哭声。他蹿入卧室抱起婴儿拍、哄,惟恐哭声引来多事儿的邻居。此时这杀手,内心不但暗暗叫苦,简直还恼火透了!杀女人已经违反他的职业原则,捎带着还得杀一个不满周岁的孩子!事情明摆着,只杀小母亲,那孩子没人哺乳,很可能也饿死。一不做二不休地一块儿杀了吧,雇主付给他的可是只杀一个大人的钱!杀了再去讨一份儿"工钱"吧,雇主肯定不认账,肯定会说我也没要求你多杀一个孩子呀!发慈悲不杀孩子呢?万一自己刚杀了母亲,前脚才出门,孩子的哭声就引来了人呢?公寓管理人员看见他进这房间了,那他还能继续逍遥法外么?……

接下来,读者能想象得到的,开始了一连串的喜剧情节。

他抱着孩子问她:"你怎么小小年纪就结婚,并且做了母亲?"

他问的当然是气话。因为她的特殊性，使他这一次要完成的"工作"复杂化了——想想以前，"工作"多么简单啊！

她正有对人诉说的愿望，经他一问，于是珠泪成行，娓娓道出一名失足少女值得同情的经历……

在他以前的"工作"中可没有过这种插曲。

他听了，就"心太软"起来。他一"心太软"，就更加生气。因自己竟他妈的"心太软"而生气；因将被杀的是女性而生气；因只收了杀一个大人的钱，有一个孩子的死也将算在自己账上而生气……

他一会儿要杀，一会儿不忍；他要杀时她恐惧、可怜；他不忍时她接着娓娓诉说，显出涉世太浅心地单纯的可爱模样……

他有一句台词十分精妙："住口！你已经使我没法儿进行我的'工作'！"

潜台词当然是——你已使我不忍杀你！……

此片算不上一部高品位的电影。只不过因为喜剧风格，情节还有意思，表演还很哏，台词还俏皮……

我喋喋不休地讲这部二三流电影，归根结底想要说的是——我真希望从某些报刊上有一日也读到类似的报道——被雇的杀手终于不忍下手，就像《黑杀手》的结局一样。

而我也真希望——现实生活中喜剧多发生一些，甚或闹剧多发生一些。若人心不能在庄重的情况下兼容"不忍"二字的存在，于喜剧和闹剧的发生中出现"心太软"的奇迹，也是多么的好啊！

读者,你近来可曾听到你周围的人说他或她在某件事某些小名小利的关头"不忍"过?

"不忍","不忍",人心中的"不忍"哦,真的,我们是不是久违了?……

偶思欲望

人皆有欲望。

我们谈的是欲望。不是在谈欲。

欲是本能。

欲望乃是超越于本能的精神活动。这一种精神活动,往往会变成强烈又伟大的精神冲动。它远非本能的满足所能抑制和限止。

欲与欲望的区别,好比性与爱情的区别,更好比洗澡与水上芭蕾的区别。

人类停止在欲的满足方面,这世界的变化也就戛然而止了。

一个家庭也有欲望。一个社团也有欲望。一个民族也有欲望。一个国家也有欲望。人类不可能没有欲望,因为具体的人都是有欲望的。人类不可以没有欲望,因为人类也是仰仗着自身的欲望进化、进步和文明起来的。一个家庭,一个社团,只有依赖了成员们欲望的一致性而凝聚而各尽其能,才可实现追求之目标。一个民族也是这样。一个国家也是这样。

家庭是靠了家长来统一欲望实现欲望的。社团是靠了核心成员起这种作用的。民族和国家是靠了领袖与杰出的政治人物起这种作用的。共同的欲望的实现，需要确立和维护某种权威。缺少权威的引导，共同的欲望难以实现。共同的欲望既难以实现，多数人的欲望的质量必大受影响。

欲望当然有好坏之分。好的欲望其实便是理想。坏的欲望其实便是野心。一个人产生坏的欲望，极易滑向犯罪的道路。一个家庭由种种坏的欲望氤氲一片，极易使家庭这个温馨之所变成罪恶之窝。一个社团由坏的欲望所凝聚，将对社会造成危害。一个民族一个国家由坏的欲望统治，则必危害全人类的和平。

因而一个具体人的欲望，是须时时自觉地用理智进行审省、判断和控制的。一个产生了又坏又强烈的欲望的人，一个这样的人而不能够审省、判断自己欲望的好坏，并且不能够控制它，那么这个人对别人是危险的人。一个社团，一个民族，一个国家，也都是这样。

如果说欲望也就是目的，我们就应该明白，每一种欲望的达到，几乎都是以放弃另一种或另几种欲望为代价的。或者是以放弃另一部分来实现某一部分。一般而言，在实现欲望的过程中，理想的原则是不适用的。甚至，首先是要被放弃的。

大多数儿童是彻底的"理想主义者"。他们企图实现或获得，一心所求往往是全部，所以儿童们常会陷入此种两难之境——当他们把手伸入细颈陶罐掏取什么的时候，他们的手几乎都贪婪地抓得满满的。结果他们连自己的手也被卡住抽不出来了。他们要么会急得大哭起来,要么会发脾气将陶罐打破。哭是没用的。流再多的眼泪也不如放下去一点儿想得到的东西。而将陶罐打破,类乎于杀鸡取卵……

真正的理想主义者,是善于控制欲望的人。他们面对欲望,好比是有良好教养的人在宴会上的表现。每样东西都在面前,但他们只取适量的东西。他们明白这样一个道理——之所以还有他们的一份儿转过去又转回来了,乃因餐厅里有秩序。餐厅里有秩序,乃因许多人都和他一样,在控制着自己的欲望。否则,餐刀餐叉,顷刻将会变成进攻的武器……

改革开放是大多数中国人的共同欲望。这是好的欲望,因而是理想。既是理想,当然时时须以理智加以审省和检验。谁也不能说"大跃进"不是好的欲望不是理想。但"大跃进"是不理智的。是儿童式的欲望。

好的欲望、共同的理想,往往也会因不理智的因素而走向反面。

勿使民族和国家的好的欲望走向反面——政治家的最高责任和最大光荣,正体现在这一点上。

政治家是民族和国家的头脑。

这个头脑发烧了,全民族和整个国家就"打摆子"。

这个头脑始终清醒着,乃是民族和国家的幸运。

商业时代的初期,人们的种种欲望皆被空前刺激起来。这一个时期的人类欲望,具有极其贪婪的色彩。如何使剧烈膨胀着的个人欲望,凝聚为民族和国家的共同理想,是时代的艰难使命。时代完不成这一使命,时代将走向反面。当许许多多的手都伸入细颈陶罐,都抓得满满的,都不愿放下一点点东西,都被卡住了抽不出来,陶罐是很容易被弄碎的。在此种情况下,少数人的理智已经难起什么作用了……

"宏观调控"是一种理智。"反腐倡廉"是一种理智。加强法制建设是一种理智。扶贫救困是一种理智。"下岗"再就业措施是一种理智……所幸都不甚晚!

人和欲望的几种关系

人生伊始,原本是没有什么欲望的。饿了,渴了,冷了,热了,不舒服了,啼哭而已。那些都是本能,啼哭类似信号反应。人之初,宛如一台仿生设备——肉身是外壳;五脏六腑是内装置;大脑神经是电路系统。而且连高级"产品"都算不上的。

到了两三岁时,人开始有欲望了。此时人的欲望,还是和本能关系密切。因为此时的人,大抵已经断奶。既断奶,在吃喝方面,便尝到了别种滋味。对口感好的饮食,有再吃到、多吃到的欲望了。

若父母说,宝贝儿,坐那儿别动,给你照相呢,照完相给你巧克力豆豆吃,或给你喝一瓶"娃哈哈"……那么两三岁的小人儿便会乖乖地坐着不动。他或她,对照不照相没兴趣,但对巧克力豆豆或"娃哈哈"有美好印象。那美好印象被唤起了,也就是欲望受到撩拨,对他或她发生意识作用了。

在从前的年代,普通百姓人家的小孩儿能吃到能喝到的好东西实在是太少了。偶尔吃到一次喝到一次,印象必定深刻极了,所以倘有非是父母的大人，出于占便宜的心理，手拿一块糖或一颗果子对他说："叫爸，叫爸给你吃！"他四下瞅，见他的爸并不在旁边，或虽在旁边，并没有特别反对的表示，往往是会叫的。

小小的他知道叫别的男人"爸"是不对的，甚至会感到羞耻。那是人的最初的羞耻感，很脆弱的。正因为太脆弱了，遭遇太强的欲望的挑战，通常总是很容易瓦解的。

此时的人跟动物是没有什么大区别的。人要和动物有些区别，仅仅长大了还不算，更需看够得上是一个人的那种羞耻感形成得如何了。

能够靠羞耻感抵御一下欲望的诱惑力，这时的人才能说和动物有了第一种区别。而这第一种区别，乃是人和动物之间的最主要的一种区别。

这时的人，已五六岁了。五六岁的人仍是小孩儿，但因为他小小的心灵之中有羞耻感形成着了，那么他开始是一个人了。

如果一个与他没有任何亲缘关系可言的男人如前那样，手拿一块糖或一颗果子对他说："叫爸，叫爸给你吃！"那个男人是不太会得逞的。如果这五六岁的孩子的爸爸已经死了，或虽没死，活得却不体面，比如在服刑吧——那么孩子会对那个男人心生憎恨的。

五六岁的他，倘非生性愚钝，心灵之中则不但有羞耻感形成着，还有尊严形成着了。对于人性，羞耻感和尊严，好比左心室和右心室，彼此联通。刺激这个，那个会有反应；刺激那个，这个会有反应。只不过从左至右或从右至左，流淌的不是血液，而是人性感想。

挑逗五六岁小孩儿的欲望是罪过的事情。在从前的年代，无论城市里还是农村里，类似的痞劣男人和痞劣现象，一向是不少的。表面看是想占孩子的便宜，其实是为了在心理上占孩子的母亲一点儿便宜，目的若达到了，便觉得类似意淫的满足……

据说，即使现在的农村，那等痞劣现象也不多了，实可喜也。

接着还说人和欲望的关系。

五六岁的孩子，欲望渐多起来。欲望说白了就是"想要"，而"想要"是因为看到别人有。对于孩子，是因为看到别的孩子有。一个新表、一双新鞋、一种新玩具，甚或仅仅是别的孩子养的一只小猫、小狗、小鸟，自己没有，那想要的欲望，都将使孩子梦寐以求，备受折磨。

记得我上小学的前一年，母亲带着我去一位副区长家里，请求对方在一份什么救济登记表上签字。那位副区长家住的是一幢漂亮的俄式房子，独门独院，院里开着各种各样赏心悦目的花儿；屋里，墙上悬挂着俄罗斯风景和人物油画，这儿那儿还摆着令我大开眼界的俄国工艺品。原来有的人的家院可以那么美好，令我羡慕极了。然而那只不过是起初的一种羡慕；我的心随之被更大的羡慕胀满了，因为我又发现了一只大猫和几只小猫——它们共同卧在壁炉前的一块地毯上；大猫在舔一只小猫的脸，另外几只小猫在嬉闹，亲情融融……

回家的路上，母亲心情变好，那位副区长终于在登记表上签字了。我却低垂着头，无精打采，情绪糟透了。

母亲问我怎么了？

我鼓起勇气说："妈，我也想养一只小猫。"

母亲理解地说："行啊，过几天妈为你要一只。"

母亲的话像一只拿着湿抹布的手，将我头脑中那块"印象黑板"擦了个遍。漂亮的俄式房子、开满鲜花的院子、俄国油画以及令我大开眼界的工艺品，全被擦光了，似乎是我的眼根本就不曾见过的了。而那些猫们的印象，却反而越擦越清楚了似的……

不久，母亲兑现了她的诺言。而自从我也养着一只小猫了，我们的破败的家，对于学龄前的我，也是一个充满快乐的家了。

欲望对于每一个人，皆是另一个"自我"，第二"自我"。它也是有年龄的，比我们晚生了两三年而已。如同我们的弟弟，如同我们的妹妹。如果说人和弟弟妹妹的良好关系是亲密，那么人和欲望的关系则是紧密。良好也紧密，不良好也紧密，总之是紧密。人成长着，人的欲望也成长着。人只有认清了它，才能算是认清了自己。常言道："知人知面难知心。"知人何难？其实，难就难在人心里的某些欲望有时是被人压抑住的，处于长期的潜伏状态。除了自己，别人是不太容易察觉的。欲望也是有年龄阶段的，那么当然也分儿童期、少年期、青年期、中年期、老年期和生命末期。

儿童期的欲望，像儿童一样，大抵表现出小小孩儿的孩子气。在对人特别重要的东西和使人特别喜欢的东西之间，往往更青睐于后者。

当欲望进入少年期，情形反过来了。

伊朗电影《小鞋子》比较能说明这一点：全校赛跑第一名，此种荣耀无疑是每一个少年都喜欢的。作为第一名的奖励，一次免费旅游，当然更是每一个少年喜欢的。但，如果丢了鞋子的妹妹不能再获得一双鞋子，就不能一如既往地上学了。作为哥哥的小主人公，当然更在乎妹妹的上学问题，所以他获得了赛跑第一名后，反而伤心地哭了。因为获得第二名的学生，那奖品才是一双小鞋子……

明明是自己最喜欢的，却不是自己竭尽全力想要获得的；自己竭尽全力想要获得的，却并不是为了自己拥有……

欲望还是那种强烈的欲望，但"想要"本身发生了嬗变。人在五六岁小小孩儿时经常表现出的一门心思地"我想要"，变成了表现在一个少年身上的一门心思的我为妹妹"想要"。

于是亲情责任介入到欲望中了。亲情责任是人生关于责任感的初省。人其后的一切责任感，皆由此而发散和升华。发散遂使人生负重累累，升华遂成大情怀。

有一个和欲望相关的词是"知慕少哀"。一种解释是，引起羡慕的事多多，反而很少有哀愁的时候了。另一种解释是，因为"知慕"了，所以虽为少年，心境每每生出哀来了。我比较同意另一种解释，觉得更符合逻辑。比如《小鞋子》中的那少年，他看到别的女孩子脚上有鞋穿，哪怕是一双普普通通的旧鞋子，那也肯定会和自己的妹妹一样羡慕得不得了。假如妹妹连做梦都梦到自己终于又有了一双鞋子可穿，那么同样的梦他很可能也做过的。一双鞋子，无论对于妹妹还是对于他，都是得到实属不易之事，他怎么会反而少哀呢？

我这一代人中的大多数，在少年时都曾盼着快快成为青年。这和当今少男少女们不愿长大的心理，明明是青年了还自谓"我们男孩""我们女孩"是截然相反的。

以我那一代人而言，绝大多数自幼家境贫寒，是青年了就意味着是大人了。是大人了，总会多几分解决现实问题的能力了吧？对于还是少年的我们那一代人，所谓"现实问题"，便是欲望困扰、欲望折磨。部分因自己"想要"，部分因亲人"想要"。合在一起，其实体现为家庭生活之需要。

所以中国民间有句话是——穷人的孩子早当家。早当家的前提是早"历事"。早"历事"的意思无非就是被要求摆正个人欲望和家庭责任的关系。

这样的一个少年，当他成为青年的时候，在家庭责任和个人欲望之间，便注定了每每地顾此失彼。

就比如求学这件事吧，哪一个青年不懂得要成才，普遍来说就得考大学这一道理呢？但我这一代中，有为数不少的人当年明明有把握考上大学，最终却自行扼死了上大学的念头。不是想上大学的欲望不够强烈，而是因为是长兄，是长姐，不能不替父母供学的实际能力考虑，不能不替弟弟妹妹考虑他们还能否上得起学的问题……

当今的采煤工，十之八九来自农村，皆青年。倘问他们每个人的欲望是什么，回答肯定相当一致——多挣点儿钱。

如果他们像孙悟空似的是从石头缝里蹦出来的，除了对自己负责，不必再对任何人怀揣责任，那么他们中的大多数也许就不当采煤工了。干什么还不能光明正大地挣几百元钱自给自足呢？为了多挣几百元钱而终日冒生命危险，并不特别划算啊！但对家庭的责任已成了他们的欲望。

他们中有人预先立下遗嘱——倘若自己哪一天不幸死在井下了，生命补偿费多少留给父母做养老钱，多少留给弟弟妹妹做学费，多少留给自己所爱的姑娘，一笔笔划分得一清二楚。

据某报的一份调查统计显示——当今的采煤工，尤其黑煤窑雇用的采煤工，独生子是很少的，已婚做了丈夫和父亲的也不太多。更多的人是农村人家的长子，父母年迈，身下有少男少女的弟弟妹妹……

责任和欲望重叠了，互相渗透了，混合了，责任改革了欲望的性质，欲望使责任也某种程度地欲望化了，使责任仿佛便是欲望本身了。这样的欲望现象，这样的青年男女，既在古今中外的人世间比比皆是，便也在古今中外的文学作品中屡屡出现。

比如老舍的著名小说《月牙儿》中的"我"，一名四十年代的女中学生。"我"出生于一般市民家庭，父母供"我"上中学是较为吃力的。父亲去世后，"我"无意间发现，原来自己仍能继续上学，竟完全是靠母亲做私娼。母亲还有什么人生欲望吗？有的。那便是——无论如何也要供女儿上完中学。母亲于绝望中的希望是——只要女儿中学毕业了，就不愁找不到一份好工作，嫁给一位好男人。而只要女儿好了，自己的人生当然也就获得了拯救。说到底，她那时的人生欲望，只不过是再过回从前的小市民生活。她个人的人生欲望，和她一定要供女儿上完中学的责任，已经紧密得根本无法分开。正所谓"皮之不存，毛将附焉"。

而作为女儿的"我"，她的人生欲望又是什么呢？眼见某些早于她毕业的女中学生不惜做形形色色有脸面有身份的男人们的姨太太或"外室"，她起初是并不羡慕的，认为是不可取的选择。她的人生欲望，也只不过是有朝一日过上比父母曾经给予她的那种小市民生活稍好一点儿的生活罢了。但她怎忍明知母亲在卖身而无动于衷呢？于是她退学了，工作了，打算首先在生存问题上拯救母亲和自己，然后再一步步实现自己的人生欲望。这时"我"的人生欲望遭到了生存问题的压迫，与生存问题重叠了，互相渗透了，混合了。对自己和对母亲的首要责任，改变了她心中欲望的性质，使那一种责任欲望化了，仿佛便是欲望本身了。人生在世，生存一旦成了问题，哪里还谈得上什么其他的欲望呢？"我"是那么地令人同情，因为最终连她自己也成了妓女……

比"我"的命运更悲惨，大约要算哈代笔下的苔丝。苔丝原是英国南部一个小村庄里的农家女，按说她也算是古代骑士的后人。她的家境败落是由于她父亲懒惰成性和嗜酒如命。苔丝天真无邪而又美丽，在家庭生活窘境的迫使之下，不得不到一位富有的远亲家去做下等用人。一个美丽的姑娘，即使是农家姑娘，那也肯定是有自己美好的生活憧憬的。远亲家的儿子亚雷克对她的美丽表现出了极大的兴趣，这使苔丝也梦想着与亚雷克发生爱情，并由此顺理成章地成为亚雷克夫人。欲望之对于单纯的姑娘们，其产生的过程也是单纯的。正如欲望之对于孩子，本身也难免具有孩子气。何况苔丝正处于青春期，荷尔蒙使她顾不上掂量一下自己想成为亚雷克夫人的欲望是否现实。亚雷克果然是一个坏小子，他诱惑了她，玩弄够了她，使她珠胎暗结之后理所当然地抛弃了她。

分析起来，苔丝那般容易地就被诱惑了，乃因她一心想成为亚雷克夫人的欲望，不仅仅是一个待嫁的农家姑娘的个人欲望，也由于家庭责任使然，因为她有好几个弟弟妹妹。她一厢情愿地认为，只要自己成为亚雷克夫人，弟弟妹妹也就会从水深火热的苦日子里爬出来了……

婴儿夭折，苔丝离开了那远亲家，在一处乳酪农场当起了一名挤奶员。美丽的姑娘，无论在哪儿都会引起男人的注意。这一次她与牧师的儿子安杰尔·克亚双双坠入情网，彼此产生真爱。但在新婚之夜，当她坦白往事后，安杰尔却没谅解她，一怒之下离家出走……

苔丝一心一意盼望丈夫归来。而另一边，父亲和弟弟妹妹的穷日子更过不下去了。坐视不管是苔丝所做不到的，于是她在接二连三的人生挫折之后，满怀屈辱地又回到了亚雷克身边，复成其性玩偶。

当她再见到回心转意的丈夫时，新的人生欲望促使她和丈夫共同杀死了亚雷克。夫妻二人开始逃亡，幸福似乎就在前边，在国界的另一边。然而在一天拂晓，在国境线附近，他们被逮捕了。苔丝的欲望，终结在断头台上……

如果某些人的欲望原本是寻常的，是上帝从天上看着完全同意的而人在人间却至死都难以实现它，那么证明人间出了问题。这一种人间问题，即我们常说的"社会问题"。"社会问题"竟将连上帝都同意的某部分人那一种寻常的欲望锤击得粉碎，这是上帝所根本不能同意的。

从这个意义上说，人类和宗教的关系，其实也是和普世公理的关系。倘政治家们明知以上悲剧，而居然不难过、不作为、不竭力扭转和改变状况，那么就不配被视为政治家，当他们是政客也还高看了他们……

但欲望将人推上断头台的事情，并不一概是由所谓"社会问题"而导致。司汤达笔下的于连的命运说明了此点。于连的父亲是市郊小木材厂的老板，父子相互厌烦。他有一个哥哥，兄弟关系冷漠。这一家人过得是比富人差很多却又比穷人强很多的生活。于连却极不甘心一辈子过那么一种生活，尽管那一种生活肯定是《月牙儿》中的"我"和苔丝们所盼望的。于连一心要成为上层人士，从而过"高尚"的生活。不论在英国还是法国，不论在从前还是现在，总而言之在任何时候，在任何一个国家，那一种生活一直属于少数人。相对于那一种"高尚"的生活，许许多多世人的生活未免太平常了。而平常，在于连看来等于平庸。如果某人有能力成为上层人士，上帝并不反对他拒绝平常生活的志向。但由普通而"上层"，对任何普通人都是不容易的。只有极少数人顺利爬了上去，大多数人到头来发现，那对自己只不过是一场梦。

于连幻想通过女人实现那一场梦。他目标坚定，专执一念。正如某些女人幻想通过嫁给一个有权有势的男人改变生为普通人的人生轨迹。

于连梦醒之时，已在牢狱之中。爱他的侯爵的女儿玛特尔替他四处奔走，他本是可以免上断头台的。毫无疑问，若以今天的法律来对他的罪过量刑，判他死刑肯定是判重了。

表示悔过可以免于一死。于连拒绝悔过。因为即使悔过了，他以后成为"上层人士"的可能也等于零了。

既然在他人生目标的边上，命运又一巴掌将他扇回到普通人的人生中去了，而且还成了一个有犯罪记录的普通人，那么他宁肯死。结果，断头台也就斩下了他那一颗令不少女人芳心大动的头……

《红与黑》这一部书，在中国，在二十世纪八十年代前，一直被视为一部思想"进步"的小说，认为是所谓"批判现实主义"的。但这分明是误读，或者也可以说是中国式的意识形态所故意左右的一种评论。

英国当时的社会自然有很多应该进行批判的弊病，但于连的悲剧却主要是由于没有处理好自己和自己的强烈欲望的关系。事实上，比之于苔丝，他幸运百倍。他有一份稳定的工作和一份稳定的收入，他的雇主们也都对他还算不错。不论市长夫人还是拉莫尔侯爵，都曾利用他们在上层社会的影响力栽培过他……

《红与黑》中有些微的政治色彩，然司汤达所要用笔揭示的显然不是革命的理由，而是一个青年的正常愿望怎样成为唯此为大的强烈欲望，又怎样成为迫待实现的野心的过程……

"我"是有理由革命的。苔丝也是有理由革命的。因为她们只不过要过上普通人的生活，社会却连这么一点儿努力的空间都没留给她们。

革命并不可能使一切人都由而理所当然地成为"上层人士"，所以于连的悲剧不具有典型的社会问题的性质。

对于我们每一个人，愿望是这样一件事——它存在于我们心中，我们为它脚踏实地来生活，具有耐心地接近它。而即使没有实现，我们还可以放弃，将努力的方向转向较容易实现的别种愿望……

而欲望却是这样一件事——它以愿望的面目出现，却比愿望脱离实际得多；它暗示人它是最符合人性的，却一向只符合人性最势利的那一部分；它怂恿人可以为它不顾一切，却将不顾一切可能导致的严重人生后果加以蒙蔽；它像人给牛拴上鼻环一样，也给人拴上了看不见的鼻环，之后它自己的力量便强大起来，使人几乎只有被牵着走，而人一旦被它牵着走了，反而会觉得那是活着的唯一意义；一旦想摆脱它的控制，却又感到痛苦，使人心受伤，就像牛为了行动自由，只得忍疼弄豁鼻子……

以我的眼看现在的中国，绝大多数的青年男女，尤其是受过高等教育的青年男女，他们所追求的，说到底其实仍属于普通人的一生目标，无非一份稳定的工作，两居室甚或一居室的住房而已。但因为北京是首都，是知识者从业密集的大都市，是寸土寸金房价最贵的大都市，于是使他们的愿望显出了欲望的特征。又于是看起来，他们仿佛都是在以于连那么一种实现欲望的心理,不顾一切地实现他们的愿望。

这样的一些青年男女和北京这样一个是首都的大都市,互为构成中国的一种"社会问题"。但北京作为中国首都,它是没有所谓退路的,有退路可言的只是青年们一方。也许,他们若肯退一步,另一片天地会向他们提供另一些人生机遇。但大多数的他们,是不打算退的。所以这一种"社会问题",同时也是一代青年的某种心理问题。

司汤达未尝不是希望通过《红与黑》来告诫青年应理性对待人生;但是在中国,半个多世纪以来,于连却一直成为野心勃勃的青年们的偶像。

文学作品的意义走向反面,这乃是文学作品经常遭遇的尴尬。

当人到了中年,欲望开始裹上种种伪装。因为中年了的人们,不但多少都有了一些与自己的欲望相伴的教训和经验,而且多少都有了些看透别人欲望的能力。既然知彼,于是克己,不愿自己的欲望也同样被别人看透。因而较之于青年,中年人对待欲望的态度往往理性得多。绝大部分的中年人,由于已经为人父母,对儿女的那一份责任,使他们不可能再像青年们一样不顾一切地听凭欲望的驱使。即使他们内心里仍有某些欲望十分强烈地存在着,那他们也不会轻举妄动,结果比青年压抑,比青年郁闷。而欲望是这样一种"东西",长久地压抑它,它就变得若有若无了,它潜伏在人心里了。继续压抑它,它可能真的就死了。欲望死在心里,对于中年人,不甘心地想一想似乎是悲哀的事,往开了想一想却也未尝不是幸事。"平平淡淡才是真"这一句话,意思其实就是指少一点儿欲望冲动,多一点儿理性考虑而已。

但是,也另有不少中年人,由于身处势利场,欲望仍像青年人一样强烈。因为在势利场上,刺激欲望的因素太多了。诱惑近在咫尺,不由人不想入非非。而中年人一旦被强烈的欲望所左右,为了达到目的,每每更为寡廉鲜耻。这方面的例子,我觉得倒不必再从文学作品中去寻找了。仅以一九四九年后的中国而论,政治运动频繁不止,波澜惊心,权争动魄,忽而一些人身败名裂,忽而一些人鸡犬升天,今天这伙人革那伙人的命,明天那伙人革这伙人的命,说穿了尽是个人野心和欲望的搏斗。为了实现野心和欲望,把整个人世间弄得几乎时刻充满了背叛、出卖、攻击、陷害、落井下石、尔虞我诈……

"文革"结束,当时的佛教协会会长赵朴初曾发表过一首曲,有两句是这样的:

> 君不见小小小小的"老百姓",却原是大大大大的野心家;
> 夜里演戏叫作"旦",叫作"净",都是满脸大黑花……

其所勾勒出的也是中国特色的欲望的浮世绘。

绝大多数青年因是青年,一般爬不到那么高处的欲望场上去。侥幸爬将上去了,不如中年人那么善于掩饰欲望,也会成为被利用的对象。青年容易被利用，十之七八由于欲望被控制了。而凡被利用的人，下场大抵可悲。

若以为欲望从来只在男人心里作祟，大错特错也。

女人的心如果彻底被欲望占领，所作所为将比男人更不理性，甚而更凶残。最典型的例子是《圣经故事》中的莎乐美。莎乐美是希律王和他的弟妻所生的女儿，备受希律王宠爱。不管她有什么愿望，希律王都尽量满足她，而且一向能够满足她。这样受宠的一位公主，她就分不清什么是自己的愿望，什么是自己的欲望了。对于她，欲望即愿望。而她的一切愿望，别人都是不能说不的。她爱上了先知约翰，约翰却一点儿也不喜欢她。正所谓落花有意，流水无情。依她想来，"世上溜溜的男子，任我溜溜地求"。爱上了哪一个男子，是哪一个男子的造化。约翰对她的冷漠，反而更加激起了她对他的占有欲望。机会终于来了，在希律王生日那天，她为父王舞蹈助娱。希律王一高兴，又要奖赏她，问她想要什么？她异常平静地说："我要仆人把约翰的头放在盘子上，端给我。"希律王明知这一次她的"愿望"太离谱了，却为了不扫她的兴，把约翰杀了。莎乐美接过盘子，欣赏着约翰那颗曾令她神魂颠倒的头，又说："现在我终于可以吻到你高傲的双唇了。"

愿望是以不危害别人为前提的心念。欲望则是以占有为目的的一种心念。当它强烈到极点时，为要吸一支烟，或吻一下别人的唇，斩下别人的头也在所不惜。

莎乐美不懂二者的区别，或虽懂，认为其实没什么两样。当然，因为她的不择手段，希律王和她自己都受到了神的惩罚……

罗马神话中也有一个女人，欲望比莎乐美还强烈，叫美狄亚。美狄亚的欲望，既和爱有关，也和复仇有关。

美狄亚也是一位公主。她爱上了途经她那一国的探险英雄伊阿宋。伊阿宋同样是一个欲望十分强烈的男人。他一心完成自己的探险计划，好让全世界佩服他。美狄亚帮了他一些忙，但要求他成为自己的丈夫，并带她偷偷离开自己的国家。伊阿宋和约翰不同，他虽然并不爱美狄亚，却未说过"不"。他权衡了一下利益得失，答应了。于是一个男人和一个女人的欲望，达成了相互心照不宣的交换。

当他们逃走后，美狄亚的父王派她的弟弟追赶，企图劝她改变想法。不待弟弟开口，她却一刀将弟弟杀死，还肢解了弟弟的尸体，东抛一块西抛一块。因为她料到父亲必亲自来追赶，那么见了弟弟被分尸四处，肯定会大恸悲情，下马拢尸，这样她和心上人便有时间摆脱追兵了。她以歹毒万分的诡计"恶搞"伊阿宋的、当然也是她自己的权力对头——使几位别国公主亲手杀死她们的父王，剁成肉块，放入锅中煮成了肉羹，却拒绝如她所答应的那样，运用魔法帮公主们使她们的父亲返老还童，而且幸灾乐祸。这样的妻子不可能不令丈夫厌恶。坐上王位的伊阿宋抛弃了她，决定另娶一位王后。在婚礼的前一天，她假惺惺地送给了丈夫的后妻一顶宝冠，而对方一戴在头上，立刻被宝冠喷出的毒火活活烧死。并且她亲手杀死了自己和丈夫的两个儿子，为的是令丈夫痛不欲生……

古希腊的戏剧家，在他们创作戏剧中，赋予了这一则神话现实意义。美狄亚不再是善巫术的极端自我中心的公主，而是一位普通的市民阶层的妇女，为的是使她的被弃也值得同情，但还是保留了她烧死情敌杀死自己两个亲子的行径。可以说，在古希腊，在古罗马，美狄亚是"欲望"的代名词。

虽然我是男人，但我宁愿承认——事实上，就天性而言，大多数女人较之大多数男人，对人生毕竟是容易满足的；在大多数时候，在大多数情况下，也毕竟是容易心软起来的。

势利欲望也罢，报复欲望也罢，物质占有欲望也罢，情欲、性欲也罢，一旦在男人心里作祟，结成块垒，其狰狞才尤其可怖。

人老矣，欲衰也。人不是常青树，欲望也非永动机，这是由生命规律所决定的，没谁能跳脱其外。一位老人，倘还心存些欲望的话，那些欲望差不多又是儿童式的了，还有小孩子那种欲望的无邪色彩。故孔子说："七十而从心所欲，不逾矩。"意思是还有什么欲望念头，那就由着自己的性子去实现吧，大可不必再压抑着了，只不过别太出格。对于老人们，孔子这一种观点特别人性化。孔子说此话时，自己也老了，表明做了一辈子人生导师的他，对自己是懂得体恤的。

"老夫聊发少年狂"，便是老人的一种欲望宣泄。

但也确有些老人，头发都白了，腿脚都不方便了，思维都迟钝了，还是觊觎势利，还是沽名钓誉，对美色的兴趣还是不减当年。所谓"为老不尊"，其实是病，心理方面的。仍恋权柄，由于想象自己还有能力摆布时局，控制云舒云卷；仍好美色，由于恐惧来日无多，企图及时行乐，弥补从前的人生损失。两相比较，仍好美色正常于仍恋权柄，因为更符合人性。"虎视眈眈，其欲逐逐"，这样的老人，依然可怕，亦可怜。

人之将死，心中便仅存一欲了——不死，活下去。

人咽气了，欲望戛然终结，化为乌有。

西方的悲观主义人生哲学，说来道去，归根结底就是一句话——欲望令人痛苦；禁欲亦苦；无欲，则人非人。

那么积极一点儿的人生态度，恐怕也只能是这样——伴欲而行，不受其累；"己所不欲，勿施于人"。从年轻的时候起，就争取做一个三分欲望、七分理性的人。

"三七开"并不意味着强调理性，轻蔑欲望，乃因欲望较之于理性，更有力量。好比打仗，七个理性兵团对付三个欲望兵团，差不多能打平手。

人生这种情况下，才较安稳……

关于情感

世界上没人能对"情感"二字进行周详的诠释。迄今为止所有一切关于"情感"的解说加在一起,也还是无法将人性这复杂而又多彩的现象全部包含。正如迄今为止所有一切关于自然界的解说加在一起,并不能将自然界的种种现象分析得明明白白。

所以便有了这样的诗句:

> 比陆地更广大的是海洋,
> 比海洋更广大的是天空,
> 比天空更广大的是宇宙,
> 和宇宙一样广大的,
> 是人的心灵。

在这样的诗句中,"广大"一词的意思,据我想来,不仅仅是一种"维"的概念,或许更意味着其难以全面探究的无限性。

和"情感"二字联系得最紧密的是"心灵"一词，正如鱼必然使我们联想到水。

我们有心脏，心脏是实在的器官，解剖学早已证明了这一点。但解剖学从未在人身上发现过"心灵"是什么，也永远不可能发现。它根本就不存在。虽然它根本就不存在，人类却宁可信其有，不愿信其无。因为情感它需要有一个家。这比较符合人性之逻辑。故缺乏情感的人，常被形容为心灵冷漠。故倡导情感教育的人士们每每如此强调——谁都有心脏，但并非谁都有心灵可言。这意味着强调心灵是后天的，是某种人不重视其有无，便就似有似无的事物，或曰"东西"。而情感却是先天的，它分布在人性中，如江河之分布在大地上。环境的污染足以使江河淤塞，甚至断流、干涸。于是不但需要有清污船，还需要有水库。心灵是情感的水库；情感教育是情感的清污船。其实没谁强迫人类对自己进行什么情感教育。这纯粹源于人性的一种自觉。这自觉最初体现于宗教，也可以认为体现于一种恐惧——一种人类对人性恶的恐惧。人类在蒙昧时期恐惧自然界对自己的危害。人类越文明则越清楚地意识到——其实更值得恐惧的是人性自身的恶。人类尝此恶果远甚于自然界对自己的危害，于是人类只得靠了宗教来威吓自身。与从前的教规相比，后来的法律真是温和多了，也实事求是多了。

尽管我们难以对"情感"二字进行周详的诠释，却起码可以指出有些表现在许多时候所呈现的并非情感现象。

比如疼痛如果仅仅反应在肉体上，一般情况下不是什么情感的现象，只有反应在心灵里的时候才是。

比如饮食的快感一般情况之下那不是什么情感的现象，但当宗教徒作餐前祷告之时，或流浪汉跪饮异域的泉水，倏忽间怀念起家院中的井以及父母亲人时，情况就大为不同了。

比如孩子独自在家看一般恐怖片的碟时害怕了，一般情况之下不是什么情感的现象；只有当听到父母回家的脚步声临近家门一跃而起跑去开门时，本能才刹那间转化为情感。

比如中了彩券的百万大奖高兴得眉开眼笑，一般情况之下不是什么情感的现象；随即想到要与最亲爱的人们共同分享那一幸运的时候才是。倘竟没有一个亲爱之人值得相告，那么那一种高兴和一头食肉动物偶获一餐时的"快乐"嚎叫没什么区别。

比如《卖火柴的小女孩》在冻死之前幻想到了老祖母在天堂向她伸出拥抱的手臂当然是情感的现象；孔乙己赊酒数茴香豆时也体现出丰富又微妙的情感现象——而婴儿的啼哭却是与"情感"二字没什么直接关系的。

现代的人类在本欲方面的要求是越来越强烈越来越多种多样五花八门了，但在情感的丰富和细腻方面，一个不争的事实是——似乎越来越退化了。

现代的人类企图回避这一真相，结果是越加地用本欲代替情感，并且进一步企图将二者混淆，以为就会在本欲大大满足的同时，也解决了情感匮乏的危机。

而这是自欺欺人的，只有人性才有自欺欺人的现象。

现代人的心灵，已不再像宇宙，倒有点儿像碳，什么都吸收，但自身不变。

在未来的时代，中国的一代代独生子女长大成人，渐渐主宰中国。人类情感质量退化的现象，呈现于中国，也许比呈现于世界任何国家都更咄咄逼人吧？

情感教育，对于中国，当是民族的必修之课。

如果我们能觉悟到这一点，为时还不算晚……

两 种 人

这里说的两种人是少数人,却又几乎是我们每一个人。

前一种人,一言以蔽之,是一心想要"怎么样"的人。"怎么样",在此处表意为动词。好比双方摩拳擦掌就要争凶斗狠,一方还不停地叫号:"你能把我(或老子)怎么样?!"——我们常见的这一情形。

后一种人,是不打算"怎么样"的人。相对于前者,每显得动力不足。还以上边的情形为例,即使对方指额戳颐,反应也不激烈,或许还往后退,且声明——"我可没想把你怎么样。"

这时便有第三种人出现,推促后一种人,并怂恿:"上!怕什么?别装熊啊!"

而后一种人,反应仍不激烈。他并不怯懦,只不过"懒得"。"懒得"是形容"不作为"的状态,或曰"无为"。"无为"也许是审时度势、韬光养晦的策略;也许干脆就是一种看透,于是不争。不争在这一种人心思里,体现为不进不取。别人尽可以认为他意志消沉了,丧失活力了;其实,也可能是他形成一种与进取相反的人生观了。

二十世纪八十年代，作家谌容大姐曾发表过一篇影响很大的中篇小说《懒得离婚》。

离婚无论对于男人还是女人，那是何等来劲儿之事。即使当事人并不来劲儿，那也总还是十分要劲儿的事。本该来劲儿也往往特要劲儿的事，却也"懒得"了，足见是看得较透了。谌容大姐小说中的主人公，不是由于顾虑什么才懒得离婚，而是因为人生观的原因才懒得离婚。"离了又怎么样呢？"——主人公的朋友回答不了她这一个问题，恐怕所有的别人也都是回答不了的。而她自己，看不到离婚或不离婚于她有什么区别。或进一步说，那区别并不足以令她激动，亦不能又点燃她内心里的一支什么希望之光、欲念之烛。于是她对"离婚"这一件事宁可放弃主动作为，取一种无为的顺其自然的态度。

是的，我认为，一心想要"怎么样"的人，和不打算"怎么样"的人，在我们的周围都是随处可见的。相比而言，前者多一些，后者少一些。前者中，年轻人多一些；后者中，老年人多一些。基本规律如此，却也不乏反规律的现象——某些老者的一生，始终是想要"怎么样"的一生。"怎么样"对应的是目的，或目标。只要一息尚存，那目的，那目标，便几乎是唯一所见。相比于此，别的事往往不在眼里，于是也不在心里。而某些年轻人却想得也开看得也开，宠辱不惊，随遇而安，于是活得超然。年轻而又活得超然的人是少的。少往往也属"另类"。

一心想要"怎么样"，发誓非"怎么样"了而决不罢休，是谓执着。

当然也可能是偏执。人和目的、目标的关系太偏执了，就很容易迷失了自我。目的也罢，目标也罢，对于一个偏执的迷失了自我的人，其实不是近了，而是远了。

从来不打算"怎么样"的人，倘还是人生观使然，那么这样的人常是令我们刮目相看的。以下一则外国的小品文，诠释的正是令我们刮目相看之人的人生观：

他正在湖畔垂钓，他的朋友来劝他，认为他不应终日虚度光阴，而要抖擞起人生的精神，大有作为。

他问："那我该做什么呢？"

他的朋友指点迷津，建议他做这个，做那个，都是有出息，成功了便可高人一等这类令人羡慕的事。

可这人很难开窍，还问："为什么呢？"

朋友就耐心地告诉他，那样他的人生就会变得怎么怎么样，比现在好一百倍了……

他却说："我现在面对水光山色，心无杂欲，欣赏着美景，呼吸着沁我肺腑的优质空气，得以摆脱许多烦恼之事，已觉很好了啊！"

这一种恬淡的人生观未尝不可取，但这一则小品本身难以令人信服，因为它缺少一个前提，即不打算怎么样的人，必得有不打算怎么样的资格。那资格便是一个人不和自己的人生较劲儿似的一定要怎么怎么样，他以及他一家人的生活起码是过得下去的，而且在起码的水平上是可持续的，比较稳定的。白天有三顿饭吃，晚上有个地方睡觉，这自然是起码过得下去的生活，但却不是当代人的，而接近着是原始人的。对于生活水平很原始而又不生活在原始部落的人，老庄哲学是不起作用的，任何宗教劝慰也都是不起作用的。何况只有极少数人是在这个世界上"赤条条来去无牵挂"的人，绝大多数人是家庭一员，于是不仅对自己，对家庭也负着份摆脱不了的责任。光是那一种责任，往往便使他们非得怎么怎么样不可。想要不怎么怎么样而根本不能够的人，是令人心疼的。比如简芳汀之卖淫，许三观之卖血。又比如今天之农民矿工，大抵是为了一份沉重的家庭责任才充牛当马的。而大学学子毕业了，一脚迈出校门非得尽快找到一份工作，乃因倘不，人生便没了着落，反哺家庭的意愿便无从谈起……

一个一心想要怎么怎么样的人，倘他的目的或目标是和改变别人甚至千万人的苦难命运的动机紧密连在一起的，那么他们的执着便有了崇高性。比如甘地，比如林肯，比如中国的抗日英雄们，即使"壮志未酬身先死"，他们的执着，那也还是会受到后人应有的尊敬的。

另有某些一心想要怎么怎么样的人，他们之目的、目标和动机，纯粹是为了要实现个人的虚荣心。虚荣心人皆有之，膨胀而专执一念，就成了狼子野心。野心最初大抵是隐蔽的，隐目标，隐动机，是不可告人的，需尽量掩盖的，唯恐被别人看穿的。一旦被别人看穿，是会恼羞成怒怀恨在心的。这样的人是相当可怕的。比如他正处心积虑，一心想要怎么怎么样，偏偏有人多此一举地劝他何必非要怎么怎么样，最终怎么怎么样了又如何——那么简直等于引火烧身了。因为既劝，就意味着看穿了他。他那么善于掩盖却被看穿了，由而恨生。可悲的是相劝者往往被恨着了自己还浑然不知。因为觉得自己是出于善意，不至于被恨。

我曾认识过这么一个人，五十余岁，官至局级。按说，对于草根阶层出身的人，一无背景，二无靠山，是应该聊以自慰的了。也就是说，有可以不再非要怎么怎么样的资格了。但他却升官的欲望更炽，早就不错眼珠地盯着一把副部级的交椅了，而且自认为非他莫属了。于是呢，加紧表现。每会必到，每到必大发其言，激昂慷慨，专挑上司爱听的话说，说得又是那么的肉麻，每令同僚大皱其眉，逐渐集体地心生鄙夷。机会就在眼前，那时的他，其野心已顾不得继续加以隐藏，暴露无遗也。以往的隐，乃是为了有朝一日蓄势而发。此野心之规律。他认为他到了不该再隐，而需一鼓作气的时候了。

然而最终他还是没坐上那一把副部级的交椅，被一位才四十几岁的同僚坐上了。这一下他急眼了，一心想要怎么怎么样，几乎就要怎么怎么样了，却偏偏没能怎么怎么样，他根本无法接受这样的现实，觉得自己的人生太失败了。于是四处投书，申诉自己最具有担任副部级领导的才干，诋毁对方如何如何地不够资格，指责组织部门如何如何有眼无珠，一时间搞得自己和他人的关系横向竖向都很紧张。

他毕竟也有几个朋友，朋友们眼见他走火入魔似的，都不忍袖手旁观，一致决定分头劝劝他。现而今，像他这样的人居然还能有几个对他那么负责的朋友，本该是他谢天谢地的事。然而他却以怨报德，认为朋友们是在合起伙来，阻挠他实现人生的最后一个大目标。一位朋友问："你就是当上了'副部'又怎么样啊？"他以结死扣儿的态度说："那太不一样了！"又一个朋友苦口婆心地规劝："你千万不要再那么没完没了地闹腾下去了！"他却越发固执："不闹腾我不就这么样了吗？"朋友不解："这么样又怎么了啊！"他说出一番自己的感受："如果我早就甘心这么样了，以前我又何必时时处处那么样？我付出了，要有所得！否则就痛苦……"

仅仅是不听劝，还则罢了，他还做出了令朋友们寒心而又恐惧的事。现而今，谁对现实还没有点儿意见？相劝之间，话题一宽，有的朋友口无遮掩，难免说了些对上级或对现实不满的话，就被他偷偷录下音来了，接着写成了汇报材料，借以证明自己政治上的忠诚。结果，他的朋友们麻烦就来了。一来，可就是不小的麻烦。某些对现实的牢骚、不满和讽刺，今天由老百姓的口中说出，已不至于引起严厉的追究。但由官场之人的口中说出，铁定是政治性质的问题无疑。于是他那几位朋友，有的写检讨，有的受处分，有的被降了职，有的还失去了工作，被划为"多余者"而"挂起来"了。一时间风声鹤唳，人人自危。

人无完人，那一个四十几岁刚当上副部级干部的人，自然也不是完人。婚外恋，一夜情，确乎是有过的。不知怎么一来，被他暗中调查了解了个一清二楚。于是写一封揭发信，寄给了纪委……对方终于被他从副部级的交椅上搞倒了，但他自己却依然没能坐上去。

对他的"忠诚",组织部门是没有评论的。但对他的品格,则拿不大准了。现而今,组织部门提拔干部,除了"忠诚",也开始重视品格了。

他这一位五十几岁的局长,一心还想要怎么怎么样,到头来非但没能怎么怎么样,反而众叛亲离,人人避之唯恐不及,将自己的人生弄得很不怎么样了……

不久他患了癌症。除了家人,没谁曾去看他。他自知来日无多,某日强撑着,亲笔给上级领导写了最后一封信,重申自己的政治忠诚。字里行间,失落多多。最后提出要求,希望组织念他虽无功劳,还有苦劳,在追悼词中加添一句——"生前曾是副部级干部提拔对象。"

领导阅信后,苦笑而已。征求其家属开追悼会的方式,家属已深感他人际的毁败,表示后事无须单位张罗了……

一个人一心想要怎么怎么样到了如此这般的地步,依我看来,别人就根本不要相劝了,只将这样的一个人当成反面教材就行了。

某次,有学子问我孔孟之道和老庄哲学的不同,我寻思有顷,做如下回答:

孔孟之道,论及人生观的方面,总体而言,无非是要教人怎么怎么样而又合情合理地对待人生,大抵是相对于青年人和中年人来说的,是引导人去争取和实现的说教。故青年人和中年人,读一点儿孔孟对修养是有益的。而老庄哲学,却主要是教人不怎么怎么样而又合情合理地"放下"和摆脱的哲学,是老年人们更容易接受和理解的哲学。

孔子曰："六十而耳顺，七十而从心所欲，不逾矩。"除此而外，几乎没有再讲过老年人该怎么对待人生的问题。他到了老年，也还是主张"克己复礼"，足见自己便是一个非怎么怎么样而不可的人。对于一位老人，"克己复礼"的活法是与"从心所欲"的活法自相矛盾的。孔子到了老年也还是活得很放不下，但是像他那么睿智的一位老人，嘴上虽放不下，内心里却是悟得透的。一生都在诲人不倦地教人怎么怎么样，悟透了也不能说的。由自己口中说出了老庄哲学的意思，岂不是等于自我否定自我颠覆了吗？故仅留下了那么短短的两句话，点到为止。

我们由此可以推测，"耳顺"以后的孔子，头脑里肯定也是会每每生出虚无的思想来的。普天下的老人有共性，孔子孟子也不例外。他们二位的导师是岁数。岁数一到，对人生的态度，自然就会发生变化。所幸现在流传下来的，主要是他们二位针对青年人和中年人而言的人生观。因为他们的学生都是青年人和中年人。如果他们终日所面对的皆是老年人，那么就会有他们关于老年人的许多思想也流传下来。果而如此，后来老子和庄子的思想角色，大约也就由他们一揽子充当了。

正由于情况不是那样，老子也罢，庄子也罢，才得以也成为古代思想家。老庄的思想，是告诉人们不怎么怎么样也合乎人生和人性道理的思想。比如在庄子那儿，人和"礼"的关系显然是值得商榷的，"礼"随人性，自然才更符合他的思想。而在老子那儿，则又可能变成这么一个问题——人本天地间一生灵，天不加我于"礼"，地不迫我于"礼"，别人凭什么用"礼"来烦我？他们的"礼"，是他们的社会关系的需要。我自由于那社会关系之外，那"礼"于我何干？

庄子的哲学思想智慧，充满了形而上的思辨，乃是一种相当纯粹的思辨，实用性是较少的，具有少年思想家的特点，浪漫而又质疑多多。

孔孟之道，无论言说社会还是言说人生，都是很现实的。大多数青年人和中年人，不可能不重视人和现实的关系。故孔孟之道在从前的中国成为青年人和中年人的人生教科书实属必然。

老子的思想是"中年后"的思想，古今中外，大多数人到了中年以后，头脑里都会自然而然地生出自己只不过是世上匆匆一过客的思想。老子将人这一种自然而然的思想予以归纳总结，使之在思想逻辑上合情合理了。

"白发渔樵江渚上，惯看秋月春风。一壶浊酒喜相逢，古今多少事，都付笑谈中。"白发渔樵也许从没听说过老子，但与老子在思想上有相通处。何以然？人类的天生悟性使然。

一个人到了中年以后，倘又衣食无忧，却还是一门心思地非要将自己的人生提升到怎么怎么样的程度不可的话，这样的人，其人生的悟性，连白发渔樵也不如了。若说孔孟之道有毒害人心的负面作用，这样的人便是一例了。即使他从没读过什么孔孟的书，那也是一例。因为其毒几千年来遗传在国家的意识形态中，成了一种思想环境——官本位。

孔孟作为思想家都很伟大,但是当今之中国人一定要清楚——他们是伟大的封建时代的思想家……

贵贱揭示的心理真相

人类社会一向需要法的禁束、权的治理。既有权的现象存在，便有权贵者族存在，古今中外，一向如此。权大于法，权贵者便超惩处，既不但因权而在地位上贵，亦因权而在人权上贵，是为人上人。或者，只能由权大者监察权小者，权小者监察权微者。凌驾于权贵者之上的，曰帝，曰皇，曰王。中国古代，将他们比作"真龙天子"。既是"龙"，下代则属"龙子龙孙"。"龙子龙孙"们，受庇于帝者王者的福荫，也是超社会惩处的人上人。既曰"天子"，出言即法、即律、即令，无敢违者，无敢抗者。违乃罪，抗乃逆，逆乃大罪，曰逆臣、逆民。不仅中国古代如此，外国亦如此。法在人类社会渐渐形成以后相当漫长的一个历史时期内，仍如此。中国古代的法曾明文规定"刑不上大夫"。刑不上大夫不是说法不惩处他们，而仅仅是强调不必用刑拷之。毕竟，这是中国的古法对知识分子最开恩的一面。外国的古法中明文规定过，贵族可以不缴一切税，贵族可以合理合法地掳了穷人的妻女去抵穷人欠他们的债，占有之是天经地义的。

但是自从人类社会发展到文明的近现代，权大于法的现象越来越少了，法高于权的理念越来越成为共识。法律面前人人平等，于是权贵者之贵不复以往。将高官乃至将首相总统推上被告席，早已是司空见惯之事。仅一九九九年不是就发生几桩吗？法律的权威性，使"权贵"一词与从前比有了变化。人可因权而殊，比如可以入住豪宅，可以拥有专机、卫队，但却不能因权而贵。要求多多，比一般人更须时时提醒自己——千万别触犯法律。

法保护权者殊，限制权者贵。

所以美国总统们的就职演说，千言万语总是化作一句话，那就是——承蒙信赖，我将竭诚为美国效劳！而为国效劳，其实也就是"为人民服务"的意思。所以日本的前首相铃木善幸就任前回答记者道："我的感觉仿佛是应征入伍。"

因权而贵，在当代法制和民主程度越来越高的国家里已经不太可能，将被视为文明倒退的现象。因权而殊，也要付出相应的代价。其中一项就是几乎没有隐私可言。因权而殊，不仅殊在权力待遇方面，也殊在几乎没有隐私可言一点上。其实，向权力代理人提供特殊的生活待遇，也体现着一个国家和它的人民，对于所信托的某一权力本身的重视程度，并体现着人民对某一权力本身的评估意识。故每每以法案的方式确定着，其确定往往证明这样的意义——某一权力的重要性，值得它的代理人获得那一相应的待遇，只要它的代理人同时确乎是值得信赖的。

林肯坚决反对因权而贵。在他任总统后，也时常生气地拒绝因权而殊的待遇。他去了解民情和讲演时，甚至不愿带警卫，结果他不幸被他的政敌们所雇的杀手暗杀。甘地在被拥戴为印度人民的领袖以后，仍居草屋，并在草屋里办公、接待外宾。他是人类现代史上太特殊的一例。他是一位理想的权力圣洁主义者，一位心甘情愿的权力殉道主义者。像他那么意识高尚的人也难免有敌人，他同样死在敌人的子弹之下，他死后被泰戈尔称颂为"圣雄甘地"。

无论因权而殊者，还是受权而不受殊者，只要他是竭诚为人民服务的，人民都将爱戴他。但，他们的因权而殊，是不可以殊到人民允许以外去的，更是不可以殊及家人及亲属的，因为后者们并非人民的权力信托人。

因贫而"贱"是人类最无奈的现象。人类的某一部分是断不该因贫而被视为"贱"类的。但在从前，他们确曾被权贵者富贵者们蔑称为"贱民"过。我们现在所论的，非他们的人格，而是他们的生存状态。如果他们缺衣少食，如果他们居住环境肮脏，如果他们的子女因穷困而不能受到正常的教育，如果他们生了病而不能得到医疗，如果他们想有一份工作却差不多是妄想，那么，他们的生存状况，确乎便是"贱"的了。我们这样说，仅取"贱"字"低等"的含意。

处在低等生活状态中的民众，他们作为人的尊严却断不可因此便被论为低等。恰恰相反，比如雨果笔下的冉·阿让。他的心灵，比权贵者高贵，比富贵者高贵。

权贵者富贵者与"贱民"们遭遇的"情节",历史上多次发生过。那是人类社会黑暗时期的黑暗现象。"高马达官厌酒肉,此辈杼柚茅茨空"是黑暗的丑陋的不公正的人类现象。

"朱门酒肉臭,路有冻死骨"同样是。

一以权贵而比照贫"贱",一以富贵而比照贫"贱"。萧伯纳说:"不幸的是,穷困给穷人带来的痛苦,一点儿也不比它给社会带来的痛苦少。"

限制权贵是比较容易的,人类社会在这方面已经做得卓有成效。消除穷困却要难很多,中国在这方面任重而道远。

约翰逊说:"所有证明穷困并非罪恶的理由,恰恰明显地表明穷困是一种罪恶。"

穷困是国家的溃疡。有能力的人们,为消除中国的穷困现象而努力呀!

富贵是幸运。富者并非皆不仁。因富则善,因善而仁,因仁而德贵者不乏其人。他们中有人已被著书而传,已被立碑而纪念。那是他们理应获得的敬意。

相反的现象也不应回避——富贵者或由于贪婪,或由于梦想兼而权贵起来,于是以富媚权,傍权不仁,傍权丧德,此时富贵者反而最卑贱。比如《金瓶梅》中的西门庆去贿相府时就一反富贵者常态地很卑贱。同样,受贿的权贵斯时嘴脸也难免卑贱。

全部人类道德的最高标准非其他,而是人道。凡在人道方面堪称榜样的人,都是高贵的人。故我认为,辛德勒是高贵的。不管他真否曾是什么间谍，他已然高贵无疑了。舍一己之生命而拯救众人的人，是高贵的。抗洪抢险中之中国人民子弟兵，是高贵的。英国前王妃戴安娜安抚非洲灾民，足步雷区，表明她反战立场的行为，是高贵的。南丁格尔也是高贵的。马丁·路德·金为了他的主张所进行的政治实践，同样是高贵的。废除黑奴制的林肯当然有一颗高贵的心。中国教育事业的开拓者陶行知也有一颗高贵的心。人类历史中文化中有许多高贵的人。高贵的人不必是圣人，不是圣人一点儿也不影响他们是高贵的人。有一个错误一直在人类的较普遍的意识中存在着，那就是以权、以富、以出身和门第而论高贵。

文明的社会不是导引人人都成为圣人的社会。恰恰相反，文明的社会是尽量成全人人都活得自然而又自由的社会。文明的社会也是人心低贱的现象很少的社会。人心只有保持对于高贵的崇敬，才能自觉地防止它趋利而躬而鄙而劣，一言以蔽之，而低贱。我们的心保持对于高贵的永远的崇敬，并不至于便使我们活得不自然而又不自由。事实上，人心欣赏高贵恰是自然的，反之是不自然的，病态的。事实上，活得自由的人首先是心情愉快的人。

《悲惨世界》中的沙威是活得不自然的人，也是活得不自由的人。他在人性方面不自然，他在人道方面不自由，故他无愉快之时，他的脸和目光总是阴的。他是被高贵比死的。是的，没人逼他，他只不过是被高贵比死的。

贵与"贱"是相对立的。在社会表征上相对立，在文明理念上相平等；在某些时候，在某些情况下，则相反。那是贵者赖其贵的表征受检验的时候和情况下，那是"贱"者有机会证明自己心灵本色和品质本色的时候和情况下。权贵相对于贫"贱"应贵在责任和使命，富贵相对于贫"贱"应贵在同情和仁爱。贫"贱"的现象相对于卑贱的行为是不应受歧视的，卑贱相对于高贵更显其卑贱。

有资格尊贵的人在权贵者和富贵者面前倘巴结逢迎不择手段不遗余力，那就是低贱了。低贱并非源于自卑，因为自卑者其实本能地避权贵者避富贵者，甚至，也避尊贵者。自卑者唯独不避高贵，因为高贵是存在于外表和服装后面的。高贵是朴素的、平易的，甚至以极普通的方式存在。比如《悲惨世界》中"掩护"了冉·阿让一次的那位慈祥的老神父。自卑者的心相当敏感，他们靠了自己的敏感嗅辨高贵。当然自卑而极端也会在人心中生出邪恶。那时人连善意地帮助自己的人也会嫉恨，那时善不得善报。低贱是拿自尊去换利益和实惠时的行为表现，低贱者不以为耻反以为荣，那就简直是下贱了。

贫"贱"是存在于大地上的问题，所以在大地上就可以逐步解决。

卑贱、低贱、下贱之贱都是不必用引号的，因为都是真贱。真贱是存在于人心里的问题，也是只能靠自己去解决的问题。

平凡的地位

"如果在三十岁以前,最迟在三十五岁以前,我还不能使自己脱离平凡,那么我就自杀。""可什么又是不平凡呢?""比如所有那些成功人士。""具体说来。""就是,起码要有自己的房、自己的车,起码要成为有一定社会地位的人吧?还起码要有一笔数目可观的存款吧?""要有什么样的房,要有什么样的车?在你看来,多少存款算数目可观呢?""这,我还没认真想过……"……以上,是我和某大一男生的对话。那是一所较著名的大学,我被邀讲座。对话是在五六百人之间公开进行的。我觉得,他的话代表了不少学子的人生志向。我已经忘记了我当时是怎么回答的,然此后我常思考一个人的平凡或不平凡,却是真的。按《新华词典》的解释,平凡即普通,平凡的人即平民。《新华词典》特别在括号内加注——泛指区别于贵族和特权阶层的人。做一个平凡的人真的那么令人沮丧么?倘注定一生平凡,真的毋宁三十五岁以前自杀么?我明白那大一男生的话只不过意味着一种"往高处走"的愿望,虽说得郑重,其实听的人倒是不必太认真的。

我既思考了,于是觉出了我们这个社会,我们这个时代,近十年来,一直所呈现着的种种文化倾向的流弊,那就是——在中国还只不过是一个发展中国家的现阶段;在普遍之中国人还不能真正过上小康生活的情况下,中国的当代文化,未免过分"热忱"地兜售所谓"不平凡"的人生的招贴画了,这种宣扬,尤其广告兜售几乎随处可见。而最终,所谓不平凡的人的人生质量,在如此这般的文化那儿,差不多又总是被归结到如下几点——住着什么样的房子,开着什么样的车子,有着多少资产,于是社会给予怎样的敬意和地位;于是,倘是男人,便娶了怎样怎样的女人……

二三十年代的中国,也很盛行过同样性质的文化倾向,体现于男人,那时叫"五子登科",即房子、车子、位子、票子、女子。一个男人如果都追求到了,似乎就摆脱平凡了。同样年代的西方的文化,也曾呈现过类似的文化倾向。区别乃是,在他们的文化那儿,是花边,是文化的副产品;而在我们这儿,在七八十年后的今天,却仿佛的渐成文化的主流。这一种文化理念的反复宣扬,折射着一种耐人寻味的逻辑——谁终于摆脱平凡了,谁理所当然地是当代英雄;谁依然平凡着甚至注定一生平凡,谁是狗熊。并且,每有俨然足以代表文化的文化人士和思想特别"与时俱进"似的知识分子,话里话外地帮衬着造势,暗示出更其伤害平凡人的一种逻辑,那就是——一个时势造英雄的时代已然到来,多好的时代!许许多多的人不是已经争先恐后地不平凡起来了吗?你居然还平凡着,你不是狗熊又是什么呢？

一点儿也不夸大其词地说，此种文化倾向，是一种文化的反动倾向。和尼采的所谓"超人哲学"的疯话一样，是漠视，甚至鄙视和辱骂平凡人之社会地位以及人生意义的文化倾向。是反众生的。是与文化的最基本社会作用相悖的。是对于社会和时代的人文成分结构具有破坏性的。

在这样的文化背景下成长起来的中国下一代，如果他们普遍认为最迟三十五岁以前不能摆脱平凡便莫如死掉算了，那是毫不奇怪的。

人类社会的一个真相是，而且必然永远是——牢固地将普遍的平凡的人们的社会地位确立在第一位置，不允许任何意识之形态动摇它的第一位置，更不允许它的第一位置被颠覆。这乃是古今中外的文化的不二立场。像普遍的平凡的人们的社会地位的第一位置一样神圣。当然，这里所指的，是那种极其清醒的、冷静的、客观的、实事求是的、能够在任何时代都"锁定"人类社会真相的文化；而不是那种随波逐流的、嫌贫爱富的、每被金钱的作用左右得晕头转向的文化。那种文化只不过是文化的泡沫，像制糖厂的糖浆池里泛起的糖浆沫。造假的人往往将其收集了浇在模子里，于是"生产"出以假乱真的"野蜂窝"。

文化的"野蜂窝"比街头巷尾地摊上卖的"野蜂窝"更是对人有害的东西。后者只不过使人腹泻，而前者紊乱社会的神经。

平凡的人们，即普通的人们，即古罗马阶段划分中的平民。在平民之下，只有奴隶。平民的社会地位之上，是僧侣、骑士、贵族。

但是，即使在古罗马，那个封建的强大帝国的大脑，也从未敢漠视社会地位仅仅高于奴隶的平民。作为它的最精英的文化思想的传播者，如苏格拉底、柏拉图、亚里士多德们，他们虽然一致不屑地视奴隶为"会说话的工具"，但却不敢轻佻地发任何怀疑平民之社会地位的言论。恰恰相反，对于平民，他们的思想中有一个一脉相承的共同点——平民是城邦的主体，平民是国家的主体。没有平民的作用，没有罗马成为强大帝国的前提。

恺撒被谋杀了，布鲁图要到广场上去向平民们解释自己参与了的行为——"我爱恺撒，但更爱罗马。"

为什么呢？因为那行为若不能得到平民的理解，就不能成为正确的行为。安东尼顺利接替了恺撒，因为他利用了平民的不满，觉得那是他的机会。屋大维招兵募将，从安东尼手中夺回了摄政权，因为他调查了解到，平民将支持他。

古罗马帝国一度称雄于世，靠的是平民中蕴藏着的改朝换代的伟力。它的衰亡，也首先是由于平民抛弃了它。僧侣加上骑士加上贵族，构不成罗马帝国，因为他们的总数只不过是平民的千万分之几。

中国古代，称平凡的人们亦即普通的人们为"元元"；佛教中形容为"芸芸众生"；在文人那儿叫"苍生"；在野史中叫"百姓"；在正史中叫"庶民"。而相对于宪法叫"公民"。没有平凡的亦即普通的人们的承认，任何一国的任何宪法没有任何意义。"公民"一词将因失去了平民成分而是荒诞可笑之词。

中国古代的文化和古代的思想家们，关注并体恤"元元"们的记载举不胜举。

比如《诗经·大雅·民劳》中云："民亦劳止，汔可小康。"意思是老百姓太辛苦了，应该努力使他们过上小康的生活。比如《尚书·五子之歌》中云："民为邦本，本固邦宁。"意思是如果不解决好"元元"们的生存现状，国将不国。而孟子干脆说："民为贵，社稷次之，君为轻。"而《三国志·吴书》中进一步强调："财经民生，强赖民力，威恃民势，福由民殖，德俟民茂，义以民行。"民者——百姓也；"芸芸"也；"苍生"也；"元元"也；平凡而普通者们是也。怎么，到了今天，在改革开放的中国，在民们的某些下一代那儿，不畏死，而畏"平凡"了呢？由是，我联想到了曾与一位"另类"同行的交谈。我问他是怎么走上文学道路的。答曰："为了出人头地。哪怕只比平凡的人们不平凡那么一点点，而文学之路是我唯一的途径。"见我怔愣，又说："在中国，当普通百姓实在太难。"屈指算来，十几年前的事了。十几年前，我认为，正像他说的那样，平凡的中国人，平凡是平凡着，却十之七八平凡又贫寒着，由而迷惘着。这乃是民们的某些下一代不畏死而畏平凡的症结。于是，我联想到了曾与一位美国朋友的交谈。她问我："近年到中国，一次更加比一次感觉到，你们中国人心里好像都暗怕着什么。那是什么？"我说："也许大家心里都在怕着一种平凡的东西。"她追问："究竟是什么？"我说："就是平凡之人的人生本身。"她惊讶地说："太不可理解了，我们大多数美国人可倒是都挺愿意做平凡人，过平凡的日子，走完平凡的一生的。你们中国人真的认为平凡不好到应该与可怕的东西归在一起吗？"我不禁长叹了一口气。我告诉她，国情不同，故所谓平凡之人的生活质量和社会地位，不能同日而语。我说你是出身于几代的中产阶级的人，所以你所指的平凡的人，当然是中产阶级人士。中产阶级在你们那儿是多数，平民反而是少数。美国这架国家机器，一向特别在乎你们中产阶级，亦即你所言的平凡的人们的感觉。你们的平凡的生活，是有房有车的生活。而一个人只要有了一份稳定的工作，过上那样的生活并不特别难。居然不能，倒是不怎么平凡的现象了。而在我们中国，那是不平凡的人生的象征。对平凡的如此不同的态度，是两国的平均生活水平所决定了的。正如中国的知识化了的青年做梦都想到美国去，自己和别人以为将会追求到不平凡的人生，而实际上，即使跻身于美国的中产阶级了，也只不过是追求到了一种美国的平凡之人的人生罢了……

当时联想到了本文开篇那名学子的话，不禁替平凡着普通着的中国人，心生出种种的悲凉。想那学子，必也出身于寒门；其父其母，必也平凡得不能再平凡普通得不能再普通。不然，断不至于对平凡那么的恐慌。

也联想到了我十几年前伴两位老作家出访法国，通过翻译与马赛市一名五十余岁的清洁工的交谈。

我问他算是法国的哪一种人。

他说，他自然是一个平凡得不能再平凡普通得不能再普通的人。

我问他羡慕那些资产阶级么?

他奇怪地反问为什么?

是啊,他的奇怪一点儿也不奇怪。他有一幢带花园的漂亮的二层小房子;他有两辆车,一辆是环境部门配给他的小卡车,一辆是他自己的小卧车;他的工作性质在别人眼里并不低下,每天给城市各处的鲜花浇水和换下电线杆上那些枯萎的花束而已;他受到应有的尊敬,人们叫他"马赛的美容师"。

由此,他才既平凡着,又满足着;甚而,简直还可以说活得不无幸福感。

也联想到了德国某市那位每周定时为市民扫烟囱的市长。不知德国究竟有几位市长兼干那一种活计,反正不止一位是肯定的了。因为有另一位同样干那一种活计的市长到过中国,还拜访过我。因为他除了给市民扫烟囱,还是作家。他会几句中国话,向我耸着肩诚实地说——市长的薪水并不高,所以需要为家庭多挣一笔钱。那么说时,一点儿也不觉得有什么不好意思……

马赛的一名清洁工,你能说他是一个不平凡的人么?德国的一位市长,你能说他极其普通么?然而在这两种人之间,平凡与不平凡的差异缩小了,模糊了。因而在所谓社会地位上,接近着实质性的平等了。因而平凡在他们那儿不怎么会成为一个困扰人心的问题。

当社会还无法满足普通的平凡的人们的基本拥有愿望时,文化的最清醒的那一部分思想,应时时刻刻提醒着社会来关注此点,而不是反过来用所谓不平凡的人们的种种生活方式刺激前者。尤其是,当普遍的平凡的人们的人生能动性，在社会转型期受到惯力的严重甩掷，失去重心而处于茫然状态时，文化的最清醒的那一部分思想，不可错误地认为他们已经不再是地位处于社会第一位置的人们了。

无论过去，现在，还是将来，平凡而普通的人们，永远是一个国家的绝大多数人。任何一个国家存在的意义，都首先是以他们的存在为存在的先决条件的。

一半以上不平凡的人皆出自于平凡的人之间。

这一点对于任何一个国家都是同样的。

因而平凡的人们的心理状态，在一定程度上几乎成为不平凡的人们的心理基因。

倘文化暗示平凡的人们其实是失败的人们，这的确能使某些平凡的人们通过各种方式变成较为"不平凡"的人；而从广大的心理健康的、乐观的、豁达的、平凡的人们的阶层中，也能自然而然地产生较为"不平凡"的人们。

后一种"不平凡"的人们，综合素质将比前一种"不平凡"的人们方方面面都优良许多。因为他们之所以"不平凡"起来，并非由于害怕平凡。所以他们"不平凡"起来以后，也仍会觉得自己们其实很平凡。

而一个连不平凡的人们都觉得自己们其实很平凡的人们组成的国家，它的前途才真的是无量的。反之，若一个国家里有太多这样的人——只不过将在别国极平凡的人生的状态，当成在本国证明自己是成功者的样板，那么这个国家是患着虚热症的。好比一个人脸色红彤彤的，不一定是健康；也可能是肝火，也可能是结核晕。

我们的文化，近年以各种方式向我们介绍了太多太多的所谓"不平凡"的人士们了，而且，最终往往地，对他们的"不平凡"的评价总是会落在他们的资产和身价上。这是一种穷怕了的国家经历的文化方面的后遗症，以至于某些呼风唤雨于一时的"不平凡"的人，转眼就变成了些行径苟且的，欺世盗名的，甚至罪状重叠的人。

一个许许多多人恐慌于平凡的社会，必层出如上的"不平凡"之人。

而文化如果不去关注和强调平凡者们第一位置的社会地位（尽管他们看去很弱，似乎已不值得文化分心费神）——那么，这样的文化，也就只有忙不迭地不遗余力地去为"不平凡"起来的人们大唱赞歌了，并且在"较高级"的利益方面与他们联系在一起。于是眼睁睁不见他们之中某些人的"不平凡"之可疑。

这乃是中国包括传媒在内的文化界、思想界；包括某些精英们在内的文化界、思想界的一种势利眼病……

羞于说真话

无奈在非说假话不可的情况下，就我想来，也还是以不完美的假话稍正经些。一生没说过假话的人肯定是没有的。故我认为尽量说真话，争取多说真话，少说假话，也就算好品质了。何况我们有时说假话，目的在于息事宁人。有时真话的破坏性，是大于假话的。这个道理我们都很明白。但如果人人习惯于说假话，则生活必就真假不分了。然而我却越来越感到说真话之难，并且说假话的时候越来越多。仿佛现实非要把我教唆成一个"说假话的孩子"不可。

说真话之难，难在你明明知道说假话是一大缺点，却因这一大缺点对你起到铠甲的作用，便常常宽恕自己了。只要你的假话不造成殃及别人的后果，说得又挺有分寸，人们非但不轻蔑你，反而会抱着充分理解充分体谅的态度对待你。因此你不但说了假话，连羞耻感也跟着丧失了。于是你很难改正说假话的缺点，甚至渐渐麻木了改正它的愿望。最终像某些人一样，渐渐习惯了说假话。你须不断告诫自己或被别人告诫的，倒是说假话的技巧如何。说真话还是说假话的选择倒变得毫无意义了似的。

记得我小的时候,家母对我的第一训导就是——不许撒谎。因为撒谎,我挨过母亲的耳光。因为撒谎,母亲曾威逼着我,去请求受我骗的人原谅,并自己消除谎话的影响。

"文化大革命"中,我学会了撒谎。倒也没什么人什么势力直接压迫我撒谎,更主要的是由于撒谎和虔诚连在了一起。说学会了也不太恰当,因为没人教,就算无师自通吧。

有一天我和同学中的好朋友从学校走在回家的路上,谈起了"林副统帅与毛主席井冈山会师"。

我说:"是朱德嘛!怎么成林副统帅了?咱们小学六年级的历史书上,明明写的是朱德对不对?"——因朱总司令已上了"百丑图"。我们提到他时,都将"总司令"三字省略了,直呼其名。

同学说:"那是被颠倒的历史。被颠倒的历史现在重新颠倒过来嘛!"我说:"那也不对呀,林彪当时才是连长呀!"同学说:"那也是被颠倒的历史,现在也应该重新颠倒过来嘛!"我说:"当年咱们又不在红军的队伍中,咱们怎么能知道那真是被颠倒的历史呢?"

同学说:"当年咱们又不在红军的队伍中,咱们怎么能知道那不是被颠倒的历史呢?咱们左右都是不知道,将来再颠倒一次,也不关咱们的事儿!"

正是从那一天始,我和我的那一位同学,将撒谎和虔诚分开了。难免继续说谎话,但已没了虔诚。前几年,有位外国朋友,问我在

"文化大革命"中说假话时有何感想。

我回答："明明在说假话而不得不说，我便这样安慰自己——反正人一辈子总要说些假话，赶上了亿万群众轰轰烈烈都说假话的年代，把一辈子可能说的假话，一块儿都在这个年代里说了罢！这个年代一过去，重新做人，不再说假话就是了。"

外国朋友又问："那么梁先生从粉碎'四人帮'以后，再没说过假话了？"问得我不由一怔。犹豫片刻，我说出一个字是："不……"我因自己没有失掉一次说真话的机会，对自己又满意又悲哀。外国朋友流露出肃然起敬，钦佩之至的表情。我赶紧说："我说'不'的意思，是我没有做到不说假话。"我想，如果我不解释，我说的这一个字的真话，实际上岂不又成了假话么？外国朋友也不由一怔。她问："那又是因为什么？"我说："一方面，我感到并不是所有的地方都已经有了一个维护真话的良好环境。另一方面，大概要归咎于我们有说假话的后遗症。"

她问："报纸、广播，不少宣传手段，不是都曾被调动起来，提倡、鼓励和表扬说真话么？"

我说："这恰恰证明假话之泛滥是多严重啊。倘若说真话须郑重地提倡、鼓励和表扬，细想想，不是有点儿可悲么？"

她问："妨碍说真话的根源，主要是政治吧？"

我说："那倒不尽然。在党内，将说真话作为对党员的最基本要求一提再提，足见共产党还是多么希望她的党员们都说真话的。我不是党员，但对此确信不疑。而我感到，社会上，似乎弥漫着将说假话变成一种社会风情的怡然之风。"她不懂"怡然"二字何意。我请她想象小孩子玩"到底谁骗谁"这一种纸牌游戏获胜时的洋洋自得。

她说:"梁先生,可是据我所知,你被认为是一个坚持说真话的人啊!"

我说:"我当然坚持说真话。坚持并不是一个轻松的词。况且我常常坚持不住。在上下级关系方面,在社交方面,在工作责任感方面,在一心想要做好某件事的时候,在根本不想做某件事的时候,在不少方面,不少因素迫使你就范,不得不放弃说真话的原则,改变初衷,而说假话。常常是,哪些时候哪些方面有困难有问题,你说了假话,困难和问题就迎刃而解了。你说了真话,困难就更是困难,问题就更是问题了。我说过多少假话只有我自己最清楚。我仅仅在某些时候某些场合说过一些真话,人们就已经觉得我有值得尊重的一面,可见说真话在我们的生命中到了必须认真提倡的程度。"

她注视着我,似能理解,亦似不太能理解。

……

后来,我和一位友人又讨论起说真话的问题。是的,我们是当成一个问题来讨论的,而且讨论得挺严肃。

我又回忆起我小时候因为撒谎,使得母亲怎样伤心哭泣,以至于怎样打了我一记耳光,和对我进行过的撒谎可耻的教诲……

我讲到我的已经七十多岁的老母亲,如今怎样仍把我当成一个小孩子似的,耳提面命,谆谆告诫我:"傻儿子,你究竟为什么非说真话不可呢？该说假话你不说假话，你岂不是不见棺材不落泪，不碰南墙不回头么？你已经四十出头的人了，还让妈为你操心到多大岁数呢？"

友人默想良久，严肃而又认真地说："你母亲是对的。"

我问："你是说我母亲从前对，还是说我母亲现在对？"

他说："你母亲从前对，现在也对。"

我糊涂之极。

他诲人不倦地说："撒谎是可耻的，这毋庸置疑，所以我说你母亲从前是对的。但说假话并不等于就是撒谎，甚至，和撒谎有本质的区别。"

这一点，我的确没思索过。

我一向简单地认为，撒谎——说假话——乃是同性质的可耻行径，好比柑和橙是同一种东西。于是我洗耳恭听。于是友人娓娓道来："撒谎，目的在于骗人。在于使人上当而后快，是行为。行为，听明白了么？撒谎之后果必然造成他人的损失，起码是情绪或情感损失。更严重的，造成他人利益损失。所以正派人是不应该撒谎的。而说假话，不过心口不一而已。心口不一不是严格意义上的行为概念。通常情况之下体现为态度问题。一个人对于任何一件事，有表明自己真态度的权利，也有说假话的权利。听明白了，说假话是人的权利之一。假话是否使对方信以为真，以及在多大程度上影响了对方，责任完全在对方。因为任何人都有不相信假话的权利。谁叫你相信的呢？举一例子，我们小学都学过一篇课文《狼来了》，那个撒谎的孩子之所以应该谴责，不可取，是因为他以主动性的行为，诱使众多的人上当受骗。如果你一个同事告诉你，他在西单商场买了一件价格便宜的上衣，并用花言巧语怂恿你去买，你果然去了，没有那种上衣出售，或虽有，价格并不便宜，是谓撒谎，很可恶。但是，说假话的人之所以说假话，往往是被动的选择，通常情况是这样的——一个人指着一个茶杯问你——造型美观么？你认为不。但你看出了对方在暗示你必须回答美观极了，于是你以假话相告。你又何必因说了假话而内疚呢？如果对方具有问你的权利，你连保持沉默的权利也没有，而对方又问得声色俱厉，带有警告的意味，你更何必因说了假话而内疚呢？如果对方信了你的话，那么对方只配相信假话。如果对方根本不信你的假话，却满意于你说假话，分明是很乐意地把假话当真话听，可悲的是对方。应该感到羞耻的也是对方。对应该感到羞耻而不感到羞耻的人，你犯得着跟他说真话么？老弟，你看问题的方法，带有极大的片面性。你只看到人们在生活中说假话的一面，似乎没有看到生活中有多少人喜欢听假话。早已习惯于把假话当作真话听。他们以很高的技巧，暗示人们说种种假话，鼓励人们说种种假话，怂恿人们说种种假话，甚至维护种种假话。他们乐于生活在假话造成的氛围之中。他们反感说真话的人，因为真话常使他们觉得煞风景，觉得逆耳。一万个人或更多的人心口不一他们根本不在乎。他们要的是一致的假话而轻蔑一致的人心。正是这样一些人的存在，使说假话变成了似乎可爱的现象。所以，与其惩罚说假话的人，莫如制裁爱听假话的人。因为少了一个爱听假话的人的同时,也许就少了一批爱说假话的人。人们变得不以说假话为耻,首先是由于有些人变得以听假话为荣啊!另外,老弟,因为咱俩是朋友,我向你提几个问题,你坦率回答我……"

我似乎茅塞顿开,有所省悟,又似乎更加糊涂,如堕五里雾中,只说:"请讲,请讲。"

"你说真话时,是不是感觉到一种人的尊严?"

我说是的。

"当别人都说假话时,你偏想说真话,以说真话而与众不同,并且换取尊重,这是不是一种潜意识方面的自我表现欲在作祟呢?"

我从未分析过自己说真话时的潜意识,倒是常常分析自己说假话时的潜意识。尽管我似乎觉得"作祟"二字亵渎人说真话时自然、正常而又正派的冲动,但也同时尊重潜意识之科学理论。犹豫了一下,我点了点头。

"难道出风头就比说假话好到哪里去么?"

"强词夺理!"我终于按捺不住内心的气愤了。

友人自然是不屑与我斗气的。友人嘛。

他笑曰:"瞧你瞧你。也听不得真话不是?一听真话也羞也恼也要跳不是?能听得进真话并不是舒服的事哩,是一种特殊的,有时甚至非强制而不能自觉的训练啊!"

一番话,倒真把我说得虽恼羞而又不好意思成怒了。友人谈锋甚利,其言自是,又道:"你不要以为别人不说真话,便一定是怎样的观风使舵。其实,不屑于而已。与人家的不屑于相比,你自己每每足令大智若愚者扼腕叹憨罢了！"

友人辞去，我陷入前所未有的困惑。

后来，我又向几个惯常说假话，却又能与我推二三层心至腹外之腹的人请教。

皆答曰：

懒得说真话。

何必说真话？

说真话，图什么？

我相信他们对我说的话句句是真话。所谓酒后吐真言。为了这样一些真话，我奉献出了几瓶真的而不是假的好酒。还有佐酒菜。从此，我观察到，假话是可以说得很虔诚，很真实，很潇洒，很诙谐，很郑重，很严肃，很正确，很令人感动，很精彩，很精辟的。从此，每当我产生说真话的冲动，竟有几分羞于说真话的腼腆，在意识——当然潜意识中作梗了！

后来我做过一个梦：我因十二条大罪被判十二年徒刑。我望着法官们的面孔，觉得他们一个个似曾相识。我看出他们明知所有大罪都是无中生有，但他们一个个以假话把它说成是真的。他们那些假话同样说得水平很高，包容了我从生活中观察到的一切形式完美的假话之最……

我忍无可忍咆哮公堂大喝一声——可耻！于是我醒了。我愿人人都做我做过的这个梦。那么人人都将不难明白，仅仅为了自己，也断不该欣赏假话，将说假话的现象，营造成生活中氤氲一片的景致。无奈在非说假话不可的情况之下，就我想来，也还是以不完美的假话稍正经些。不完美的假话仍保留着几分可矫正为真话的余地啊！……

真话的尴尬处境

人生下来,渐渐地学会了说话,渐渐地也就学会了说假话。之所以说假话,乃因说真话往往会弄得自己很尴尬,弄得对方也很尴尬,甚至会弄得对方很恼怒,于是也就弄得自己很被动,很不幸……

相传,清朝光绪年间,有一抚台大人微服私访民间,在路上碰到一个卖油条的孩子,便问:"你们抚台大人好不好?"孩子说:"他是瘟官!"抚台大人一听极怒,却克制着,不动声色。回府后,命衙役把孩子捉去,痛打了几十板子……

后来这孩子长大了,按俗常的眼光看还颇有出息(他能颇有出息,实在得感激说真话的那一次深刻教训)。某次大臣找他谈话——大臣:"你看这篇文章写得怎么样?"他说:"我认为是好的。"大臣摇了摇头。"我是说,从某种意义上讲是好的。"大臣摇头。

"我说的'从某种意义上讲',是针对……"

大臣摇头。

"确切地说这篇文章有些逻辑混乱"

大臣摇头。"总而言之，这是一篇表面读起来是好的，而本质上很糟糕，简直可以说很坏的文章！"他以权威的口吻做出了最后的权威性的结论。其实大臣摇头是因为感到衣领很别扭。然而大臣对他的意见十分满意，于是大臣在国王面前说了他不少好话。一天国王将他召去，对他说："读一读这首诗，告诉我，你过去是否读到过这样文理不通的歪诗？"

他读后对国王说："陛下，你判断任何事物都独具慧眼，这诗确是我所见过的诗中最拙劣最可笑的。"

国王问："这首诗的作者自命不凡，对不对？"

他说："尊敬的陛下，没有比这更恰当的评语了！"

国王说："但这首诗是我写的……"

"是吗？……"

他心头掠过一阵大的不安，随即勉强镇定下来，双手装模作样地浑身上下摸了个遍，虔诚地又说："尊敬的陛下，您有所不知，我的眼睛高度近视，刚才看您的诗时又没戴眼镜。能否允许我戴上眼镜重读一遍？"

国王矜持地点了点头……

他戴上眼镜重读后，以一种崇拜之至的口吻说："噢，尊敬的陛下，如果这样的诗还不是天才写的，那么怎样的诗才算天才写的呢？……"

国王笑了，望着他说："以后，你得出正确的结论之前，不要忘了戴上眼镜！"

我将这三个故事"剪辑",或曰拼凑到一起,绝不怀有半点暗讽什么的企图,只不过想指出——说假话的技巧一旦被某些人当成经验,真话的意义便死亡了。真话像一切有生命的东西一样,是需要适合的"生存环境"的。倘没有这一"生存环境"为前提,说真话的人则显得愚不可及,而说假话则必显得聪明可爱了。如此的话,即使社会的良知和文明一再呼吁、要求、鼓励说真话,真话也会像埋入深土不肯发芽的种子一样沉默着,而假话却能处处招摇过市畅行无阻。

让我们爱憎分明

让我们共同体验爱憎分明之为人的第一坦荡、第一潇洒、第一自然吧！

几经犹豫我才决定写下这一行题目。写时我的心里竟十分古怪——仿佛基督徒写下了什么亵渎上帝的字句。仿佛我心怀叵测，企图向世人散布很坏的想法。我能预料到某些人对这样一个题目的忐忑不安。他们大抵是些丧失了爱憎分明之勇气的人。这使我怜悯。我能预料到某些人对这样一个题目的不以为然乃至愤然。他们大抵是些毫无正义感的人，并且希望丑恶与美好混沌在我们的生活中。因为他们做人的原则以及选择的活法，更适应于丑恶而有违于美好。唯恐敢于爱憎分明的人多起来，比照出了自己心态的阴暗扭曲，甚至比照出了自己心态的邪狞。我不怜悯这样的人。我鄙夷这样的人。

世上之事，常属是非。人心倾向，便有善恶。善恶之分，则心之爱憎。爱憎分明之于人而言，实乃第一坦荡，第一潇洒，第一自然之品格。

古人云：审其所好恶，则其长短可知也。又云：民之所好，好之；民之所恶，恶之。

怎么的，现在，不少人，却像些皮囊里塞满稻草似的人？他们使你怀疑，胸腔内是否有我们谓之为"心"的器官，纵有，那也算是心么？

男欢女爱之爱，他们倒是总在实践着。不但总在实践着，而且经验丰富。窃恨妒仇，也是从不放过体验机会的。不但自己体验，还要教唆别人。于是，污浊了我们的生活环境。在这些人看来世界大概是无是无非，无美无丑，无善无恶的。童叟仆跌于前，佯视而不见，绝不肯援一揆一扶之手，抬高腿跨过去罢了。妇妪呼救于后，竟充耳不闻，只当轻风一阵，何必"庸人自扰"？更有甚者，驻足"白相"，权作消遣。

苏格拉底说："有人自愿去作恶，或者去做他认为是恶的事。舍善而趋恶不是人类的本性。"

苏格拉底是对的么？

帕斯卡尔说："我们中大多数人欲求恶。"又说："恶是容易的。其数目是无限的。"还说："某些人盲目地干坏事的时候，从来没有像他们是出自本性时干得那么淋漓尽致而又兴高采烈了。"

帕斯卡尔所指的是人类生活现象的一方面事实么？

而屠格涅夫到晚年也产生了对人类及其生活的厌恶。他写了一篇优美如诗但情感色彩冷漠之极的散文——《山的对话》，就体现出了他的这种情绪。

当然我们不必去讨论苏格拉底和帕斯卡尔之间孰是孰非。人性本善抑或人性本恶早已是一世纪的命题，并且在以后的世纪必定还有思想家们继续进行苦苦的思想。

我要说，目前我们中国人中的某些人，似乎也是一种"疾病"，可否叫作"爱憎丧失症"？

爱憎分明实在不是我们人类行为和观念的高级标准。只不过是低级的最起码的标准。但一切高尚包括一切所谓崇高，难道不是构建在我们人类德行和品格的这第一奠基石上么？否则我们每个人的内心必将再无真诚可言。我们的词典中将无"敬"字。

中国人口占世界人口四分之一，如果我们中国人在心理素质方面成为优等民族，那么世界四分之一人类将是优秀的。反之，又将如何？

思想哲人告诫人类——对善恶的无动于衷是人类精神最可怕的堕落。

生物学家则告诫我们——一类物种的灭绝，必导致生态链条的断裂，进而形成对生态平衡的严重威胁和破坏。

人类绝不是首先因憎激发了爱的冲动、力量和热情。恰恰相反，是由于爱的需要才悟到了憎的权力。好的教养可以给予我们爱的原则。懂得了这一点才算懂得了爱的尺度，也就懂得什么是恶了，也就必然学会了怎样用我们的憎去反对、抵制和战胜恶了。

爱憎分明的人是我们人类不可缺的"物种"，是我们人类精神血液中的白血球，是细腰蜂，是七星瓢虫，是邪恶当前奋不顾身的勇敢的蚁兵。因了爱憎分明的人存在,才会使更多的人感到世上有正义,社会有良知,人间有进行道德监督和道德审判的所谓道德法庭。

我们中国人是很讲"中庸之道"的,但我们的老祖宗也留下了这么一句"遗嘱"——"道不同,不相为谋",并指出——"物以类聚,人以群分。"

可是我们当代的有些人,似乎早把老祖宗"道不同,不相为谋"之"遗嘱"彻底忘记了,似乎早把"物以类聚,人以群分"这凭以自爱的起码的也差不多是最后的品格界线擦掉了,仅只恪守起"中庸之道"来,并且浅薄地将"中庸之道"嬗变为一团和气,于是中庸之士渐多。并经由他们,将自己的中庸推行为一种时髦。仿佛倡导了什么新生活运动,开创了什么新文明似的,于是我们不难看到这样的情形——原来应被"人以群分"的正常格局孤立起来的流氓、痞子、阴险小人、奸诈之徒以及一切行为不端品德不良居心叵测者,居然得以在我们的生活中招摇而来招摇而去,败坏和毒害我们的生活到了随心所欲的地步,所到之处定有一群群的中庸之士与他乘兴周旋逢场作戏握手拍肩一团和气。

我们常常希望有人拍案而起,厉曰:"耻与尔等厮混!"

对这样的人,我们心中便生钦佩。

我们环顾左右,觉得这样做其实并不需要太大的勇气,然而我们当中有许多人唯恐落个"出头鸟"或"出头的橡子"之下场。于是我们自己便在一团和气之中,终究扮演了我们本不情愿扮演的角色。

更可悲的是,爱憎分明的人一旦表现出分明的爱憎,中庸之士们便会摆出中庸的嘴脸进行调和，我们缺乏勇气光明磊落地同样敢爱敢憎，却很善于在这种时候作乖学嗲。

我们谁有资格说自己从未这样过呢？

因而我觉得我们首先应该憎恶我们自己。憎恶我们自己的虚伪。憎恶我们已经染上了梅毒一样该诅咒的"爱憎丧失症"。

那么，便让我们从此爱憎分明起来吧！

将这一希望寄托在别人身上，莫如寄托在我们自己身上。倘你周围确实无人在这一点上值得你钦佩，你何不首先在这一点上给予自己以自己钦佩自己的资格呢？如果你确想做一个爱憎分明之人，的确开始这样做了。我认为你当然有自己钦佩自己的资格。你也当然应该这样认为。

以敢憎而与可憎较量。以敢爱而捍卫可爱。以与可憎之较量而镇压可憎之现象。以爱可爱之勇气而捍卫着可爱在我们的生活中发扬光大。让我们的生活中真善美多起来再多起来！让我们在我们每一个人的生活范围内，做一块盾，抵挡假丑恶对我们自己以及对生活的侵袭，同时做一支矛。让我们共同体验爱憎分明之为人的第一坦荡第一潇洒第一自然吧！其后，才是我们能否更多地领略人类之种种崇高和美好的问题……

何妨减之

某日,几位青年朋友在我家里,话题数变之后,热烈地讨论起了人生。依他们想来,所谓积极的人生肯定应该是这样的——使人生成为不断地"增容"的过程,才算是与时俱进的,不至于虚度的。我听了就笑。他们问:"您笑是什么意思呢?不同意我们的看法吗?"我说:"请把你们那不断地'增容'式的人生,更明白地解释给我听来。"

便有一人掏出手机放在桌上,指着说:"好比人生是这手机,当然功能越多越高级。功能少,无疑是过时货,必遭淘汰。手机必须不断更新换式,人生亦当如此。"

我说:"人是有主观能动性的,而手机没有。一部手机,其功能多也罢,少也罢,都是由别人设定了的,自己完全做不了自己的主。所以你举的例子并不十分恰当啊!"

他反驳道:"一切例子都是有缺陷的嘛!"另一人插话道:"那就好比人生是电脑。你买一台电脑,是要买容量大的呢,还是容量小的呢?"我说:"你的例子和第一个例子一样不十分恰当。"他们便七言八语"攻击"我狡辩。我说:"我还没有谈出我对人生的看法啊,'狡辩'罪名无法成立。"于是皆敦促我快快宣布自己对人生的看法。我说:"你们都知道的,我不用手机,也不上网。但若哪一天想用手机了,也想上网了,那么我可能会买小灵通和最低档的电脑。因为只要能通话,可以打出字来,其功能对我就足够了。所以我认为,减法的人生,未必不是一种积极的人生。而我所谓之减法的人生,乃是不断地从自己的头脑之中删除掉某些人生'节目',甚至连残余的信息都不留存,而使自己的人生'节目单'变得简而又简。总而言之一句话,使自己的人生来一次删繁就简……"

我的话还没说完,皆大摇其头曰:"反对,反对!"

"如此简化,人生还有什么意思?"

"面对丰富多彩、机遇频频的人生,力求简单的人生态度,纯粹是你们中老年人无奈的活法!"

我说:"我年轻时,所持的也是减法的人生态度。何况,你们现在虽然正年轻着,但几乎一眨眼也就会成为中老年人的。某些人之所以抱怨人生之疲惫,正是因为自己头脑里关于人生的'容量'太大太混杂了,结果连最适合自己的那一种人生的方式也迷失了。而所谓积极的清醒的人生,无非就是要找到那一种最适合自己的人生方式。一经找到,确定不移,心无旁骛。而心无旁骛,则首先要从眼里删除掉某些吸引眼球的人生风景……"

对方们皆黯然,未领会我的话。

我只得又说:"不举例了。世界上还没有人能想出一个绝妙的例子将人生比喻得百分之百恰当。我现身说法吧。我从复旦大学毕业时,二十七岁,正是你们现在这种年龄。我自己带着档案到文化部去报到时,接待我的人明明白白地告诉我,我可以选择留在部里的,但我选择了电影制片厂。别人当时说我傻,认为一名大学毕业生留在部级单位里,将来的人生才更有出息,可以科长、处长、局长地一路在仕途上'进步'着!但我清楚我的心性太不适合所谓的机关工作,所以我断然地从我的头脑中删除了仕途人生的一切'信息'。仕途人生对于大多数世人而言当然意味着颇有出息的一种人生。但再怎么有出息,那也只不过是别人的看法。我们每一个人的头脑里,在人生的某阶段,难免会被塞入林林总总的别人对人生的看法。这一点确实有点儿像电脑,若是新一代产品,容量很大,又与宽带连接着,不进入某些信息是不可能的。然而判断哪些信息才是自己所需要的信息,这一点却是可能的。又比如我在四十岁左右时,结识过一位干部子弟。他可不是一般的干部子弟,只要我愿意,他足以改变我的人生。他又何止一次地对我说,趁早别写作了,我看你整天伏案写作太辛苦了!当官吧!先从局级当起怎么样?正局!我替你选择一个轻松的没什么压力的职位,你认真考虑考虑。我说,多谢抬爱,我也无须考虑。仕途人生根本不适合我这个人,所以你千万别替我费心。费心也是白费心。"

何以我回答得那么干脆?因为我早就考虑过了呀,早就将仕途人生从我的人生"节目单"上删除掉了呀!以后他再劝我时,我的头脑干脆"死机"了。

大约在我四十五岁那一年，陪谌容、李国文、叶楠等同行之忘年交回哈尔滨参加冰雪节开幕式。那一年有几十位台湾商界人士去了哈尔滨。在市里举行的欢迎宴会上，台湾商界人士对我们几位作家亲爱有加，时时表达真诚敬意。过后，其中数人，先后找我与谌容大姐"个别谈话"——恳请我和谌容大姐做他们在中国大陆发展商业的全权代理人。"投资什么？投资多少？你们来对市场进行考察，你们来提议。一个亿？两个亿？或者更多？你们只管直说！别有顾虑，我们拿得起的。酬金方式也由你们来定。年薪？股份？年薪加股份？你们要什么车，配什么车……"

话都说到这个份儿上了，不由人不动心，也不由人不感动。

我曾问过谌容大姐："你怎么想的呢？"

谌容大姐说："还能怎么想，咱们哪里是能干那等大事的人呢？"

她反问我怎么想的。

我说："我得认真考虑考虑。"

她说："你还年轻，尝试另一种人生为时未晚，不要受我的影响。"

我便又去问李国文老师的看法，他沉吟片刻，答道："我也不能替你拿主意。但依我想来，所谓人生，那就是无怨无悔地去做相对而言自己比较能做好的事情。"

那一夜，我失眠。年薪，我所欲也；股份，我所欲也；宝马或奔驰轿车，我所欲也。然商业风云，我所不谙也；管理才干，我所不具也；公关能力，我之弱项也；盈亏之压力，我所不堪承受也；

每事手续多多，我所必烦也。那一切的一切，怎么会是我"比较能做好的事情"呢？我比较能做好的事情，相对而言，除了文学，还是文学啊！

翌日，真情告白，实话实说。返京不久，谌容大姐打来电话，说："晓声，台湾的那几位朋友，赶到北京动员来啦！"我说："我也才送走几位啊。"她又说那一句话："咱们哪是能干那等大事的人呢？"我说："台湾的伯乐们走眼了，但咱们也惭愧了一把啊！"便都在电话里笑出了声。

有闻知此事的人，包括朋友，替我深感遗憾，说："晓声，你也把自己的人生搞得太消极太窄狭了啊！人生大舞台，什么事，都无妨试试的啊！"

我想，其实有些事不试也可以知道自己的斤两。比如潘石屹，在房地产业无疑是佼佼者。在电影中演一个角色玩玩，亦人生一大趣事。但若改行做演员，恐怕是成不了气候的。做导演、作家，想必也很吃力。而我若哪一天心血来潮，逮着一个仿佛天上掉下来的机会就不撒手，也不看清那机会落在自己头上的偶然性、不掂量自己与那机会之间的相克因素，于是一头往房地产业钻去的话，那结果八成是会令自己也令别人后悔晚矣的。

说到导演，也多次有投资人来动员我改行当导演的。他们认为观众一定会觉得新奇，于是有了炒作一通的那个点，会容易发行一些。

我想，导一般的小片子，比如电影频道播放的那类电视电影，我肯定是力能胜任的。六百万投资以下的电影，鼓鼓勇气也敢签约的（只敢一两次而已）。倘言大片，那么开机不久，我也许就死在现场了。我曾说过，当导演第一要有好身体，这是一切前提的前提。爬格子虽然也是耗费心血之事，劳苦人生，但比起当导演，两种累法。前一种累法我早已适应，后一种累法对我而言，是要命的累法……

年轻的客人们听了我的现身说法，一个个陷入沉思。

我最后说："其实上苍赋予每一个人的人生能动力是极其有限的，故人生'节目单'的容量也肯定是有限的，无限地扩张它是很不理智的人生观。通常我们很难确定自己究竟能胜任多少种事情，在年轻时尤其如此。因为那时，人生的能动力还没被彻底调动起来，它还是一个未知数。但这并不意味着我们连自己不能胜任哪些事情也没个结论。在座的哪一位能打破一项世界体育纪录呢？我们都不能。哪一位能成为乔丹第二或姚明第二呢？也都不能。歌唱家呢？还不能。获诺贝尔和平奖呢？大约同样是不能的。而且是明摆着的无疑的结论。那么，将诸如此类的，虽特别令人向往但与我们的具体条件相距甚远的人生方式，统统从我们的头脑中删除掉吧！加法的人生，即那种仿佛自己能够愉快地胜任充当一切社会角色，干成世界上的一切事而缺少的仅仅是机遇的想法，纯粹是自欺欺人。"

一种人生的真相是——无论世界上的行业丰富到何种程度，机遇又多到何种程度，我们每一个人比较能做好的事情，永远也就那么几种而已。有时，仅仅一种而已。

所以即使年轻着，也须善于领悟减法人生的真谛：将那些干扰我们心思的事情，一而再，再而三地从我们人生的"节目单"上减去、减去、再减去。于是令我们人生的"节目单"的内容简明清晰；于是使我们比较能做好的事情凸显出来。所谓人生的价值，只不过是要认认真真、无怨无悔地去做最适合自己的事情而已。

花一生去领悟此点，代价太高了，领悟了也晚了。花半生去领悟，那也是领悟力迟钝的人。

现代的社会，足以使人在年轻时就明白自己适合做什么事。只要人肯于首先向自己承认，哪些事是自己根本做不来的，也就等于告诉自己，这种人生自己连想都不要去想。如今"浮躁"二字已成流行语，但大多数人只不过流行地说着，并不怎么深思那浮躁的成因。依我看来，不少的人之所以浮躁着并因浮躁而痛苦着，乃因不肯首先自己向自己承认——哪些事情是自己根本做不来的，所以也就无法使自己比较能做好的事情在自己人生的"节目单"上简明清晰地凸显出来，却还在一味地往"节目单"上增加种种注定与自己人生无缘的内容……

中国的面向大多数人的文化在此点上扮演着很劣的角色——不厌其烦地暗示着每一个人似乎都可以凭着锲而不舍做成功一切事情，却很少传达这样的一种人生思想——更多的时候锲而不舍是没有用的，倒莫如从自己人生的"节目单"上减去某些心所向往的内容，这更能体现人生的理智，因为那些内容明摆着是不适合某些人的人生状况的……

第 三 辑

教育是文明社会的太阳。

复旦与我

我曾写过一篇散文,题目是《感激》。

在这一篇散文中,我以感激之心讲到了当年复旦中文系的老师们对我的关爱。在当年特殊的时代背景下,对我,他们的关爱还体现为一种不言而喻的、真情系之的保护。非是时下之人言,老师们对学生们的关爱所能包含的。在当年,那一份具有保护性质的关爱,铭记在一名学生内心里,任什么时候回忆起来都是凝重的。

我还讲到了另一位并非中文系的老师。

那么他是复旦哪一个系的老师呢?

事隔三十余年,我却怎么也不能确切地回忆起来了。

我所记住的只是一九七四年,他受复旦大学之命在黑龙江招生。中文系创作专业的两个名额也在他的工作范围以内。据说那一年复旦大学总共从黑龙江生产建设兵团招收了二十几名知识青年,他肩负着对复旦大学五六个专业的责任感。而创作专业的两个名额中的一个,万分幸运地落在了我的头上。

事情大致是这样的——为了替中文系创作专业招到一名将来或能从事文学创作的学生，他在兵团总部翻阅了所有知青文学创作作品集。当年，兵团总部每隔两年举办一次文学创作学习班，创作成果编为诗歌、散文、小说、报告文学、通讯报道与时政评论六类集子。一九七四年，兵团已经培养起了一支不止百人的知青文学创作队伍，分散在各师、各团，直至各基层连队。我是他们中的一个，在基层连队抬木头。兵团总部编辑的六类集子中，仅小说集中收录过我的一篇短篇《向导》。那是我唯一被编入集子中的一篇，它曾发表在《团战士报》上。

《向导》的内容是这样的：一个班的知青在一名老职工的率领下进山伐木。那老职工在知青们看来，性格孤僻而专断——这一片林子不许伐，那一片林子也坚决不许伐，总之已经成材而又很容易伐到的树，一棵也不许伐。于是在这一名老"向导"的率领之下，知青离连队越来越远，直至天黑，才勉强凑够了一爬犁伐木，都是歪歪扭扭、拉回连队也难以劈为烧材的那一类。而且，他为了保护一名知青的生命，自己还被倒树砸伤了。即使他在危险关头那么舍己为人，知青们的内心里却没对他起什么敬意，反而认为那是他自食恶果。伐木拉到了连队，指责纷起。许多人都质问："这是拉回了一爬犁什么木头？劈起来多不容易？你怎么当的向导？"——而他却用手一指让众人看：远处的山林，已被伐得东秃一片，西秃一片。他说："这才几年工夫？别只图今天我们省事儿，给后人留下的却是一座座秃山！那要被后代子孙骂的……"

这样的一篇短篇小说在当年是比较特别的。主题的"环保"思想鲜明，而当年中国人的词典里根本没有"环保"一词。我自己的头脑里也没有，只不过所见之滥伐现象，使我这一名知青不由得心疼罢了。

而这一篇仅三千字的短篇小说，却引起了复旦大学招生老师的共鸣，于是他要见一见名叫梁晓声的知识青年。于是他乘了十二个小时的列车从佳木斯到哈尔滨，再转乘八九个小时的列车从哈尔滨到北安，那是那一条铁路的终端，往前已无铁路了，改乘十来个小时的长途汽车到黑河，第二天上午从黑河到了我所在的团。如此这般的路途最快也需要三天。

而第四天的上午，知识青年梁晓声正在连队抬大木，团部通知他，招待所里有位客人想见他。

当我听说对方是复旦大学的老师，内心一点儿也没有惊喜的非分之想，认为那只不过是招生工作中的一个过场，按今天的说法是作秀。而且，说来惭愧，当年的我这一名哈尔滨知青，竟没听说过复旦这一所著名的大学。一名北方青年，当年对南方有一所什么样的大学，一向不会发生兴趣的。但有人和我谈文学，我很高兴。

我们竟谈了近一个半小时。

我对于"文革"中的"文艺"现象"大放厥词"，倍觉宣泄。

他从自己的包里取出一本当年的"革命文学"的"样板书"《牛田洋》，问我看过没有？有什么读后感？

我竟说："那样的书翻一分钟就应该放下，不是任何意义上的文学作品！"

而那一本书中，整页整页地用黑体字印了几十段"最高指示"。

如果他头脑中有着当年流行的"左"，则我后来根本不可能成为复旦的一名学子。倘他行前再向团里留下对我的坏印象，比如"梁晓声这一名知青的思想大有问题"，那么我其后的日子更加不好过了。

我记得清清楚楚，我们分手时，他说的是"你跟我说过的那些话，不要再跟别人说了，那将会对你不利"。这是关爱。在当年，也是保护性的。后来我知道，他确实去见了团里的领导，当面表达了这么一种态度——如果复旦大学决定招收该名知青，那么名额不可以被替换。没有这一位老师的认真，当年我根本不可能成为复旦学子。我入学几年后，就因为转氨酶超标，被隔离在卫生所的二楼。他曾站在卫生所平台下仰视着我，安慰了我半个多小时。三个月后我转到虹桥医院，他又到卫生所去送我……至今想来，点点滴滴，倍觉温馨。进而想到——从前的大学生（他似乎是一九六二年留校的）与现在的大学生是那么不同。虽然我已不认得他是哪一个系哪一个专业的老师了，但却肯定地知道他非是中文系的老师。而当年在我们一团的招待所里，他这一位并非中文系的老师，和我谈到了古今中外那么多作家和作品。这是耐人寻味的。

大千世界，芸芸众生。人皆一命，是谓生日。但有人是幸运的，能获二次诞辰。大学者，脱胎换骨之界也。"母校"说法，其意深焉。复旦乃百年名校，高深学府；所育桃李，遍美人间。是复旦当年认认真真地给予了我一种人生的幸运。她所派出的那一位招生老师身上所体现出的认真，我认为，当是复旦之传统精神的一方面吧！我感激，亦心向复旦之精神也。故我这一篇粗陋的回忆文字的题目是《复旦与我》，而不是反过来，更非下笔轻妄。我很想在复旦百年校庆之典，见到一九七四年前往黑龙江生产建设兵团招生的那一位老师。

论大学

大学是人类之一概文明的"反应堆"。举凡人类文明的所有现象，无一不在大学里有所反映并进行反应。这里所言之"文明"一词，还包含人类未文明时期的地球现象以及宇宙现象；当然，也就同时包含对人类、对地球、对宇宙之未来现象的预测。

故大学里，"文明"一词与在词典中的解释是有区别的，也是应该有区别的。后者是一个有限含义的词汇，而前者的含义几乎是无限的。此结论意味着人类文明的现实能力所能达到的非凡超现实程度。而如此这般的非凡的超现实程度的能力，只不过是人类文明的现实能力之一种。

这里所言之"反应"一词，也远比词典中的解释要多意。它是排斥被动作为的。在这里，或曰在大学里，"反应"的词意一向体现为积极的，主动而且特别生动特别能动的意思。人类之一概文明，都会在大学这个"反应堆"上，被分门别类，被梳理总结，被分析研究，被鉴别，被扬弃，被继承，被传播，被发展……

故，大学最是一个重视稳定的价值取向的地方。故，稳定的价值取向之于大学，犹如地基之于大厦。稳定的科学知识和丰富的科技成果，乃是自然科学发展的基础；稳定的人文理念和价值观，乃是社会科学发展的前提。

相对于自然科学，价值取向或曰价值观的体现，通常是隐性的。但隐性的，却绝不等于可以没有。倘居然没有，即使自然科学，亦必走向歧途。

例如化学本身并不直接体现什么价值观，但化学人才既可以应用化学知识制药，也可以制毒品，还可以来制生化武器。于是，化学之隐性的科学价值观，在具体的化学人才身上，体现为显性的人文价值观之结果。

制假药往往不需要什么特别高级的化学专业能力，但那也还是必然由多少具有一些化学知识的人所为的勾当，而那是具有稳定的人文价值观的人所耻为的。故稳定的价值观，在大学里，绝不可以被认为只有社会学科的学子们才应具有的。故我认为，大学绝不仅仅是一个传授知识和教会技能的地方，还必须是一个培养具有稳定的价值观念的人才的地方。考察一个国家的发展和它的大学的关系，是具有决定性的一点。首先，大学教师们自身应该是具有稳定价值观念的人。对于从事文科教学的大学教师们，自身是否具有稳定的价值，决定着一所大学的文科教学的品质。

因为在大学里，再也没有别的什么学科，能像文科教学一样每天将面对各种各样的价值观问题。有时体现于学子们的困惑和提问，有时是五花八门的社会现象和社会问题反映到、影响到了大学校园里。

为了达到一己之名利的目的不择手段是理所当然的人生经验吗？大学文科师生每每会在课堂上共同遭遇这样的问题。大学教师本身倘无稳定的做人的价值观念，恐怕不能给出对学子们有益的回答吧！

倘名利就在眼前；倘某些手段在犯法的底线之上（那样的手段真是千般百种、五花八门、层出不穷，在有的人们那儿运用自如，不觉为耻反觉得意）；倘虽损着别人的利益却又令别人只有吞噬苦水的份——这种事竟也是做不得的吗？

窃以为，这样的"问题"成为问题本身便是一个问题。然而，无论在社会上还是在大学里，其成为"问题"已多年矣。幸而在大学里有一位前辈给出了自己的明确的回答——他说："我不是一个坏人，我在顾及个人利益的同时，也很习惯地替他人的利益着想。"不少人都知道的，此前辈便是北大的季羡林先生。倘无几条终生恪守的德律，一个人是不会这么主张的。倘无论在社会上还是在大学里，不这么主张的人远远多于这么主张的人，那么"他人皆地狱"这一句话，真的就接近"真理"了。那么，人类到世上，人生由如此这般的"真理"所规定，热爱生活也就无从谈起了。

但我也听到过截然相反的主张。而且不是在社会上还是在大学里。而且是由教师来对学生们说的。

其逻辑是——根本不替他人的利益着想是无可厚非的。因为任何一个"我"，都根本没有责任在顾及自己的利益的同时也替他人的利益着想。他人也是一个"我",那个"我"的一概利益,当然只能由那个"我"自己去负责。导致人人在一己利益方面弱肉强食也没什么不好。因而强者更强,弱者要么被淘汰,要么也强起来,于是社会得以长足进步。

这种主张,有时反而比季老先生的主张似乎更能深入人心。因为听来似乎更为见解"深刻",并且还暗合着人人都希望自己成为强者的极端渴望。

大学是百家争鸣的地方。

但大学似乎同时也应该是固守人文理念的地方。

所谓人文理念,其实说到底,是与动物界之弱肉强食法则相对立的一种理念。在动物界,大蛇吞小蛇,强壮的狼吃掉病老的狼,是根本没有不忍一说的。而人类之所以为人类,乃因人性中会生出种种不忍来。这无论如何不应该被视为人比动物还低级的方面。将弱肉强食的自然界的生存法则移用到人类的社会中来,叫"泛达尔文主义"。"泛达尔文主义"其实和法西斯主义有神似之处。它不能使人类更进化是显然的。因而相对于人类,它是反"进化论"的。

我想,人类中的强者,与动物界的强者,当有人类评判很不相同的方面才对。

陈晓明是北大中文系教授,对解构主义研究深透。据我所知,他在课堂上讲解构主义时,最后总是要强调——有些事情,无论在文学作品中还是在社会现实中,那是不能一解了之的。归根到底,解构主义是一种研究方法,非是终极目的。比如正义、平等、人道原则、和平愿望、仁爱情怀等等。总而言之，奠定人类数千年文明的那些基石性的人文原则，它们是不可用解构主义来进行瓦解的，也是任何其他的主义瓦解不了的。像"进化论"一样，当谁企图以解构主义将人类社会的人文基石砸个稀巴烂，那么解构主义连一种学理研究的方法也就都不是了，那个人自己也就同时什么都不是了。

像季羡林先生一样，我所了解的陈晓明教授，也是一个不但有做人德律，而且主张人作为人理应有做人德律的人。

我由是而极敬他的。

我想，解构主义在他那儿，才是一门值得认真来听的课程。

又据我所知，解构主义在有的人士那儿，仿佛一把邪恶有力的锤。举凡人类社会普适的德律，在其锤下一概粉碎，于是痛快。于是以其痛快，使学子痛快。但恰恰相反，丑陋邪恶在这样的人士那儿却是不进行解构的。因为人类的社会，在他看来，仅剩下了丑陋邪恶那么一点点"绝对真实"，而解构主义不解构"绝对真实"，只解构"一概的虚伪"。

我以为虚伪肯定是举不胜举的，也当然是令我们嫌恶的。但若世界的真相成了这么一种情况——在"绝对的真实"和"一概的虚伪"之间，屹立着那么几个"东方不败"的坚定不移的解构主义者的话，岂不是太不客观了吗？

当下传媒，竭尽插科打诨之能事，以媚大众，以愚大众。仿此种公器之功用，乃传媒之第一功用似的。于是，据我所知，"花边绯闻"之炒作技巧，也堂而皇之地成了大学新闻课的内容。

报纸这一种传媒载体,出现在人类社会少说已有三百年历史;广播已有百余年历史;电视的出现已近半个世纪了——一个事实乃是,人类近二三百年的文明步伐,是数千年文明进程中最快速的;而另一个事实乃是,传媒对于这一种快速迈进的文明步伐,起到过和依然起着功不可没的推动作用。故以上传媒既为社会公器,其对社会时事公开、公正、及时的报道功用以及监督和评论责任;其恢复历史事件真相的功用以及通过那些事件引发警世思考的使命,当是大学新闻专业不应避而不谈的课程。至于其娱乐公众的功用,虽然与其始俱,但只不过是其兼有的一种功用,并不是它的主要功用。而"花边绯闻"之炒作技巧,不在大学课堂上津津乐道,对于新闻专业的学子们也未必便是什么学业损失。因为那等技巧,真好学的人,在大学校门以外反而比在大学里学会得还快,还全面。在大学课堂上津津乐道,即使不是取悦学子,也分明是本末倒置。传媒专业与人文宗旨的关系比文学艺术更加紧密;法乎其上,仅得其中;法乎其中,仅得其下;若法乎其下,得什么也就可想而知了。播龙种而收获跳蚤,自然是悲哀。但若有意无意地播着蚤卵,日后跳蚤大行其道岂不必然?

大学讲虚无主义,倘老师在台上讲得天花乱坠,满教室学子听得全神贯注——一个学期结束了,师生比赛着似的以虚无的眼来看世界,以虚无的心来寻思人间,那么太对不起含辛茹苦地挣钱供子女上大学的父母们了!

大学里讲暴力美学,倘讲来讲去,却没使学子明白——暴力就是暴力，无论如何非是具有美感的现象；当文学艺术作为反映客体，为了削减其血腥残忍的程度，才不得不以普遍的人们易于接受的方式进行艺术方法的再处理——倘这么简单的道理都讲不明白，那还莫如干脆别讲。

将"暴力美学"讲成"暴力之美"，并似乎还要从"学问"的高度来培养专门欣赏"暴力之美"的眼和心，我以为几近于是罪恶的事。

大学里讲文学作品中人物的心理复杂性，比如讲《巴黎圣母院》中的福娄洛神父吧——倘讲来讲去，结论是福娄洛的行径只不过是做了这世界上所有男人都想做的事而又没做成，仿佛他的"不幸"比艾丝美达拉之不幸更值得后世同情，那么雨果地下有灵的话，他该对我们现代人做何感想呢？而世界上的男人，并非个个都像福娄洛吧？同样是雨果的作品，《悲惨世界》中的米里哀主教和冉·阿让，不就是和福娄洛不一样的另一种男人吗？

……

大学是一种永远的悖论。

因为在大学里，质疑是最应该被允许的。但同时也不能忘记，肯定同样是大学之所以受到尊敬的学府特征。人类数千年文明进程所积累的宝贵知识和宝贵思想，首先是在大学里经历肯定、否定、否定之否定，于是再次被肯定的过程。但是如果人类的知识和思想，在大学里否定的比肯定的更多，继承的比颠覆的更多，贬低的比提升的更多，使人越学越迷惘的比使人学了才明白点儿的更多，颓废有理、自私自利有理、不择手段有理的比稳定的价值观念和普适的人文准则更多，那么人类还办大学干什么呢？

以我的眼看大学，我看到情况似乎是——稳定的价值观念和普适的人文准则若有若无。

但是我又认为，据此点而责怪大学本身以及从教者们，那是极不公正的。因为某些做人的基本道理，乃是在人的学龄前阶段就该由家长、家庭和人文化背景之正面影响来通力合作已完成的，要求大学来补上非属大学的教育义务是荒唐的。我以上所举的例子毕竟是极个别的例子，为的是强调这样一种感想，即大学所面对的为数不少的学子，他们在进入大学之前所受的普适而又必须的人文教育的关怀是有缺陷的，因而大学教育者对自己的学理素养应有更高的人文标准。

我也认为，责怪我们的孩子们在成为大学生以后似乎仍都那么的"自我中心"而又"中心空洞"同样不够仁慈。事实上我们的孩子们都太过可怜——他们小小年纪就被逼上了高考之路，又都是独生子女，肩负家长甚至家族的种种期望和寄托，孤独而又苦闷，压力之大令人心疼。毕业之后择业迷惘，四处碰壁，不但令人心疼而且想帮都帮不上，何忍苛求？

大学也罢，学子也罢，大学从教者也罢，其实都共同面对着一个各种社会矛盾、社会问题重垒堆砌的倦怠时代。这一种时代的特征就是——不仅普遍的人们身心疲惫，连时代本身也显出难以隐藏的病状。

那么，对于大学，仅仅传授知识似乎已经不够。为国家计，为学子们长久的人生计，传授知识的同时，也应责无旁贷地培养学子们成为不但知识化了而又坚卓毅忍的人，岂非遂是使命？

那种在大学里用政治思想取代人文思想，以为进行了政治思想灌输就等于充实了下一代人之"中心空洞"的完事大吉的"既定方针"，我觉得是十分堪忧的。

论教育的诗性

> 诗是世界未为人知的立法者。——雪莱

一向觉得,"教育"两字,乃具诗性的词。

它使人联想到另外一些具有诗性的词——信仰、理想、爱、人道、文明、知识等等。

它使人最直接联想到的词是——母校、学生时代、恩师、同窗。还有一个词是"同桌"——温馨得有点儿曼妙,牵扯着情谊融融的回忆。

学校是教育事业的实体。学生将自己毕业的学校称为母校,其终生的感念,由一个"母"字表达得淋漓尽致。学生与教育这一特殊事业之间的诗性关系,无须赘言。

没有学生时代的人生是严重缺失的人生,正如没有爱的人生一样。

"师道尊严"强调的主要非是教师的个人尊严问题,而是教育之"道",亦即教育的理念问题。全人类的教育理念从前都未免偏狭,"尊严"两字是基本内容。此二字相对于教育之"道",也包含着古典的庄重的诗性,虽然偏狭。人类现代教育的理念十分开放,学校不再仅仅是推动个人通向功成名就的"管道",实际上已是关乎一个民族、一个国家乃至全人类文明前景的摇篮……

于是教育的诗性变得广大了。

"教育"二字,令我们视而目肃,读而声庄,书而神端,谈而切切复切切。

因为它与一概人的人生关系太紧密啊。

一个生命就是一次空前绝后的奇迹。父母的精血决定了生命的先天质量。生命演变为人生的始末,教育引导着人生的后天历程。

对于每一个具体的人,左右其人生轨迹的因素尽管多种多样,然而凝聚住其人生元气不散的却几乎只有一件事情,那就是教育的作用和——恩泽。

因为教育与社会的关系太紧密啊。

一个绝大多数人渴望享受到起码教育的愿望遭剥夺的社会,分明的是一个被关在文明之门外边的社会。在那样的社会里,极少数人的幸运,除了给极少数人的人生带来成就和光荣,很难也同时照亮绝大多数人精神的暗夜。

教育是文明社会的太阳。

因为教育与时代的关系太紧密啊。

爱迪生为人类提供了电灯,他改变了一个时代。但是发电照明的科学原理一经被写入教育的课本里，在一切有那样的课本被用于教学而电线根本拉不到的地方，千千万万的人心里便首先也有一盏教育的"电灯"亮着了……

全世界被纪念的军事家是很多的，战争却被人类更理智地防止着；全世界被纪念的教育家是不多的，教育事业却被人类更虔诚地重视了。

少年和青年们谈起文学家、文艺家难免是羡慕的，谈起科学家难免是崇拜的，谈起外交家、政治家难免是钦佩的，谈起企业家难免是雄心勃勃的——但是谈起教育家，则往往是油然而生敬意的了（如果他们也了解某几位教育家的生平的话）。因为有一个事实他们必定肯于默认——世界上有些人是在富有了之后致力于教育的，却几乎没有因致力于教育而富有的人。他们正从后者们鞠躬尽瘁所致力的事业中，获得人生的最宝贵的益处……

教育家和教育工作者们是体现教育诗性的优美的诗句。

而教育的诗性体现着人类诸关系之中最为特殊也最为别致的一种关系——师生关系的典雅和亲近。

所以中国古代有"一日为师，终身为父"的箴言，所以中国古代将拜师的礼数列为"大礼"。这当然是封建色彩太浓的现象，我觉得反而损害了师生关系的典雅和亲近。

那么，让我们来分析一下，上学这件事，对于一个学龄儿童，究竟意味着些什么吧！

记得我报名上小学那一天，哥哥反复教我十以内的加减法，因为那将证明我智力的健全与否。母亲则帮我换上了一身干干净净的衣服,并一再替我将头发梳整齐。我从哥哥和母亲的表情得出一种印象:上学对我很重要。我从别的孩子们的脸上得出另一种印象:我们以后将不再是个普通的孩子……

报完名回家的路上,忽听背后有一个清脆的声音高叫我的"大名"——也就是我出生后注册在户口本上的姓名。回头看,见是邻院的女孩儿。她的母亲和我的母亲要好,我和她稔熟之极,也经常互相怄气。此前我的"大名"从没被人高叫过,更没被一个稔熟的女孩儿在路上高叫过。而她叫我的小名早已使我听惯了。

我愕然地瞪着她,几乎有点儿怔惶起来。

她眨着眼问我:"怎么,叫你的学名你还不高兴呀?以后你也不许叫我小名了啊!"

又说:"你再欺负我,我就不告诉你妈了,要告诉老师了!"

一个人出生以后注册在户口本上的名字,只有当他或她上学以后才渐被公开化。对于孩子们而言,小学校是社会向他们开放的第一处"人生操场",班级是他们人生的第一个"单位"。人与教育的诗性关系,或一开始就得到发扬光大,或一开始就被教育与人的急功近利的不当做法歪曲了。

儿童从入学那一天起,一天天改变了"自我"的许多方面。他或她有了一些新的人物关系:老师、同学、同桌。有了一些新的意识:班级或学校的荣誉、互相关心和帮助、尊敬师长以及被一视同仁平等对待的愿望等等。有了一些新的对自己的要求:反复用橡皮擦去写在作业本上的第一个字，横看竖看总觉得自己还能写得更好。甚至不惜撕去已写满了字的一页，直至一字字一行行写到自己满意为止……

第一个"五"分，集体朗读课文，课间操，第一次值日……几乎所有的小学生，都怀着本能般的热忱进入了学生的角色。

那一种热忱是具有诗性的，是主动而又美好的，是在学校这一教育事业的实体环境培养之下萌生的。如果他或她某天早晨跨入校门走向班级，一路遇到三位甚至更多位老师，定会一次次郑重其事地驻足、行礼、问好。如果他或她已经是少先队员，那么定会不厌其烦地高举起手臂行标准的队礼。怎么会烦遇到的老师太多了呢，因为那在他或她何尝不是一种愉快呢！

当我们中国人在以颇为怀疑的眼光审视西方某些国家里实行的对小学生的"快乐教育"时，我们内心里暗想的是——那不成了幼儿园的继续了吗？

其实不然。

据我想来，他们或许正是在以符合自己国家国情的方式，努力体现着教育事业之针对小学生的诗性吸引力。

当我们在反省我们自己的中小学教育方法时，我想说，我们或许正是在丧失着教育事业针对小学生们的诗性内涵。

当我们全社会都开始检讨我们的中小学生所面临的学业压力已成甸甸重负时，依我看来，真正值得我们悲哀的乃是——中小学教育事业的诗性质量，缘何竟似乎变成了枷锁？

将一代又一代儿童和少年培养成一代又一代出色的人,这样的事业怎么可能不是具有诗性的事业呢?

问题不在于"快乐教育"或其他教育方式孰是孰非,各国有各国的国情。别国的教育方式,哪怕在别国已被奉为经验的方式,照搬到中国来实行,那结果也很可能南辕北辙。问题更应该在于,我们中国人自己的头脑中,是否有必要进行这样的思考:如果我们承认教育之对于学生,尤其对于中小学生确乎是具有诗性的事业,那么我们怎样在中小学校保持并发扬光大其诗性的特征?

儿童和少年到了学龄,只要他们所在的地方有学校,不管那是一所多么不像样子的学校;只要他们周围有些孩子天天去上学,不管是多数还是少数,他们都会产生自己也上学的强烈愿望。

这一愿望之对于儿童和少年,其实并不一概地与家长所灌输的什么"学而优则仕"或自己暗立的什么"鸿鹄之志"相关。事实上即使在城市里,绝大多数家长也并不经常向独生子女灌输那些,绝大多数的学龄儿童也断然不会早熟到人生目标那么明确的程度。

它主要体现着人性对美好事物的最初的趋之若渴。

在孩子的眼里,别的孩子背着书包单独或结伴去上学的身影是美好的;学校里传出的琅琅读书声是美好的;即使同样是在放牛,别的孩子骑在牛背上看书的姿态也是美好的……

这一流露着羡慕的愿望本身亦是具有诗性的。因为羡慕别的孩子的有书包,和羡慕别的孩子的新衣服是那么不同的两种羡慕。

这一点,在许多文学作品甚至自传作品中有着生动的描写。一旦自己也终于能去上学了，即或没有书包，即或课本是旧的破损的，即或用来写字的只不过是半截铅笔，即或书包是从母亲的某件没法穿了的衣服上剪下的一片布做成的，终于能去上学了的孩子，内心里依然是那么激动……

这也不是非要和别的孩子一样的"从众心理"。

因为，情形很可能是这样的，当这个曾强烈地羡慕别人能去上学的孩子向学校走去的时候，他也许招致另外更多的不能去上学的孩子们巴巴的羡慕目光的追随。斯时，后者们才是"众"……

我曾到过很偏远的一个山区小学。那学校自然令人替老师和孩子们寒心。黑板是抹在墙上的水泥刷了墨，桌椅是歪歪斜斜的带树皮的木板钉成的，孩子们的午饭是每人自家里装去的一捧米合在一起煮的粥，就饭的菜是半盆盐水泡葱叶。我受委托去向那一所小学捐赠一批书和文具。每个孩子分到书和文具的同时还分到一块橡皮。他们竟没见过城市里卖的那种颜色花花绿绿的橡皮，以为是糖块儿，几乎全都往嘴里塞……

我问他们上学好不好？

他们说好。说还有什么事儿比上学好呢？

问上学怎么好呢？

都说识字呀，能成有文化的人啊。

问有没有志向考大学呢？

皆摇头。有的说读到小学毕业就得帮家里干活了，有的以庆幸的口吻说爸爸妈妈答应了供自己读到初中毕业。至于识字以外的事，那些孩子们根本连想也没想过……

解海龙所摄的、成为"希望工程"宣传明星的那个有着一双大大的黑眼睛的小女孩儿，凝聚在她眸子里的愿望是什么呢？是有朝一日能跨入名牌大学的校门吗？是有朝一日戴上博士帽吗？是出国留学吗？是终成人上人吗？

我很怀疑她能想到那么多那么远。

我觉得她那双大大的黑眼睛所巴望的，也许只不过是一间教室，一块老师在上面写满了粉笔字的黑板，一套属于她的课桌椅——而她能坐在教室里并且不必想父母会因交不起学费而发愁，自己也不必因买不起课本文具而愀然……

总而言之我的意思是，恰恰在那些被叫作穷乡僻壤的地方，在那些期待着"希望工程"资助教育事业的地方，在简陋甚至破败的教室里，我曾深深地感受到儿童和少年无比眷恋着教育的那一种简直可以用"粘连"二字来形容的、"糯"得想分也分不开的关系。

那是儿童和少年与教育的一种诗性关系啊！

我在某些穷困农村的黄土宅墙上，曾见过用石灰水刷写的这样的标语："再穷也不能穷了教育；再苦也不能苦了孩子！"它是农民和教育的一种诗性关系啊！有点儿豪言壮语的意味儿。然而体现在穷困农村的黄土宅墙上，令人联想多多，看了眼湿。

我的眼并不专善于从贫愁形态中发现什么"美感"，我还未矫揉造作到如此地步。我所看见的，只不过使我在反观我们城市里的孩子与教育，具体说是与学校的关系时，偶尔想点儿问题。

究竟为什么，恰恰是我们可以坐在宽敞明亮的教室里，而且根本不被"学费"二字困扰的孩子，对上学这件事，对学校这一处为使他们成材而安排周到的地方，往往表现出相当逆反的心理呢？

这一种逆反的心理，不是每每由学生与教育的关系，与学校的关系，迁延至学生与老师与家长的关系中了吗？

不错，全社会都看到了中小学生几乎成了学习的奴隶，猜到了他们失乐的心理，看到了他们的书包太大太重，看到了他们伏在桌上的时间太长久了……

于是全社会都恻隐了，于是采取对他们"减负"的措施。但又究竟为什么，动机如此良好的愿望，反而在不少家长们内心里被束之高阁，仿佛你有千条妙计，我有一定之规呢？但又究竟为什么，"减负"了的学生，有的却并不肯"自己解放自己"，有的依然小小年纪就满心怀的迷惘与惆怅呢？如果他们的沉重并不主要来自书包本身的压力，那么又来自什么呢？一名北京市的初二学生在寄给我的信中写道：

> 我邻家的哥哥姐姐们，大学毕业一年多了，还没找到工作，可都是正牌大学毕业的呀！我十分的努力，将来也只不过能考上一般大学。我凭什么指望自己将来找到一份普普通通的工作竟会比他们容易呢？如果难得多，考上了又怎么样？学校扩招并不等于社会工作也同时扩招呀！可考不上大学，我的人生出路又在哪里呢？爸爸妈妈经常背着我嘀咕这些，以为我听不到。

其实,我早就从现实中看到了呀!一般大学毕业生们的出路在何方呢?谁能给我指出一个乐观的前景呢?我现在经常失眠,总想这些,越想越理不出个头绪来……

倘这名初二女生的信多多少少有一点儿代表性的话,那么是否有根据认为——我们的相当一批孩子,从小既被沉重的书包压着,其实也被某种沉重的心事压着。那心事本不该属于他们的年纪,但却不幸地过早地滋扰着困惑着他们了……他们也累在心里,只不过不愿明说。

我们的孩子们的状态可能是这样的:一、爱学习,并且从小学三四年级起,就将学习与人生挂起钩来,树立了明确的学习目标的;二、在家长经常的耳提面命之下,懂了学习与人生的密切关系的;三、有"资格"不想、也不必怎样努力,反正自己的人生早已由父母负责铺排顺了的;四、厌学也没"资格",却仍不好好学习,无论家长和老师怎样替自己着急都没用的;五、虽明白了学习与人生的密切关系,虽也孜孜努力,却仍对考上大学没把握的。

对第一种孩子不存在什么学习负担过重的问题,倒是需要家长关心地劝他们也应适当放松。对第二种孩子,家长就不但应有关心,还应有体恤之心了。不能使孩子感到,他或她小小的年纪已然被推上了人生的"拳击场",并且断然没有了别种选择……

前两种孩子中的大多数,一般都能考上大学。他们和他们的家长,无论社会在主张什么,总是"按既定方针"办的。

对第三类孩子，社会和学校并不负什么特别的责任。"减负"或"超载"也都与他们无关。甚至，只要他们不构成某种社会负面现象，社会和学校完全可以将他们置于关注之外，谈论之外，操心之外。

第四类孩子每与青少年社会问题有涉。他们的问题并不完全意味着教育的问题，也并非"中国特色"，几乎每个国家都有此类青少年存在。他们应是一个值得关注的问题，却也不必大惊小怪。

第五类孩子最堪怜。从他们身上折射出的，其实更是教育背后凸现的人口众多、就业危机问题。无论家长还是学校，有义务经常开导他们，使他们比较地能相信——我们的国家还在发展着。这发展过程中，国家捕捉到的一切机遇，其实都在有益的方面决定着他们将来的人生保障……我们为数不少的孩子，确乎过早地"成熟"了。本来，就中小学生而言，他们与学校亦即教育事业的关系，应该相对单纯一些才好。"识字，成有文化的人。"——就是单纯。在这样一种儿童和少年与教育事业的相对单纯的关系中，教育体现着事业的诗性；孩子体验着求知的诗性；学校成为有诗性的地方。学校和教室的简陋不能彻底抵消诗性。教师和家长对学生之学业要求，也不至于彻底抵消诗性。

但是，倘学校对于孩子成了这样的地方——当他们才小学三四年级的时候，教师和家长就双方面联合起来使他们接受如此意识：如果你不名列前茅，那么你肯定考不上一所好中学，自然也考不上一所好高中，更考不上名牌大学，于是毕业后绝无择业的资本，于是平庸的人生在等着你；而你若连大学都考不上，那么你几乎完蛋了。等着瞧吧，你连甘愿过普通人生的前提都谈不上了。街头那个摆摊的人或扛着四十公斤的桶上数层楼给邻家送纯净水的人，就是以后的你……

这差不多是符合逻辑的，差不多是现实，同时，也差不多是某些敏感的孩子的悲哀。这一点比他们的书包更沉。这一点，一旦被他们过早地承认了，"减负"不能减去他们心中的阴霾。于是教育事业对于孩子们所具有的诗性，便几乎荡然无存了。最后我想说——如果某一天，教师和家长都可以这样对中小学生讲——你们中谁考不上大学也没什么。瞧瞧你们周围，没考上大学的人不少啊！没考上大学就过普通的人生吧，普通的人生也是不错的人生啊！……

倘这也差不多是一种逻辑，一种现实，那么，我们就有理由根本不谈什么"减负"不"减负"的话题了。中小学教育的诗性，就会自然而然地复归于学校了。当然，这样一天的到来，是比"减负"难上百倍的事。我却极愿为我们中国的中小学生祈祷这样一天的尽早到来！

大学生真小

对于中国当代大学生，多年以来，我头脑里始终存在着一个看待上的误区。这误区没被自己意识到以前，曾非常地使我困惑。不明白问题究竟出在我自己这儿，还是只出在大学生们那儿。

真的，实话实说，我曾多么惊讶于他们的浅薄啊！我是多次被请到大学里去与大学生们进行过"对话"的人。每次回家后，续想他们所提的问题，重看满衣兜的纸条，不禁奇怪——中国当代大学生们提问题的水平便是这样的么？与高中生有什么区别？甚至，与初中生有什么区别？

有次我在大学里谈到——在我的青年时代，也就是在"文革"中，坦言自己对于社会现实的真实思想和真实感受是相当危险的。倘公开坦言，就不但危险，有时简直等于自我毁灭了……

结果递到讲台上不少条子。而那些条子上写的疑问综合起来可以概括为这么一句话——为什么？不明白，难道坦诚不是优点么？自然，我可以耐心解释给他们听。半分钟内就可以解释得明明白白。

但，在大学里，面对当代中国大学生，这样的问题竟是需要解释的么？难道他们对"文革"真的一无所知？关于"文革"的书籍，以及登载于报刊的回忆文章，千般万种，他们竟一本都不曾翻过？一篇都不曾读过？他们的父母从不曾对他们讲起过"文革"？就连某些电视剧里也有"文革"社会形态的片段呀！

也许，有人会认为，那是大学生们明知故问，装傻。而当时给我的现场印象是他们绝非装傻。还曾有过这样两张条子——"中国当代知识分子英年早逝者多多，这是否与他们年轻时缺乏营养饮食的起码常识有关？"

"我讨厌我们学校那些穷困大学生。既然家里穷，明明上不起大学，干吗非不认命？！非要在激烈的竞争中挤入到大学里来？！害得我这样家庭富裕的大学生不得不假惺惺地向他们表示爱心！他们在大学校园里的存在是合情合理的么？这种强加于人的爱心是社会道德的原则么？"

振振有词，但其理念是多么的冰冷啊！是的。我承认我在大学里曾很严厉地斥责过他们，甚至很粗鲁地辱骂过他们。……现在，我终于明白，问题不出在他们那儿，而几乎完完全全地出在我自己这儿。完完全全地是我自己看待他们的一个早就该纠偏的误区。是我儿子使我明白了这一点。他今年已经高二了。明年，如果他能考上大学，他就也是一名中国当代大学生了。有一天我问他："你能说出近半年内你认为的一件国际大事么？"他想了想回答道："周润发拍了一部被美国评为最差的影片。""你！……再回答一遍!""我又怎么了?""克隆羊的诞生知道不知道?""知道哇。""因特网知道不知道?""知道哇。""科索沃问题知道不知道?""知道哇。""那为什么不回答那些?""那些是你认为的,不是我认为的。你不是让我说出我认为的么?""但是你!……你你你怎么可以那样认为?!"我真想扇他一耳光。他也振振有词:"我怎么不可以那样认为?你不是也常常向人表白,你是多么地渴望思想的自由么?"我压下怒火,苦口婆心:"但是儿子呀,如果是一道政治考题,你就一分也得不到了!""但是考试是一回事儿,平时是另一回事儿!"我凝视着自己的儿子,一时无法得出正确的判断——他究竟是成心气我,还是真的另有一套古怪的却又自以为是的思想逻辑?我不禁暗想,如果他已然是一名大学一二年级学生了,我对他这样的大学生可该下什么结论好?

而我每次被请到大学生里去"对话",所面对的,其实主要都是大一大二的学生群体,大三大四的学生很少。大学生一到了大三大四,基本上不怎么热衷于与所谓名人"对话"了,而那正是他们渐渐开始成熟的表现呀!

大一大二的大学生,他们年龄真小!

他们昨天还叫我们叔叔,甚至伯伯,经历了某一年的一个七月,于是摇身一变成了大学生。的确,与是高中生时的他们相比,思想的空间又会一下子扩展到了多么大的程度呢?

大学并非一台思想成熟的加速机器呀!大学的院墙内,并不见得一律形成着对时代对社会的真知灼见呀。长期自禁于大学校园内的人，无论教授们还是博士们硕士们学生们，他们对社会对时代的认识，与社会和时代状态本身的复杂性芜杂性是多么严重地脱节着，难道不是一个不争的事实么？

我自己的儿子又看过几本课本以外的书籍？他有几多时间看电视？每天也就洗脚的时候看上那么十几分钟。他又有几多时间和我这个父亲主动交谈？如果我也不主动和他交谈，我几乎等于有的是一个哑巴儿子。家中哪儿哪儿都摆着的报刊，他又何尝翻过？

我曾问他"四人帮"指哪四个人？他除了答上一个"江青"，对另外三人的名字似乎闻所未闻。我何曾向他讲过我所经历的那些时代？他对那些时代几乎一无所知不是太正常了么？他的全部精力几乎每天都用在了学习上，用在了获得考分上，对于此外的许多社会时事无暇关注，不是也就不太奇怪了么？

每年的七月以后，在中国，不正是有许许多多这样的我们的孩子，经过一番昏天暗日的竞争之后，带着身体的和心理的疲惫摇身一变成了大学生么？

大一简直就相当于他们的休闲假。而大二是他们跃跃欲试证明自己组织能力的活动年。我在他们大一大二时"遭遇"到他们，我又有什么理由对他们产生过高的要求？

大学生毕竟不是大学士啊！

一名大一大二的学生，虽然足可以在他们所学的知识方面笑傲他们没有大学文凭的父母，但在其他方面，难道不仍是父母们单纯又不谙世事的小儿女么？

都是独生子女，他们的少年期在父母心目中往往被无形地后延了。

由我自己看待大学生们的误区，我想到了当代中国许许多多成年人，许许多多知识分子，乃至几乎整个社会看待大学生们的误区。

一本书是否有价值，往往要以在大学生们中反响如何来判断——他们的评说就那么权威？

须知不少大一大二的女生，床头摆的是琼瑶，甚至是《安徒生童话集》。在她们成为大学生以前，在她们所学的字足可以自己阅读以后，她们几乎连一则世界著名的童话故事都未读过……

一部电影仅仅受大学生喜欢就特别值得编导演欣慰了？

须知他们中许许多多人在是大学生以前就没看过几场电影。使他们喜欢并非很高的标准。使他们感动的，也往往感动许许多多不是大学生的人。我们要提出的问题倒是——如果感动了许许多多的人，竟不能感动大学生们，那么，原因何在？是许许多多的人"心太软"，还是大学生们已变得太冷？

一位成年人在大学演讲获得了阵阵掌声，就一定证明他的演讲很有思想很精彩？

须知有时候要获得大学生们的掌声是多么的容易！一句浅薄又偏激甚至一句油滑的调侃就行了——而那难道不是另一种媚俗？！

而所有误区中最可怕的误区乃是——有时我们的成人社会，向当代中国大学生们做这样的不负责任的暗示——因为你们是大学生啊，所以请赶快推动这个国家的进步吧！除了指望你们，还能指望谁呢？

甚至，那暗示可能是这样的意思——拯救中国吧你们当代大学生们！

倘接受了这样的暗示，倘大学生们果真激动起来热血沸腾起来义不容辞起来想当然起来，他们便以他们的方式反腐败，他们便以他们的方式要民主，他们便以他们的方式去一厢情愿地推动中国的时代车轮……

而这些伟大又艰巨的使命，即使一批又一批对国家有真责任感的成年人，实践起来也是多么的力难胜任？

成人社会凭什么将自己们力难胜任，需要时间，需要条件，需要耐心之事"委托"给中国当代大学生们去只争朝夕地完成？

反省我自己，十几年前，何尝不也是那样的一个成年人？

我不是也在大学的讲台上激昂慷慨过么？仿佛中国之事只要大学生们一参与，解决起来就快速得多简单得多似的……羞耻啊，羞耻！虽然我并没有什么叵测之心，但每细思忖，不禁自责不已。中国当代大学生——他们是这样一些人群；甚至，可以说是这样一些孩子——智商较高，思想较浅；自视较高，实际生存的社会能力较弱；被成人社会看待他们的误区宠得太"自我"，但他们的"自我"往往一遇具体的社会障碍就顿时粉碎……

说到底，我认为，我们成人社会应向他们传递的是这样的意识——学生还是应以学为主。不要分心，好好学习。至于谁该对国家更有责任感，结论是明确的，那就是中年人。责任，包括附带的那份误解和沉重……

也应传递这样的意识——思想的浅薄没什么，更不值得自卑。而且，也不一定非从贬义去理解。"浅"无非由于头脑简单；"薄"无非是人生阅历决定的。浅薄而故作高深，在大学时期是最可以原谅的毛病。倘不过分，不失一种大学生的可爱。而且，包括忍受他们种种冰冷的理念，不妨姑且相信他们由于年龄小暂时那样认为。

说到底，我认为，成人社会应以父辈的和母辈的成熟资格去看待他们——而不是反过来，仿佛他们一旦一脚迈入大学，成人社会就该以小字辈三鞠其躬似的……

那会使他们丧失了正确的感觉，也会使我们成人社会丧失了正确的感觉。而且，会使社会的正常意识形态交流怪怪的……

走出高等幼稚园

这也真是一种可悲。

我们已然有了三亿多儿童和少年,却还有那么多的男青年和女青年硬要往这三亿之众的一部分未成年的中国小人儿里边挤。甚至三十来岁了,仍嗲声嗲气对社会喋喋不休地宣称自己不过是"男孩"和"女孩"。那种故作儿童状的心态,证明他们是多么乞求怜爱、溺爱、宠爱……

这其中不乏当代之中国大学生。

甚至尤以中国大学生们对时代对社会的撒娇耍嗲构成为最让人酸倒一排牙的当代中国之"奶油风景"……

我想说我们中国的孩子已经够多的了。我想说我们中国已经是这地球上孩子最多的国家了。

而那受着和受过高等教育、原本该成为最有希望的青年的一批,却赖在"男孩"和"女孩"的年龄段上,自我感觉良好地假装小孩不知究竟打算装到哪一天……

放眼现实你会看到另一种景象。恰恰是那些无幸迈入大学校门的一批，他们并非"天之骄子"，在人生的"形而下"中闯荡、挣扎、沉浮，因而也就没了假装"男孩"假装"女孩"的资格。假装小孩子就没法继续活下去。他们得假装大人，假装比他们和她们的实际年龄大得多成熟得多的大人……这是另一种悲哀。

明明还是孩子的早早地丧失了孩子的天真和天性……

明明是青年又受着和受过高等教育的一批，却厚脸憨皮地装天真装烂漫装单纯……

那么，中国的大学的牌子统统摘掉，统统换上什么什么"高等幼稚园"得了！

我的外国朋友中，有一位是美国的中学校长。这位可敬的女士曾告诉我——她每接一批新生，开学的第一天，照例极其郑重极其严肃地对她的全体学生们说一番话。

她说的是——"女士们，先生们，从今天起，你们应该自觉地意识到，你们不再是孩子了。我们的美利坚合众国请求她的孩子们早些成为青年。为了我们的美国，我个人也请求于你们……"

问题还不仅仅在于"男孩""女孩"这一种自幻心理是多么可笑的心理疾病，问题更在于——它还导致一种似乎可以命名为"男孩文化"或"女孩文化"的"文化疟疾"！这"文化疟疾"，首先在大众文化中蔓延，进而侵蚀一切文化领域。于是不知从哪一天开始，中国之当代文化，不经意间就变得这样了——娇滴滴，嗲兮兮，甜丝丝，轻飘飘，黏黏糊糊的一团。电视里、电台里、报纸上，所谓"男孩"和"女孩"们的装嗲卖乖的成系统的语言,大面积地填塞于我们的视听空间,近十二亿中国人仿佛一下子都倒退到看童话剧的年龄去了。许多报刊都在赶时髦地学说"男孩"和"女孩"才好意思那么说的话。三十大几的老爷们儿硬要去演"纯情少年"的角色,演得那个假模酸样,所谓的评论家们还叫好不迭……

真真是一大幅形形色色的人们都跟着装小孩学小孩的怪诞风景。这风景迷幻我们,而且,注定了会使我们变得弱智,变得男人更不像男人女人更不像女人!

因为我和大学生们接触颇多,某些当公司老板和当报刊负责人的朋友便向我咨询——首先该从大学毕业生中招收什么样的?

我的回答从来都是——凡张口"我们男孩如何如何"或"我们女孩怎样怎样"的一律不要,因为他们还没从"高等幼稚园"里毕业。

我给大学校长们的建议是——新生入学第一天,不妨学说那位美国女校长的话——"女士们,先生们,从今天起……"

给自己的头脑几分尊重

读过《安娜·卡列尼娜》这一部名著的人，必记得开篇的两句话——"幸福的家庭是相似的，不幸的家庭各有各的不幸。"

这两句话，在中国也早已是名言了。最近我因授课要求，重新翻阅该书某些片段。掩卷沉思，开篇的两句话，仍是全书中最令我联想多多的话。

曾有学生问我——为什么这两句话会成为名言？我的回答是，首先，《安娜·卡列尼娜》成为了名著，这个前提很重要。学生又问，如果《三国演义》没有成为名著，"凡天下大事，分久必合，合久必分"就不称其为名言了吗？如果范仲淹的《岳阳楼记》没有成为名篇，"先天下之忧而忧，后天下之乐而乐"就不称其为名句了吗？……

当然，还可以举出另外许多例子。名言名句不仅出现在小说、诗词、歌赋中，也出现在戏剧、电影、电视中，甚至出现在法庭诉讼双方的答辩中，出现在演讲中的时候更是举不胜举……

关于《安娜·卡列尼娜》这一部小说，托尔斯泰曾写下过三十几段开篇的文字，最后才选择了"幸福的家庭是相似的，不幸的家庭各有各的不幸"这两句话。据说，倘用俄语来朗读这两句话，会有诗一般的语韵。这大概也是俄国人特别认同托尔斯泰的原因吧。

我的回答究竟使我的学生满意了没有？进而使自己满意了没有？不是这里非要交代清楚的。

我想强调的其实是这样一种思想——喜欢提问题的人一定是喜欢思考问题的人。人类倘不喜欢思考，我们至今还都是猴子。历史上有人骂项羽"沐猴而冠"，正是恨他遇事不动脑子好好想一想。

窃以为，错误的思想是相似的，正确的思想各有各的正确。当然，正确和错误是相对的，姑妄言之而已。

这里所说的"错误的思想"，确切地说，是指种种不良的甚至邪恶的思想。比如以为损人利己天经地义，以为仗势欺人天经地义，以为不择手段达到沽名钓誉之目的天经地义，于是心安理得，皆属不良的邪恶的思想。是的，在我看来，这样的一些思想是相似的。它们的共同点乃是——夜半三更，扪心自问，有时候还是怕遭天谴的。谢天谢地，迄今为止，这样的一些思想从来不是大众思想的主流。比如"无毒不丈夫"一句话，你不能不承认它也意味着一种思想。然而真的循此思想行事的人，其实是很少很少的。何况此话原本似乎是"无度不丈夫"——果而如此，恰恰是提醒人要善于思考的话。

迄今为止，人类头脑中产生的大部分思想，指那类被我们大部分人所能接受的、认同的，以指导我们行为和行动的后果来判断，是对社会进步有益的——那样一些思想，它们不应只是少数人头脑中产生的思想，而应是我们大多数人，甚至每一个人头脑中都会产生的思想。

我们中国人依赖少数人的头脑为我们提供有益的思想——实在是依赖得太久太久了，而这几乎使我们自己的头脑的思考能力变得有点儿退化了。

这意味着我们对自己的头脑失去了尊重。现在这个现象似乎也在全球化。有个美国学者写了一本书，叫《娱乐至死》，说的是大家都远离思考，都进入了娱乐状态，从生下来就开始娱乐，一直玩到死。他认为，人类的思想和文化并非窒息于专制，而是死于娱乐。这实在是非常智慧的警世之论。窃以为，不智慧的人是相似的，智慧的人各有各的智慧。

我们需要将我们每个人对自己的头脑的尊重意识重新树立起来。

我们将会发现——正确的思想不但是人类思想的主流，不但各有各的正确，而且经常形成于我们自己的头脑之中。

给自己的头脑几分尊重——于是，我们不仅仅只是思想的被动的接受者，也能是思想的主动的提供者了。

给自己的头脑几分尊重——于是，我们明白了这样一个道理：别人的头脑里产生的别种的思想，只要不是邪恶的，也是必须予以尊重的。

给自己的头脑几分尊重——于是，我们明白了这样一个道理：即使我们确信自己头脑里产生的思想是正确的、睿智的，即使别人也这样公认，那也只不过是关于世相，甚至是关于一件事情的许多种正确的、睿智的思想之一而已。

给自己的头脑几分尊重——非但不能使我们因而变得狂妄自大，恰恰相反，将使我们变得更加谦逊和更加温良。因为我们的头脑里会产生出对我们的修养有要求的思想。

给自己的头脑几分尊重——将使我们在对待人生、事业、名利、时尚、爱情、亲情、友情等方面，不再一味只听前人和别人怎么阐释怎么宣讲，而也有自己的独立的见解了。

我们难道不是都清楚这样一种关于世事的真相吗？——别人用别人的思想企图说服我们往往是不那么容易的，只有自己说服了自己，自己才是某种思想的信奉者。

这世界上没有不长叶子的根和茎。我们的头脑乃是我们作为人的"根"，我们认识世界的愿望乃是我们作为人的"茎"。我们既有"根"亦有"茎"，为什么不让它长出思想的叶子来呢？

给自己的头脑几分尊重——我们因而发现，不但人类的社会，连整个世界都需要我们这样；我们因而感受到，不但人类的社会，连整个世界都少了某些荒诞性，多了几分合理性。

给自己的头脑几分尊重——我们因而发现，娱乐使我们同而不和，思考使我们和而不同。

给自己的头脑几分尊重——我们将会发现，思考的过程、产生思想的过程，是一个非常快乐的过程。这种快乐是其他快乐无从取代的。

给自己的头脑几分尊重——我们将因而活得更像个人，更愉快，更自然……

为自己办一所大学

现在，全中国的大学都在有计划地而又尽量地扩招，更有新的大学在兴办着。确乎的，有机会读大学的下一代，人数比例是快速地增加了。

但是，不少在别人看来很幸运地考上了大学的学子们，往往一年二年读下来，随之对他们的大学感到了失望。除了名牌大学和热门专业的学子们状态良好，那一种失望是较普遍的。他们在被形容为"金色年华"的六年的时间里，连续经历三次中国特色的升学考试。而那六年从人的心理年龄上讲，是本不该经历那么严峻的"事件"的。真的，他们所经历的三次考试，无论对于他们自己，还是对于家长们，难道还不算是严峻的"事件"么？他们原本以为，终于考上了大学，终于可以在经历了三次严峻的"事件"之后喘息一下了，可是大学里的学业更加繁重，要学四十几门之多，连星期六和星期日还要加课。

家长们普遍有着这样的一种观点——我们已经尽我们的能力使

你们无忧无虑了，你们要做好的事情只有一桩，那就是学习。而学习是多么愉快之事啊，你们怎么还水深火热似的呢？

看来，这未免是太局外人的疑问了。

某件事的性质无论对人是多么有益的，当它的进行时成了一种超负荷的过程时，它对人的性质往往会倾斜向反面。即使它的性质原本是诗性的，其诗性也会不同程度地被抵消掉。

大学的课程真的需要四十几门之多吗？

这四十几门之多的课程，究竟是在以学生为中心的教育理念之下确定了的，还是太多地考虑到了其他的因素？

这四十几门之多的课程，真的反而有利于专业的精深吗？

是不是课程的门类越多，便越体现着综合素质的培养呢？

若论综合素质的培养，则我以为，普遍的大学里最薄弱的环节，薄弱得几乎被忽视的环节，反而是人文思想教育的方面了。

而大学里，无论理科的工科的还是文理综合类大学里，倘薄弱了人文思想之教育，那也就几乎将大学的教育功能降低到了民间匠师的水准了。

而即或从前民间的匠师，也是既教技艺，又教做人的。"师傅领进门，修行在个人。"——不是好师傅的座右铭，而是好徒弟的座右铭。从前，父母对孩子引至师傅跟前，行过拜师之礼后（从前拜师之礼是大礼），往往说一句话是——"师傅，托付给您了！"正包含着父母对孩子将来成才的双重的希望——谋生的技能方面和立世的做人方面。而从前的师傅们，如果是一位好师傅的话，也总是尽量从两方面不负重托的。"认认真真演戏,清清白白做人。""货真价实,童叟无欺。""同行相冤,莫如相全。"这些都是从前的师傅们对徒弟们的训诲,具有着民间的极朴素的人文教育的意味。初级是很初级的,但毕竟是尽心思了。

现在的大学,一届一届一批一批地向社会输送着几乎纯粹的技能型人。而几乎纯粹的技能型人,活动于社会的行状将无疑是简单功利的。其人生也每因那简单功利而磕磕绊绊,或伤别人,或害自己。

但是在四十几门课程的压力之下,教师们又怎么能做得比从前的师傅们更好?学子们又怎么能在大学里也兼顾做人的自修?

我听说过这样一件事,是一位外国朋友告诉我的,发生在他的外资公司在中国公开招聘的现场:一名大学生填表格之际,错了揉,揉了又错,揉成的纸团便扔在地上;而另一名大学生接连替之捡起,没发现纸篓,便揣在自己兜里……

我的外国朋友将这一切看在眼里,他手指着两名大学生说:"你,不要填了,因为你没有必要再接受面试了;你,也不要填了,后天可以直接来面试。"

我还是不写出那名连填表资格都当场被取消了的大学生是哪一名牌大学的学子了吧。但那一名不必填表就被允许直接面试,并被录取了的学生,我的外国朋友告诉我,他是——郑州的一所纺织机械学院的男生。这件事其实和他们各自的学校毫无关系。却不能不说和他们各自做人方面的起码自修有关系。

这世界上的任何一所大学都无法连这一点也一并教着,那么大学就真的是高等幼稚园了。

大学里要不要减负，也主要是国家教委的事情。

其实我最想说的是要说给大学学子们的话：既然对中国大学的现状不满意，那么就自己为自己办一所大学吧，在自己的心灵里。学生，只是自己一个人；教师，是一切古今中外的学者，或作家，或诗人；教材，是一切自己喜欢的读物，或历史的，或文艺的，或传记的，或足以陶冶性情的甚或足以消遣的。这不用教委决定，这是自己完全做得了主的事；教育方针——自修以及自娱式的阅读，一种最容易向自己一个人推行的教育方针。

这肯定会使你们在大学里的时间更不够用。

那么我进一步的谏言是：除了几门直接关系到你们将来择业问题的硬主科，其他一概的课程，对付个及格就行了。某些被列为主科或必考的课程，我以为，无论是对于教着的教师还是学着的学子，都是不值得必争一搏二地对待的。

我对教文化选修课的老师们也斗胆谏言，那就是，千万思想明白了，目前，我和你们在大学里的使命，不妨理解为是一种减缓学子们课程多多的压力，使他们得以换脑的一种方式。在这一纯粹为使他们轻松一时的前提之下，我们或多或少潜移默化地将人文的营养提供给学子们，完全由他们任意地选择性地接受。倘他们的评价是——"我并不反感"，我以为我们便有理由欣慰。

我为将来的中国学子们做这样的虔诚祈祷：有一天在中国有一所按照新理念兴办起来的大学出现了，学子可以只按照愿望主攻一门主科和几门副科。主科当然定是他们为了迈出校门以后择业而学的，副科是他们为了第二职业而学的。教这些课程的老师，又一定会是使他们学得深学得透的老师。其余一概课程，全由他们凭兴趣选修，从社会学到心理学到文化艺术甚至到收藏到烹饪，好比最丰盛的自助餐。目的只有一个，那就是到他们毕业的时候他们能说："大学不仅仅教给了我谋生之本，还使我成了一个可爱的人、幸运的人，是我一辈子最怀念的地方！"

拒做儒家思想的优秀生

文化是一个内涵极其广泛极其丰富的概念。我想仅就中国文化中的思想现象，而且主要是关于国家、民族、民主和知识分子们，亦即古代文人们与权力、权势关系的某些思想现象，向诸位汇报我自己的一点儿浅薄之见。

夏朝是中国历史上第一个传说和古人追述之中的朝代，始于公元前二〇七〇年，距今四千余年了。商朝是中国第一个有文字记载的朝代，那么商朝应该说是中国真正意义上的思想史、文化史的端点。其后一概思想现象，皆由此端点发散而存。到了公元前五百年左右，就应该是春秋战国时代了，那是一个大动荡、"大改组"的历史阶段，统治权分分合合，合合分分，可谓波澜动魄，时事惊心。也许正是因为那样一种局面，促使和刺激中国古代的思想者们积极能动地思考统一与统治的谋略。他们相互辩论，取长补短，力争使各自的思想更加系统、成熟，具有说服力。那是中国古代思想者们自发贡献思想力的现象，后人用"诸子百家"来形容。而孔子当之无愧地成为那一时期的思想家。

以当时而谈，孔子们的思想确乎是博大精深的。政治、军事、经济、民生、文化、风俗、人和自然、家庭、人以及自身的关系，如生老病死，我们古代的思想家们当时都想到了。

我们的古代思想家们，是特别重视思想美感的，这一点是非常值得我们后人学习的。比如"天道酬勤，天行健，君子以自强不息；地势坤，君子以厚德载物"这一句古代名言，道理并不深奥，但与天与地进行了修辞联系，语境宏大开阔，不仅具有思想美感，而且具有极为亲和的说服力。因为其修辞暗示显然是——且不论你能否做到，只要你愿意接受此思想，你仿佛就已经是君子了。而是君子的感觉，当然是人人都愿有的令人愉快的感觉。正确的思想，以美的语言或文字来传播，才更有利于达到其教化作用。我们古代的思想家们，既不但重视思想力的美感，分明还深谙并尊重接受心理学。

看我们的当下，有些官员的话语，即使在宣传很正确的思想时，也往往是令人打瞌睡的，有时甚至是令人极其反感的。他们宣传思想的语言表达能力是难以令人恭维的，缺乏形象生动的词汇，仿佛一旦撇开人人耳朵都听出老茧来了的那一套"政治常用词"，便不会以自己的语言来表达了。还每以一种高高在上的思想特权者的盛气凌人的语势训人，使别人感到思想压迫。

我认为，他们尤其应该向我们古代的思想家们学习。我们古代思想家们的思想，还是很精粹的。

比如"治大国若烹小鲜"这一绝妙比喻，即使从文学角度来看，也堪称佳句经典。"苛政猛于虎"，则一针见血。

曾经有一段时间，简单粗鄙的思想方式特别流行，比如"不破不立,破字当头,立在其中"。应该说这句话的本意是不错的。但"破"字，无论在古代还是当代，都更应该是一个包含智慧性的动词才对，是指尽量采取智慧性的主动态度。好比一盘看起来的死棋，也许并非真的每一个棋子都没有活步了。也许发现了哪一个棋子的一步活步，便全盘僵局改变,所以才有一个词叫"破局"。在作文章方面叫"破题"，数学、几何里叫"破解"。而在某些人士那里,"破"的意思似乎便是彻底"破坏"掉，以摧毁为能事。

我个人认为，铲倒性的思想力，难免更是思想冲动力。思想冲动力也是浮躁之思想力。目的纵然达到，代价往往巨大。中国古代思想家们，在方法和目的之关系方面，是很重视代价大小的。

我觉得，中国古代思想家们的思想遗产有如下特征：一、农耕时代以农为纲的思想；二、渴望明君贤主的抱负寄托思想；三、求稳抑变的保守主义思想，这里指的是后来成为历朝历代主流思想的儒家思想，法家思想现象另当别论；四、道德理想主义思想；五、文人实现个人功利前途的特质；六、唯美主义的思想力倾向。

总而言之，中国古代思想家或思想力这一概念，同时也必然是封建时代思想家和思想力的概念。既然是封建时代的，再博大再精深，那也必然具有封建时代的杂质，存在有服务于封建秩序的主观性。所以，我个人绝不是所谓"传统文化思想"的崇拜者。中国古代思想家们之思想的一大兴趣点，往往更在于为帝王之师。这是我不崇拜的主要原因。好为帝王师，难以做到在思想立场上不基本站在帝王们一边。

当然，站在帝王身侧的一种思想立场，也往往贡献出有益于国泰民安的思想。比如孔子说："大道之行也，天下为公，选贤与能，讲善修睦。"——这样的思想，帝王们若不爱听，其实等于自言自语。

中国古代思想家们，比较自信只要自己们苦口婆心，是完全可以由他们教诲出一代代好的帝王的。

而西方古代思想现象的端点，却是从古希腊和古罗马时期发散开来的。古罗马帝国是形成过民主政体的雏形的，故在西方古代思想的成果中，"天下为公"是不需要谁教诲谁的，是人类社会的公理，像几何定义一样不必讨论。

两种端点是很不同的，所谓"种子"不一样。

帝王统治不可能完全不依靠思想力。儒家思想乃是帝王们唯一明智选择的思想力，所以他们经常对儒家思想表现出半真半假的礼遇和倚重。这就形成为一种王权对社会思想的暗示——于是后来的中国知识分子，或曰中国文人，越来越丧失了思想能动力，代代袭承地争当儒家思想的优秀生，做不做帝王老师都不重要了，能否进入"服官政"的序列变得唯一重要了。当前，"儒家文化"似乎渐热，对此我是心存忧虑的。

在 21 世纪，对于一个正在全面崛起的泱泱大国，当代思想力并未见怎样地发达,却一味转过身去从古代封建思想家们那儿去翻找思想残片,这是极耐人寻味的。而如此一种当代中国的思想现象究竟说明了些什么,我还没想清楚,待想清楚了再作汇报……

做立体的中国人

一

二十几年前,倘有人问我——在中国,对文学以及与之紧密相关的姊妹艺术的恰如其分的鉴赏群体在哪里?我会毫不犹豫地回答:在大学。

十几年前我开始怀疑自己的这一结论。尽管那时我被邀到大学里去讲座,受欢迎的程度和二十几年前并无区别,然而我与学子们的对话内容却很是不同了——二十几年前学子们问我的是文学本身,进言之是作品本身的问题。我能感觉到他们对于作品本身的兴趣远大于对作者本身,而这是文学的幸运,也是中文教学的幸运;十几年前他们开始问我文坛的事情——比如文坛上的相互攻讦、辱骂,各种各样的官司,飞短流长以及隐私和绯闻。广泛散布这些是某些媒体的拿手好戏。我与他们能就具体作品交流的话题已然很少。出版业和传媒帮衬着的并往往有作者亲自加盟的炒作在大学里颇获成功。某些学子们读了的，往往便是那些，而我们都清楚，那些并不见得有什么特别之处。

现在，倘有人像我十几年前那么认为，虽然我不会与之争辩什么，但我却清楚地知道那不是真相。或反过来说，对文学以及与之紧密相关的姊妹艺术的恰如其分的鉴赏群体，它未必仍在大学里。

那么，它在哪儿呢？

对文学以及与之紧密相关的姊妹艺术的恰如其分的鉴赏群体，它当然依旧存在着。正如在世界任何国家一样，在21世纪初，它不在任何一个相对确定的地方。它自身也是没法呈现于任何人前的。它分散在千人万人中。它的数量已大大地缩小，如使它的分散变成聚拢，乃是一件不容易的事。它是确乎存在的。而且，也许更加的纯粹了。

他们可能是这样一些人——受过高等教育，同时，在社会这一个大熔炉里，受到过人生的冶炼。文化的起码素养加上对人生、对时代的准确悟性，使他们较能够恰如其分地对文学、电影、电视剧、话剧乃至一首歌曲、一幅画或一幅摄影作品，得出确是自己的，非是人云亦云的，非是盲目从众的，又基本符合实际的结论。

当然，他们也可能由于这样那样的原因，根本没迈入过大学的门槛。那么，他们的鉴赏能力，则几乎便证明着人在文艺方面的自修能力和天赋能力了。

人在文艺方面的鉴赏能力，检验着人的综合能力。

卡特竞选美国总统获胜的当晚，卡特夫人随夫上台演讲。由于激动，她高跟鞋的后跟扭断了，卡特夫人扑倒在台上。斯时除了中国等少数几个国家（当年我们的电视机还未普及），全世界约十几亿人都在观看那一实况。

卡特夫人站起后，从容走至麦克风前说："先生们，女士们，我是为你们的竞选热忱而倾倒的。"

能在那时说出那样一句话的女性，肯定是一位具有较高的文艺鉴赏能力的女性。

迄今为止，法国历史上唯一的一位海军女中将，当年曾是文学硕士。对于法国海军和对于那一位女中将，文学鉴赏能力高也肯定非属偶然。

丘吉尔在二战中的历史作用是举世公认的，他后来获得了诺贝尔文学奖。细想想，这二者之间的关系是深刻的。

是的，我固执地认为，对文艺的鉴赏能力，不仅仅是兴趣有无的问题。这一点在每一个人的人生中所能说明的，肯定比"兴趣"二字大得多。它不仅决定人在自己的社会位置和领域做到了什么地步，而且，决定人是怎样做的。

二

前不久我所在大学的同学们举办了一次"歌唱比赛"——二十七名学生唱了二十七首歌，只有一名才入学的女生唱了一首民歌，其他二十六名学生唱的皆是流行歌曲。而且，无一例外的是——我为你心口疼你为我伤心那一类。

我对流行歌曲其实早已抛弃偏见。我想指出的仅仅是——这一校园现象告诉了我们什么?

告诉我们——一代新人原来是在多么单一而又单薄的文化背景之下成长的。他们从小学到中学,在那一文化背景之下"自然"成长,也许从来不觉得缺乏什么。他们以相当高的考分进入大学,似乎依然仅仅亲和于那一文化背景。但,他们身上真的并不缺乏什么吗?欲使他们明白缺失的究竟是什么,已然非是易事。甚而,也许会使我这样的人令他们嫌恶吧?

到目前为止,我的学生们对我是尊敬而又真诚的。他们正开始珍惜我和他们的关系。这是我的欣慰。

三

大学里汉字书写得好的学生竟那么的少。这一普遍现象令我愕异。

在我的选修生中,汉字书写得好的男生多于女生。

从农村出来的学生,反而汉字都书写得比较好。他们中有人写得一手秀丽的字。

这是耐人寻味的。

我的同事告诉我——他甚至极为郑重地要求他的研究生在电脑打印的毕业论文上,必须将亲笔签名写得像点儿样子。

我特别喜欢我班里的男生——他们能写出在我看来相当好的诗、散文、小品文等等。

近十年来，我对大学的考察结果是——理科大学的学生对于文学的兴趣反而比较有真性情。因为他们跨出校门的择业方向是相对明确的，所以他们丰富自身的愿望也显得由衷；师范类大学的学生对文学的兴趣亦然，因为他们毕业后大多数是要做教师的。他们不用别人告诉自己也明白——将来往讲台上一站，知识储备究竟丰厚还是单薄，几堂课讲下来便在学生那儿见分晓了；对文学的兴趣特别勉强，甚而觉得成为中文系学子简直是沮丧之事的学生，反而恰恰在中文系学生中为数不少。

又，这么觉得的女生多于男生。

热爱文学的男生在中文系学生中仍大有人在。但在女生中，往多了说，十之一二而已。是的，往多了说，十之八九，"身在曹营心在汉"，学的是中文，爱的是英文。倘大学里允许自由调系，我不知中文系面临的会是怎样的一种局面。倘没有考试的硬性前提，我不知他们有人还进入不进入中文课堂。

四

中文系学子的择业选择应该说还是相当广泛的，但归纳起来，去向最多的四个途径依次是：留校任教，做政府机关公务员，做大公司老总文秘，或是做报刊编辑、记者及电台、电视台工作者。

留校任教仍是中文系学子心向往之的，但竞争越来越激烈，而且，起码要获硕士学位资格，硕士只是一种起码资格。在竞争中处于弱势,这是中文系学子们内心都清楚的。公务员人生,属于仕途之路。他们对于仕途之路上所需要的旷日持久的耐心和其他重要因素望而却步。做大公司老总的文秘,仍是某些中文系女生所青睐的职业。但老总们选择的并不仅仅是文才,所以她们中大多数也只有暗自徒唤奈何。能进入电台、电视台工作,她们当然求之不得。但非是一般人容易进去的单位,她们对此点不无自知之明。那么,几乎只剩下了报刊编辑、记者这一种较为可能的选择了。而事实上,那也是最大量地吸纳中文毕业生的业界。但,另一个不争的事实乃是,报刊编辑、记者早已不像十几年前一样,仍是足以使人欣然而就的职业。尤其"娱记"这一职业,早已不被大学学子们看好,也早已不被他们的家长们看好。岂止不看好而已,大实话是——已经有那么点儿令他们鄙视。这乃因为,"娱记"们将这一原本还不至于令人嫌恶的职业,在近十年间,自行地搞到了有那么点儿让人鄙视的地步。尽管,他们和她们中,有人其实是很敬业很优秀的。但他们和她们要以自己的敬业和优秀改变"娱记"这一职业已然扭曲了的公众形象,又谈何容易。

这么一分析,中文学子们对择业的无所适从、彷徨和迷惘,真的是不无极现实之原因的……

五

"学中文有什么用?"

这乃是中文教学必须面对，也必须对学子们予以正面回答的问题。可以对"有什么用"作多种多样的回答，但不可以不回答。

　　我原以为这只不过是一个当代问题，后来一翻历史，不对了——早在20世纪20年代时清华学校文科班的"闻一多"们，便面临过这个问题的困扰，并被嘲笑为将来注定了悔之晚矣的人。可是若无当年的一批中文才俊，哪有后来丰富多彩的新文学及文化现象供我们今人津津受用呢？

　　中文对于中国的意义自不待言。

　　中文对于具体的每一个中国人的意义，却还没有谁很好地说一说。

　　学历并不等于文化的资质。没文化却几乎等于没思想的品位，情感的品位也不可能谈得上有多高。这类没思想品位也没情感品位的中国人我已见得太多，虽然他们却很可能有着较高的学历。所以我每每面对这样的局面暗自惊诧——一个有较高学历的人谈起事情来不得要领，以其昏昏，使人昏昏。他们的文化的全部资质，也就仅仅体现在说他们的专业，或时下很流行的黄色的"段子"方面了。

　　一个人自幼热爱文学，并准备将来从业于与文学相关的职业无怨无悔，自然也就不必向其解释"学中文有什么用"。但目前各大学中文系的学生，绝非都是这样的学子，甚而大多数不是……

六

　　那么他们怎么会成了中文学子呢？

因为——由于自己理科的成绩在竞争中处于劣势，而只能在高中分班时归入文科；由于在高考时自信不足，而明智地选择了中文，尽管此前的中文感性基础几近于白纸一张；由于高考的失利，被不情愿地调配到了中文系，这使他们感到屈辱。他们虽是文科考生，但原本报的志愿是英文系或"对外经济"什么的……那么，一个事实是——中文系的生源的中文潜质，是极其参差不齐的。对有的学生简直可以稍加点拨而任由自修，对有的学生却只能进行中学语文般的教学。

七

不讲文学，中文系还是个什么系？

八

中文系的教学，自身值得反省处多多。长期以来，忽视实际写作水平的提高，便是最值得反省的一点。若中文的学子读了四年中文，实际的写作水平提高很小，那么不能不承认，是中文教学的遗憾。不管他们将来的择业与写作有无关系，都是遗憾。

九

在全部的大学教育中，除了中文，还有哪一个科系的教学，能更直接地联系到人生?

中文系的教学,不应该仅仅是关于中文的"知识"的教学。中文教学理应是相对于人性的"鲜蜂王浆"。在对文学做有品位的赏析的同时,它还是相对于情感的教学,相对于心灵的教学,相对于人生理念范畴的教学。总而言之,既是一种能力的教学,也是一种关于人性质量的教学。

十

所以,中文系不仅是局限于一个系的教学。它实在是应该成为一切大学之一切科系的必修学业。

中文系当然没有必要被强调到一所大学的重点科系的程度,但中文系的教学,确乎直接关系到一所大学一批批培养的究竟是些"纸板人"还是"立体人"的事情。

我愿我们未来的中国,"纸板人"少一些,再少一些;"立体人"多一些,再多一些。我愿"纸板人"的特征不成为不良的基因传给他们的下一代。我愿"立体人"的特征在他们的下一代身上,有良好的基因体现。

关于中国知识分子的角色想象

中国之封建统治的历史,比大日耳曼帝国之形成并延续其统治的历史要悠久得多。在"五四"前,中国是没有"知识分子"一词的。有的只不过是类似的译词,"智识分子"便是。正如马克思曾被译为"麦喀士"、尼采曾被译为"尼至埃"。

早期中国文人即早期中国知识分子。

早期中国文人对自身作为的最高愿望是"服官政"。而"服官政"的顶尖级别是"相",位如一国之总理。倘官运不通,于是沦为"布衣"。倘虽已沦为"布衣",而仍偏要追求作为,那么只有充当"士"这一社会角色了。反之,曰"隐士"。"士"与"隐士",在中国,一向是相互大不以为然的两类文人。至近代,亦然。至当代,亦亦然。"士"们批评"隐士"们的全无时代使命感,以"隐"作消极逃遁的体面的盾。或"假隐",其实巴望着张显的时机到来。"隐士"们嘲讽"士"们的担当责任是堂吉诃德式的自我表演。用时下流行的说法是"作秀"。或那句适用于任何人的话——"你以为你是谁?"

无论"士"或"隐士"中，都曾涌现过最优秀的中国文人，也都有伪隐者和冒牌的"士"。

在当今，中国的文人型知识分子，依然喜欢两件事——或在客厅里悬挂一幅古代的"士"们的词联；或给自己的书房起一个"隐"的意味十足的名。但是当今之中国，其实已没有像那么回子事的"隐士"，正如已缺少真正意义上的"士"。

然而，毕竟的，我认为，新文化运动，是中国近代的"士"们的时代，不是"隐士"们获尊的时代。

中国的知识分子们，准切地说，中国的文人知识分子们，确乎的被封建王权、被封建王权所支持的封建文化压抑得太久也太苦闷了。他们深感靠一己们的思想的"锐"和"力"，实难一举划开几千年封建文化形成的质地绵紧的厚度。正如小鸡封在恐龙的坚硬蛋壳里，只从内部啄，是难以出生的。何况，那是一次中国的门户开放时代，普遍的中国知识分子，尤其中青年知识分子，急切希望思想的借鉴和精神的依傍。马克思的社会主义学说有煽动造反的嫌疑，何况当时以暴力推翻旧世界为己任的中国共产党还没成立。于是尼采著述中否定一切的文化批判主张，成为当时中国社会思想者们借来的一把利刃。由于他们是文化人，他们首先要推翻的，必然只能是文化压迫的"大山"。马克思与尼采的不同在于，马克思主义认为，更新了一种政权的性质，人类的新文化才有前提。马克思主义否定其以前的一切政权模式，但对文化却持尊重历史遗产的态度；尼采则认为，创造了一种新文化，则解决了人类的一切问题。

尼采的哲学，其成分一言以蔽之，不过是"文化至上"的哲学，或曰"惟文化论"的哲学。再进一步说，是"惟哲学论"的哲学，也是"惟尼采的哲学论"的哲学。

"借着这一本书（指他的《查拉图斯特拉如是说》），我给予我的同类人一种为他们所获得的最大赠予。"

"这本书不但是世界上最傲慢的书，是真正属于高山空气的书——一切现象，人类都是躺在他足下一个难以估计的遥远地方——而且也是最深刻的书，是从真理的最深处诞生出来的；像一个取之不尽的源泉，任何盛器放下去无不满载而归的。"

语句的不连贯难道不像一名妄想症患者的嘟哝么？"我用十句话说出别人用一本书说出的东西，说出别人用一本书没说出的东西。""这种东西（指他的书）只是给那些经过严格挑选的人的。能在这里做一个听者乃是无上的特权……""我觉得，接受我著作中的一本书，那是一个人所能给予他自己的最高荣誉。"

"能够了解那本书中的六句话（指《查拉图斯特拉如是说》）——也就是说，在生命中体验了它们，会把一个人提升到比'现代'人类中的优智者所到达的更高的境界。"

以上是尼采对他的哲学的自我评价。在他一生的文字中，类似的，或比以上话语还令人瞠目结舌的强烈自恋式的自我评价比比皆是。而对于他自己，尼采是这么宣言的："我允诺去完成的最后一件事是'改良'人类。""这个事实将我事业的伟大性和我同时代人的渺小性之间的悬殊，明显地表现出来了。"当我得以完整地阅读尼采，我不禁为那些我非常敬仰的，中国现代史中极为优秀的知识分子感到难堪。因为，我无论如何不能得出这样的结论——他们之所以优秀和值得后人敬仰，乃由于读懂了尼采的一本散文诗体的小册子中的六句话。我只能这么理解——中国历史上那一场新文化运动，需要一位外国的"战友"；正如中国后来的革命，需要一位外国的导师。于是自恋到极点的尼采，名字一次次出现在中国新文化运动的文论中。这其实是尼采的殊荣。尼采死前绝想不到这一点。如果他生前便获知了这一点，那么他也许不会是四十五岁才住进耶拿大学的精神病院，而一定会因为与中国"战友"们的精神的"交近"更早地住进去……

在中国，我以为，一位当代知识分子，无论其学问渊博到什么程度，无论其思想高深到什么境界，无论其精神的世界自以为纯洁超俗到多高的高处，一旦自恋起来，紧接着便会矮小。

论大学精神

各位：

我曾在《光明日报》发表过两篇文章，《论教育是诗性的事业》在先，《论大学》在后。两篇文章都是我成为北京语言大学教师之后写的。关于大学精神的一点点思索，不管是多么的浅薄，其实已经由两篇文章载毕。那么，今天想汇报的一点点看法，也就只能算是浅薄者的补充发言。浅薄者总是经常有补充发言的，这一种冲动使浅薄者或有摆脱浅薄的可能。

我在决定调入大学之前，恰有几位朋友从大学里调出，他们善意地劝我要三思而行，并言——"晓声，万不可对大学持太过理想的幻感。"

而我的回答是——我早已告别理想主义。《告别理想主义》，是我五十岁以后发表的一篇小文。曾以为，告别了理想主义，我一定会活得潇洒起来，却并没有。于是每想到雨果，想到托尔斯泰。雨果终其一生，一直是一位特别理想的人道主义者。《九三年》证明，晚年的雨果，尤其是一位理想的人道主义者。而托尔斯泰，也一生都是一位特别理想的平等主义者。明年我六十岁了。现在我郑重地说——六十岁的我，要重新拥抱理想主义。我认为，无论对于自己的人生还是对于自己的国家还是对于全人类社会，泯灭了甚而完全丧失了理想，那么一种活法其实是并无什么快意的。我这么认为是有切身体会的。故我接着要说——我愿大学是使人对自己，对国家，对人类的社会形成理想的所在。无此前提，所谓大学精神无以附着。一九一七年一月九日，北大举行开学典礼，蔡元培先生发表著名的《就任北京大学校长之演说》；九十一年过去了，若重读其演说，他对大学的理想主义情怀依然感人。

蔡先生在演说中对那时的北大学子寄予厚望，既希望北大学子砥砺德行，又希望北大学子改造社会。

他说："诸君为大学学生，地位甚高，肩此重任，责无旁贷，故诸君不惟思所以感己，更必有心励人……"

现在的情况与九十一年前很不相同。

那时，蔡先生对大学的定义是"大学者，研究高深之学问者也"。

若以本科生而论，恕我直言，包括北大学子在内，似乎应是——大学者，通过颁发毕业文凭，诚实地证明从业能力的所在而已。

故我对"大学精神"的第二种看法是——要建立在现实主义的基础上来说道。

连大学都不讲一点儿理想，那还能到一个国家的哪儿去觅理想的踪影呢？倘若一国之人对自己的国家连点儿理想都不寄望着了，那不是很可悲吗？

如果连大学都回避现实问题种种，包括大学生就业难的问题在内，那么还到一个国家的哪儿去听关于现实的真声音呢？若大学学子渐渐地都只不过将大学视为逃避现实压力的避风港，那么大学与从前脚夫们风雪之夜投宿的大车店是没什么区别的了。

又要恪守理想，又要强调现实，岂非自相矛盾吗？

我的回答是——当今之大学，尤其是像中国这样一个人口众多，每年有数以百万计的大学学子跨出校园迈向社会的大学，其实是在为国家培养一批批思想意识上不普通，而又绝不以过普通的生活为耻的人。可现在的情况似乎恰恰反了过来，受过高等教育于是以过普通生活为耻的人很多，受过高等教育而思想意识与此前并未发生多大改变的人也很多。

如此说来，似乎是大学出了问题。

否。

我认为，一个家庭供读一名大学生，一个青年用人生最宝贵的四年乃至更长的时间就读于大学，尤其是像北大这样的大学——于是要求人生不普通一些，是完全可以理解的。社会成全他们的诉求，也是"以人为本"的体现。

在中国，普通人的生活之所以竟被视为沮丧的生活，乃是因为普通人的生活实在还是太过吃力的生活。要扭转这一点，对于一个国家而言也是很吃力的，绝非一日之功可毕。要扭转这一点，大学是有责任和使命的。然江河蒸发，而后云始布雨，间接而已。若仰仗大学提高GDP，肯定是错误的理念。大学若不能正面地、正确的解惑大学学子之尴尬，大学本身必亦面临尴尬。

然大学一向是能够解惑人类许多尴尬的地方。大学精神于是在此过程中逐渐形成。人类之登月渴望一向停留在梦想时期，是谓尴尬。梦想变为现实，是大学培养出来的人们的功劳，也是大学的功劳。大学精神于是树立焉，曰"科学探索精神"。人类一向祈求一种相互制衡的权力关系，历经挫折也是尴尬。后在某些国家以某种体制稳定了下来，也是大学培养出来的人们的功劳，也是大学的功劳，曰"政治思想力"。

十几年前，我随中国电影家代表团访日，主人们请我们去一小餐馆用餐，只五十几平米的营业面积而已，主食面条而已。然四十岁左右的店主夫妇，气质良好，彬彬有礼且不卑不亢。经介绍，丈夫是早稻田大学历史学博士，妻子是东京大学文学硕士。他们跨出大学校门那一年，是日本高学历者就业难的一年。

我问他们开餐馆的感想，答曰："感激大学母校，使我们与日本许多开小餐馆的人们不同。"问何以不同？笑未答。临辞，夫妇二人赠我等中国人他们所著的书，并言那只是他们出版的几种书中的一种。其书是研究日本民族精神演变的，可谓具有"高深学问"的价值。一所大学出了胡适，自然是大学之荣光。胡适有傅斯年那样的学生，自然是教师的荣光。但，若国运时艰，从大学跨出的学子竟能像那对日本夫妇一样的话，窃以为亦可欣慰了。当然，我这里主要指的是中文学子。比之于其他学科，中文能力最应是一种难以限制的能力。中文与大学精神的关系也最为密切。大学精神，说到底，文化精神耳。最后，我借雨果的三句话表达我对大学精神的当下理解："平等的第一步是公正。""改革意识，是一种道德意识。""进步，才是人应该有的现象。"如斯，亦即我所言之思想意识上的不普通者也……

关于大学校园写作

这当然是一个挺文学的话题。

但我以为这还并不是一个"纯粹"的文学的话题,亦即不是探讨文学本身诸元素的话题。是的,它与文学有关,却只不过是一种表浅的关系。

我理解这个话题的意思其实是这样的——在大学校园里,大学生们普遍以哪几类状态写作?我倾向于鼓励哪几种状态的写作?

我想,大致可以归结如下吧:

第一,性情写作。

中国古典诗词中此类写作的"样品"比比皆是。如诸位都知道的杜甫的诗句"两个黄鹂鸣翠柳,一行白鹭上青天";如陶渊明的"采菊东篱下,悠然见南山";如李清照的"知否,知否,应是绿肥红瘦";如王勃的"青山高而望远,白云深而路遥"等等。在我这儿,便都视为性情写作。既曰性情写作,定当有写的闲情逸致。有时候给别人的印象是闲情逸致得不得了,也许在作者却是"伪装",字里行间隐含的是忧思苦绪。有时给人的印象是忧思苦绪满纸张,也许在作者那儿却是"为赋新词强说愁"。最根本的一点是,这一类写作往往毫无功利性,几乎完全是个人心境的记录,不打算发表了博取赞赏,甚至也不打算出示给他人看。此类写作,于古代诗人词人而言乃极为寻常之事。现代的人中,较少有如此这般的现象了。然而我以我眼扫描大学校园写作现象,你们大学生中确乎是有这样的写作之人的。他们和她们,多少还有点儿清高,不屑于向校报和校刊投稿。哪怕它们是爱好文学的同学们自己办的。

我是相当肯定这一类写作状态的。依我想来,这证明着写作与人的最自然最朴素的一种关系。好比一个人兴之所至,引吭高歌或轻吟低唱甚或手舞足蹈。这一类写作,它是为自己的性情"服务"的写作。我们的性情在写的过程中能摆脱浮躁和乖张以及敌忾之气。即使原本那样着,一经写毕,往往也就自行排遣了大半。但我又不主张人太过清高,既写了,自认为不错的话,何妨支持支持办刊的同学。不是说一个好汉还需要三个帮吗?遭退稿了也不必在乎。因为原本是兴之所至自己写给自己看的呀!

第二,感情写作。

感情写作,在我这儿之所以认为与性情写作有些区别,乃因这一类写作,往往几乎是不写不行。不写,便过不了那一道感情的"坎儿"。只有写出,感情才会平复一些。那感情,或是亲情,或是爱情,或是友情,或是乡情,或是人心被事物所系所结分解不开的某一种情。通过写,得以自缓。比如李白的《静夜思》;比如杜甫想念李白的诗，王维想念友人的诗；比如季羡林、萧乾、老舍忆母亲的文章；比如朱德的《回忆我的母亲》，无不是感情极真极挚状态之下的写作。与性情写作之写作为性情"服务"相反，这一类写作往往体现为感情为写作"服务"。我的意思是：感情反而是一个载体了，它选择了写作这一种方式来寄托它、来流露它、来表达它。它的品质是以"真"为前提的，不像性情写作，往往有意识或无意识地追求"美""酷""雅"，甚或一味希望表现"深刻""前卫""另类"什么的。它更没有半点儿"为赋新词强说愁"的矫揉造作；它有时也许是仓促的、粗糙的，直白而不讲究任何写作章法和技巧的。但即使那样，它的基本品质也仍是"真"的。而纵然写它的人是清高的、孤傲的、睥睨众生的，一经写出，那也是不拒绝任何人成为读者的。因为他或她实际上希望自己记录了的感情，让更多的人知道、理解、认同。只有这样，那"债"似的感情，才算偿还了。人性的纠缠之状，才得以平复。心灵的结节，才得以舒展，由此生长出感激。此时人将会明白感激他人、感激人生、感激世界包括感激写作本身，对自己的心灵是多么地必要。

我尤其主张同学们最初进行这样的写作。原因不言自明。如果诸位竟真的不明白，我便更无话可说。我在你们中，太少发现这类写作。笔连着心的状态之下的写作，人更容易领会写作这件事的意味。如果说我也发现过这类写作，那十之八九是记录你们的校园恋情的。我绝不反对校园恋情写作。但诸位似应想一想，问一问自己，值得一写的感情，除了恋情这一件事，在自己内心里，是否还应有别的。确实还有别的，与确实的再就一无所有，对人心而言，状况大为不同。

第三，自悦写作。

这是一种主要由"喜欢"所促进着的一类写作状态。"喜欢"的程度即是牵动力的大小。性情写作往往是一时性的，离开了校园可能即自行宣告终结。感情写作甚至是一次性的，在校园外其一次性也较普遍地体现着。其"一次性"成果也许是一篇文章，也许是一本书，甚或是一部电影、一部电视连续剧。相对于职业写作者，其"成果"愿望又往往特别执拗，专执一念，不达目的死不罢休。愿望一经实现，仿佛心病剔除，从此金盆洗手，不再染指。

而自悦写作，既是由"喜欢"所促进着的，故有一定的可持续性，也许成为长久爱好。但又不执迷，视为陶冶性情之事而已。他们也有发表欲，发表了尤悦。但又不怎么强烈，不能发表，亦悦。故曰自悦写作。人没了闲情逸致，便呆板。呆板之人，为人处世也僵化。人没了陶冶性情的自觉，便难免心胸狭窄，劣念杂生。闲情和逸致使人性变得润泽，使人生变得通透有趣。以阅读和写作来载闲情和逸致，除了精力和时间问题，再无须硬性投资。不像收藏字画古玩，得有不少的钱。

故我对自悦写作是极倡导的，因为它几乎可以施益于人人。其实，最传统最古老的自悦式写作，便是写"日记"。我以为，小品文、随笔等文本，一定与古人的"日记"习惯有关。

第四，悦人写作。

这一类写作，是"后自悦写作"现象。此时写作这一件事对于人，已上升为一种超越"自悦"的现象。人开始对写作有了"意义"的意识。希望自己的写作内容，也值得别人阅读。在这些人那儿，有意思和有意义，往往结合得较好。这乃是更高层面的一类写作现象。这些人中，日后会涌现优秀的职业或业余写作者。

第五，自娱写作。

此类写作，内容及文风，都带有显见的嬉戏性、调侃性、黄色的灰色的黑色的幽默性。所谓"瘌痢头文化"，与此类写作的兴起有关，也是此类写作乐于汇入的一种"文化场"。一言以蔽之，它带有很大的搞笑性，但又多少高于一般小品相声的水平。其中不乏精妙之例，但为数不多。大学校园里的自娱写作，除了黄色的，其他各色方兴未艾。但不是体现于校报校刊，甚至也不体现于同学们自己办的纯"民间"校园报刊上，而更体现在网上。至于你们化了个名"发表"在网上的自娱写作，是否也不乏浅黄橘黄米黄，我未作了解，不得而知。

坦率地讲，我对自娱写作之说法，起初是莫名其妙的。什么叫自娱写作呢？不得其解。终于明白了以后，我从说法上是不承认的。现在也不承认。不是指我根本否定这类写作，而是认为"自娱写作"的说法其实极不恰当。前边我已谈到，有意思本身即成一种写作的意义，只要那点意思不低级。自娱写作往往在有意思方面优胜于别类写作，我干吗非要反对呢？我不明白的是——倘问一个人在干什么，他说在自悦，这我们不会觉得愕然的。悦就是愉悦啊。一个人在聚精会神地下一盘棋，那也会是他愉悦的时光。但娱是娱乐、欢娱。一个人的写作内容无论多么有意思，多么富有嬉戏性、搞笑性，那也绝不可能仅仅是为了自娱。绝不可能自己写完了，笑够了，于是一件事作罢，拉倒。说是自娱，目的其实在于娱人。没见过一个人说单口相声给自己听，自己搞笑给自己看的。周星驰主演的《大话西游》，乃是搞笑给大众看的。一人乐乐，岂如与人同乐？所以细分析起来，其实只有娱乐性写作一说。在写的人，主要之目的是为了"娱"他人，更多的人。他人不"娱"，则己不能"娱"也。更多的人"娱"了，自己才"娱"。

这种写作不同于以上几种写作，企图听到叫好反应的心思往往是相当强烈的。正如在生活中，开别人的玩笑是为了自己和众人开心。开自己的玩笑也是为了同一目的。生活中有什么现象，文学中便有什么现象。文学中有什么现象，就证明人性对写作这一件事有什么需求。这种写作又可能是一个嘻嘻哈哈的陷阱。在低标准上也许流于庸俗，甚至可能流于痞邪。正如生活中有人专以羞辱耍弄他人为乐，为能事。自得其乐，不以为耻。民间叫"耍狗蹦子"。这类写作在低标准上既如此容易，且往往不无闲男散女的叫好、喝彩和廉价的笑声，所以每诱专善此道的人着迷于此。写的和看的，都到了这份儿上，便是一种文化的吸毒现象了。起码是一种嗜痂现象。

大学学子，尤其是中文学子，始于娱乐写作，无妨。但又何妨超越一下娱乐写作呢？因为是大学生啊！因为是学中文的啊！

以哪一类写作超越之呢？

我主张诸位也要尝试自修写作、人文写作。自修写作，无非启智、言志、省悟人生、感受人性细腻之处兼及解惑于人。人人都希望自强，但不知自修又何谈自强？自修写作，提升我们的认知方法、思想方法、感情方式，能使我们做人处事有原则。而人文写作，弘扬人性、人道和社会良知，乃是人类写作历史延续至今的主要理由之一。

我主张，同学们尤其是那些也想要写作，但入大学以前，除了作文几乎没进行过别类写作的同学，首先从感情写作并接近文学意义上的写作。当写作这一件事与我们心灵的感情闸门相关了，技巧是处于第二位的。

在文学欣赏教学中，也许会将一篇情真意切的作品解构了，横讲竖讲，仿佛那样一篇作品，是按照最经典的文学原理，以最高超的技法将内容组合起来的，于是才达到了完美似的。其实，我的体会不是那样的。那时的写作者头脑之中，是连读者也不考虑的。那时写作这一件事变得相当纯粹，只是为了记录一种感情而已。因为纯粹，所以写作变得像自然界的事物一样自然而然。

但必须强调，我这样说是相对的……因为修辞能力，体会情感深浅的区别，个人禀赋的区别，使这类习写状态差距极大。

我之所以有此建议，乃因它根本不理会技法和经验，所以往往不至于被技法和经验之类吓住了蒙住了而不敢写。为记录感情写作，人人当敢为之。既为之，所谓技法和经验，则必在过程之中自己体会到。有了些最初的体会再听传授，比完全没有自己体会的情况下，希望听足了再写，要好得多。

总而言之，写作这一件事，只听是不够的。大学中文的教学，听得太多，习写太少，所以容易眼高手低，流于嘴皮子上的功夫。

总而言之，以上一切写作，都比只听不写好。学着中文，只听不写，近乎自欺欺人⋯⋯

第四辑

人啊，如果你正处在青春时期，
无论什么样的挫折，无论什么样的失落，
无论什么样的不公平，都不要让它损害或
玷污了你的青春！

钉子断想

钉子——大人孩子，全知道是什么。

我小时候，常到建筑工地去捡废钉子。也就是用过的，又被起下来丢弃的钉子。清楚地记得，一斤废钉子二角四分钱。几乎是废品中除了铜以外最贵的。二角四分钱能买一本一百余页的小人书。不过，捡一斤废钉子并不容易，有时一天才能捡到几根。一斤废钉子起码五六十根。倘捡到虽弯曲了，但却新着的钉子，其实是舍不得当废钉子卖的。家家都经常有急需一根钉子用的情况……

也偷过新钉子。趁工人叔叔不备，从人家工具箱里抓起一根就跑。明知是偷的行径，便不敢多抓，仅仅抓起一根而已。倘抓一把，工人叔叔是要急的，必追赶。被逮着，一顿当众的羞辱也是够受的。

一把削铅笔的小刀一角钱。偷钉子是为了做一把削铅笔的小刀。要偷最大型号的，一寸半或二寸长的。偷到手，便去铁路线那儿，摆在铁轨上。经火车轮一压，钉子就扁了。压扁了的钉子，在砖上或水泥台阶上一磨，一把削铅笔的小刀就成了……

在某些小说和电影，包括某些革命题材的小说和电影中，钉子是重要的情节载体。主人公们就是靠了一根钉子越狱成功的。

在中国的传统戏剧中，钉子也是重要的情节载体。比如京剧《钓金龟》中，弟弟就是被见财起歹心的哥哥嫂子合谋了，趁弟弟熟睡，将一根大钉子从弟弟百会穴处钉入弟弟脑中，致弟弟于死地……

包公案中也有类似的情节——包公审一命案，百思不得其解。忽一日捕快头建议——"老爷可散开死者发髻，也许会发现死者是被钉死的。"包公依言，于是案破。于是进而犯了疑惑，问捕快头怎么会想到这一点？捕快头从实招来，是自己老婆指点的。问那女人可是捕快头的原配之妻。答非原配。问其先夫怎么死的，答不明暴症而亡。包公听罢，心中已做出了七分判断，命速将那女人传来，当堂一审、一吓，女人浑身瑟瑟发抖，从实招了——原来她竟是以同样手段害死自己先夫的……

在法国小说《双城记》中，关于钉子的一段描写使我留下至今难以磨灭的记忆——暴动的市民在女首的率领之下夜袭监狱，见老更夫躺在监狱门前酣睡着。女首下令杀他，听命者殊不忍，说那老更夫乃是一位善良的好人。但在女首看来，善良的好人一旦醒来，必然呼喊，则必然破了"革命"的大事。于是亲自动手，用铁锤将一根大钉砸入老更夫的太阳穴——后者在浑然不觉中无痛苦地死去。尽管书中写的是"无痛苦"，但我读到那一段时，仍不禁地周身血液滞流，一阵冷颤……

革命和反革命镇压革命的手段，每每具有同样的残酷性。"你死我活的阶级斗争"这一句话,细思忖之,难免的令人不寒而栗……

世界上有四根钉子是最不寻常的——那就是将耶稣基督活活钉死在十字架上的四根钉子。人类中极为众多的一部分一想到他们的信仰之神,肯定便会同时想到那四根钉子。它们被基督徒们视为"圣钉"。它们竟因沾了基督的血而被一部分人类牢记着。它们虽被视为"圣钉",但对于基督徒们来说却意味着一桩耻辱。它们是这世界上唯一直接钉入信仰的物质之物。五百多年前意大利文艺复兴初期的伟大画家曼特尼亚的名画《哀悼基督》中,基督两只脚的脚心和双手之手背上的钉孔被画得触目惊心……

将人钉死在十字架上的残酷做法,似乎是罗马人惯用的。除了基督,他们还钉死过伟大的奴隶战士斯巴达克斯和他六千余名负伤而失去了战斗能力的战友。尽管《斯巴达克斯》这部书中不是这么写的,但在我上中学时,讲世界历史的老师却是这么讲的。并且,《斯巴达克斯》这部电影中,也是这么表现的。故在我少年的思想中,罗马的统治者是极端暴戾的统治者,罗马帝国的军队是极端暴戾的军队。对它后来的衰亡,我一向心怀当代人的幸灾乐祸……

俄国小说《父与子》中写到一位名叫巴扎托夫的早期革命者。他的职业是乡村医生。但他像鲁迅一样,相信与其治病救人,毋宁先启蒙人们的思想。他明白革命是冒险的必定要饱尝苦难的事业,于是他经常睡在钉满钉子的木板上,就像今天的硬气功师当众表演气功那样……

本世纪有一个美国人,他体内被钉了长短三十六根铆钉以后仍活了近二十年。一次车祸几乎使他全身的骨头都不同程度地受损。医生为他做的那一次手术，仿佛用钉子钉牢一只四分五裂的凳子……

法国巴黎蓬皮杜艺术中心的某一展厅内曾展出过大约三四百根崭新的、一寸多长的钉子。那些钉子大约是迄今为止，世界上惟一被"艺术品"化了的一些钉子。丝毫也没有任何其他的艺术性陪衬，更没被加工过。就那么尖端朝外一根根呈扇形摆在水泥地上，摆了几组。而且，单独占据一个不小的展厅。参观者们进入，绕行一圈，默默离去。那一层厅里无人驻足过。

我访法时，曾以虚心求教的口吻问法方翻译："有什么人看出过其中的艺术奥妙么？"他摇着头回答："目前还没有。"问艺术"创作"者何人？答曰名气不小。我说我儿子也能摆成那样。他说——但只有一个法国人这么想：自己既可以认为那就是艺术创作，又有勇气向艺术中心提出参展申请。我说，那么使我感兴趣的倒非是那些钉子，而是中心艺术审查委员们的鉴赏眼光了。他说，正因为他们的艺术鉴赏眼光与众不同，才有资格作为艺术审查委员啊！据报载，今年艺术中心将一批毫无意义的"垃圾展品"清理掉了——不知其中是否也包括那些被展出了二十多年的钉子？那些钉子常使我暗想——有时我们人类是不是太容易被某些"天才"们愚弄了？

不是在戏剧中，不是在电影中，不是在小说和《圣经》中，而是在最近的现实中，同时又成了罪证的一根钉子，目前在中国某县的法庭上被出示过——一个做继母的女人，用一根钉子害死了后夫四岁的儿子。她先用木棍将那儿童击昏,接着将一根大钉子顺着耳孔狠狠钉进了那儿童的头颅……

这即使是戏剧中或电影中的一个情节,也够令人胆战心惊的了。何况是真事?故我确信,有些人类的内心里,也肯定包藏着一根钉子。当那根钉子从他们或她们内心里戳出来,人类的另一部分同胞就不可避免地会受到危害。一个事实恐怕是——人类面临的许多灾难,十之五六是一部分人类带给另一部分人类的。而人类最险恶的天敌,似乎越来越是人类自己。在二十一世纪,人类如何从这种最大的生存困扰之中解脱出来呢?

种子的力量

当然,种子在未接触到土壤的时候,是没有任何力量可言的。尤其,种子仅仅是一粒或几粒的时候,简直那么的渺小,那么的微不足道,那么的不起眼,谁会将对一粒或几粒种子的有无当回事呢?

我们吃的粮食,诸如大米、小米、苞谷、高粱……皆属农作物的种子;桃和杏的核儿,是果树的种子;柳树的种子裹在柳絮里,榆树的种子夹在榆钱儿里;榛树的种子就是我们吃的榛子,松树的种子就是我们吃的松子……都是常识。

据说,地球上的动物,包括人和家畜家禽类在内,哺乳类大约四五千种之多;仅蛇的种类就在两千种以上;鸟类一万五千余种;鱼类三百种以上。虫类是生物中最多的。草虫之类的原生虫类一万五千余种;毛虫之类四千余种;章鱼、墨鱼、文蛤等软体动物近十万种;虾和螃蟹等甲壳类节肢动物估计两万种左右;而我们常见的蜘蛛竟也有三万余种;蝴蝶的种类同样惊人的多……

那么植物究竟有多少种呢?分纲别类地一统计,想必其数字之大，也是足以令我们咂舌的吧？想必，有多少类植物，就应该有多少类植物的种子吧？

而我见过，并且能说出的种子，才二十几种，比我能连绰号说出的《水浒传》人物还少半数。

像许多人一样，我对种子发生兴趣，首先由于它们的奇妙。比如蒲公英的种子居然能乘"伞"飞行；比如某些植物的种子带刺，是为了免得被鸟儿吃光，使种类的延续受到影响；而某类披绒的种子，又是为了容易随风飘到更远处，占据新的"领地"……关于种子的许多奇妙特点，听植物学家们细细道来，肯定是非常有趣的。

我对种子发生兴趣的第二方面，是它们顽强的生命力。它们怎么就那么善于生存呢？被鸟啄食下去了，被食草类动物吞食下去了，经过鸟兽的消化系统，随粪排出，相当一部分种子，居然仍是种子。只要落地，只要与土壤接触，只要是在春季，它们就"抓住机遇"，克服种种条件的恶劣性，生长为这样或那样的植物。有时错过了春季，它们也不沮丧，也不自暴自弃，而是本能地加快生长速度，争取到了秋季的时候，和别的许多种子一样，完成由一粒种子变成一棵植物进而结出更多种子的"使命"。请想想吧，黄山那棵"知名度"极高的"迎客松"，已经在崖畔生长了多少年了啊！当初，一粒松子怎么就落在那么险峻的地方了呢？自从它也能够结松子以后，黄山内又有多少松树会是它的"后代"呢？飞鸟会把它结下的松子最远衔到了何处呢？

我家附近有小园林。前几天散步，偶然发现有一蔓豆角秧，像牵牛花似的缠在一棵松树上。秧蔓和叶子是完全地枯干了。我驻足数了数,共结了七枚豆角。豆荚儿也枯干了。捏了捏,荚儿里的豆子,居然相当的饱满。在晚秋黄昏时分的阳光下,豆角静止地垂悬着,仿佛在企盼着人去摘。

在几十棵一片松林中,怎么竟会有这一蔓豆角秧完成了生长呢?

哦,倏忽间我想明白了——春季,在松林前边的几处地方,有农妇摆摊卖过粮豆……

为了验证我的联想,我摘下一枚豆角,剥开枯干的荚儿,果然有几颗带纹理的豆子呈现于我掌上。非是菜豆,正是粮豆啊!它们的纹理清晰而美观,使它们看去如一颗颗带纹理的玉石。

那些农妇中有谁会想到,春季里掉落在她摊床附近的一颗粮豆,在这儿会度过了由种子到植物的整整一生呢?是风将它吹刮来的?是鸟儿将它衔来的?是人的鞋在雨天将它和泥土一起带过来的?每一种可能都是前提。但前提的前提,乃因它毕竟是将会长成植物的种子啊!……

我将七枚豆荚都剥开了,将一把玉石般的豆子用手绢包好,揣入衣兜。我决定将它们带回交给传达室的朱师傅,请他在来年的春季,种于我们宿舍楼前的绿化地中。既是饱满的种子,为什么不给它们一种更加良好的,确保它们能生长为植物的条件呢?

大约是一九八四年,我们十几位作家在北戴河开笔会。集体散步时,有人突然指着叫道:"瞧,那是一株什么植物呀?"——但见在一片蒿草中，有一株别样的植物，结下了几十颗红艳艳的圆溜溜的小豆子。红得是那么的抢眼，那么的赏心悦目。红得真真爱煞人啊!

内中有南方作家走近细看片刻，断定地说："是红豆!"

于是有诗人诗兴大发，吟"红豆生南国，春来发几枝"之句。

南方的相思红豆，怎么会生长到北戴河来了呢?而且，孤单单的仅仅一株，还生长于一片蒿草之间。显然，不是人栽种的，也不太可能是什么鸟儿衔着由南方飞至北方带来并且自空中丢下的吧？

年龄虽长，创作思维却最为活跃浪漫的天津作家林希兄，以充满遐想意味的目光望那艳艳的红豆良久，遂低头自语："真想为此株相思植物，写一篇纯情小说呢!"

众人皆促他立刻进入构思状态。

有一作家朋友欲采摘之，林希兄阻曰：不可。曰：愿君勿采撷，留作相思种。数年后，也许此处竟结结落落地生长出一片红豆，供人经过时驻足观赏，岂非北戴河又一道风景？

于是一同离开。林希兄边行边想，断断续续地虚构一则缠绵悱恻的爱情故事，直听得我等一行人肃静无声。可惜十几年后的今天，我已记不起来了，不能复述于此。亦不知他其后究竟写没写成一篇小说发表……

我是知青时，曾见过最为奇异的由种子变成树木的事。某年扑灭山火后，我们一些知青徒步返连。正行间，一名知青指着一棵老松嚷："怎么会那样!怎么会那样!"——众人驻足看时，见一株枯死了的老松的秃枝，虬劲地托举着一个圆桌面大的巢，显然是鹰巢无疑。那老松生长在山崖上,那鹰巢中,居然生长着一株柳树,树干碗口般粗,三米余高。如发的柳丝,繁茂倒垂,形成帷盖,罩着鹰巢。想那巢中即或有些微土壤,又怎么能维持一棵碗口般粗的柳树的根的筑扎呢?众人再细看时,却见那柳树的根是裸露的——粗粗细细地从巢中破围而出,似数不清的指,牢牢抓住着巢的四周。并且,延长下来,盘绕着枯死了的老松的干。柳树裸露的根,将柳树本身,将鹰巢,将老松,三位一体紧紧编结在一起,使那巢看去非常的安全,不怕风吹雨打……

一粒种子,怎么会到鹰巢里去了呢?又怎么居然会长成碗口般粗的柳树呢?种子在巢中变成一棵嫩树苗后,老鹰和雏鹰,怎么竟没啄断它呢?

种子,它在大自然中创造了多么不可思议的现象啊!

我领教种子的力量,就是这以后的几件事。

第一件事是——大宿舍内的砖地,中央隆了起来,且在夏季里越隆越高。一天,我这名知青班长动员说:"咱们把砖全都扒起,将砖下的地铲平后再铺上吧!"于是说干就干,砖扒起后发现,砖下嫩嫩的密密的,是生长着的麦芽!原来这老房子成为宿舍前,曾是麦种仓库。落在地上的种子,未被清扫便铺上了砖。对于每年收获几十万斤近百万斤麦子的人们,屋地的一层麦粒,谁会格外在惜呢?而正是那一层小小的、不起眼的麦种,不但在砖下发芽生长,而且将我们天天踩在上面的砖一块块顶得高高隆起,比周围的砖高出半尺左右……

第二件事是——有位老职工回原籍探家，请我住到他家替他看家。那是在春季，刚下过几场雨。他家灶间漏雨，雨滴顺墙淌入了一口粗糙的木箱里。我知那木箱里只不过装了满满一箱喂鸡喂猪的麦子，殊不在意。十几天后的深夜，一声闷响，如土地雷爆炸，将我从梦中惊醒。骇然地奔入灶间，但见那木箱被鼓散了几块板，箱盖也被鼓开，压在箱盖上的腌咸菜用的几块压缸石滚落地上，膨胀并且发出了长芽的麦子泻出箱外，在地上铺了厚厚一层……

于是我始信老人们的经验说法——谁如果打算生一缸豆芽，其实只泡半缸豆子足矣。万勿盖了缸盖，并在盖上压石头。谁如果不信这经验，膨胀的豆子鼓裂谁家的缸，是必然的。

我们兵团大面积耕种的经验是——种子入土，三天内须用拖拉机拉着石碾碾一遍，叫"镇压"。未经"镇压"的麦种，长势不旺。

人心也可视为一片土，因而有词叫"心地"，或"心田"。

在这样那样的情况下，有这样那样的种子，或由我们自己，或由别人们，一粒粒播下在我们的"心地"里了。可能是不经意间播下的，也可能是在我们自己非常清楚非常明白的情况下播下的。那种子可能是爱，也可能是恨；可能是善良的，也可能是憎恨的，甚至可能是邪恶的。比如强烈的贪婪和嫉妒，比如极端的自私和可怕的报复的种子……

播在"心地"里的一切的种子，皆会发芽，生长。它们的生长皆会形成一种力量。那力量必如麦种隆起铺地砖一样，使我们"心地"不平。甚至，会像发芽的麦种鼓破木箱，发芽的豆子鼓裂缸体一样，使人心遭到破坏。当然，这是指那些丑恶的甚至邪恶的种子。对于这样一些种子，"镇压"往往适得其反。因为它们一向比良好的种子在人心里长势更旺。自我"镇压"等于促长。某人表面看去并不恶，突然一日做下很恶的事，使我们闻听了呆如木鸡，往往便是由于自以为"镇压"得法，其实欺人欺己。

唯一行之有效的措施是，时时对于丑恶的邪恶的种子怀有恐惧之心。因为人当明白，丑陋的邪恶的种子一旦入了"心地"，而不及时从"心地"间掘除了，对于人心构成的危险是如癌细胞一样的。

首先是，人自己不要往"心地"里种下坏的种子；其次是，别人如果将一粒坏的种子播在我们心里了，那我们就得赶紧操起我们理性的锄子……

"人之性如水焉，置之圆则圆，置之方则方"——古人在理之言也。

人类测试出了真空的力量。

人类也测试出了蒸汽的动力。

并且，两种力都被人类所利用着。

可是，有谁测试过小小的种子生长的力量么？

什么样的一架显微镜，才能最真实地摄下好的种子或坏的种子在我们"心地"间生长的速度与过程呢？

没有之前，唯靠我们自己理性的显微倍数去发现……

飘扬起你青春的旗

青春是短暂的。

当我们"分解"任何一个男人或女人的人生时，便尤见青春之短暂了。

从一岁到六岁，人牙牙学语，踉跄学步，处在如小猫小狗的孩提时期。除了最基本的饮食需要，再有一种需要那就是爱了，而且多多益善。孩提时期的人还不太懂得爱别人，无论对别人包括对爸爸妈妈表现出多么强烈的"爱"，也只不过是最本能的依恋，所需要的爱也只不过是关怀与呵护。

人生的每一阶段都有着近乎天然的诗性成分。

孩提时期的诗性成分乃是人性的单纯。

一个孩子酣睡在母亲怀里的情形是特别美特别动人的情形；他或她被父亲扛在肩头时的笑脸，是人类最烂漫的笑脸。

一个孩子所依恋的首先还不是父母，而是父爱与母爱。如果一个孩子失去了双亲，倘有另一个女人真能像慈母一样地爱这孩子，那么不久这孩子在她的怀里也会睡得像在最安全的摇篮中一样踏实；倘有一个男人真能像慈父般爱这孩子，并且也喜欢将这孩子扛在肩头上，那么这孩子脸上也会绽出同样快活的笑容。

孩子用本能感觉别人对他或她爱的程度，几乎纯粹是本能，不加入什么理性的判断。但孩子的本能也往往是极其细微的。某些孩子很善于从大人的表情、大人的眼里看出爱的真伪。这也几乎是本能，不是后天的经验。

在《悲惨世界》中，小女孩珂赛特夜晚到林中去拎水时第一次遇到了冉·阿让——他说："我的孩子，你提的这东西，对你来说，太重了一点儿吧。"——于是替她拎着那桶水……

书中接着写道："那人走得相当快。珂赛特却也不难跟上他。她已经不再感到累了。她不时抬起眼睛，望着那人，显出一种无可言喻的宁静和信赖的神情。从来不曾有人教过她敬仰上帝和祈祷，可是她感到她心里有种东西，仿佛是飞向天空的希望和欢乐……"

珂赛特当时的心情，正是我所言——人性在孩提阶段所体现出的那一种又本能又单纯的诗性啊。

珂赛特当时八岁，倘她是今天中国城市人家的一个孩子，那么她已经该上小学二年级了。

小学时期人有整整六年可度。

小学这一人生阶段的诗性体现在人开始懂得爱别人了。"懂得"这个词不太准确，实际上人生开始就生出对别人的爱来。小学生望着他或她所感激的人，目光中往往充满着柔情了。这时一名小学生的眼睛，无论是男孩或女孩，都是会说话的眼睛。"眼睛是心灵的窗户"——我认为这一点是从小学时期开始的。

中学时期人已是少男少女了。人生处在花季的第一个节气。这时人生的诗性无须赘言，但这时的人生还不是"青春"。因为这时的人生还缺少青春最本质的特征，那就是生命饱满外溢的活力。

到了高中，人开始形成自己相当独立的思想了。人心里开始萌生出不同于以往的爱意了。这爱意已不再是对别人给予自己的关怀和呵护的回报了，而体现为主动的对异性的暗怀其情的爱慕了。也有爱得缠绵难分的情况，但大抵是暗怀其情。此时人生进入了青春期的第一个节气，正如惊蛰的节气之于四月。但高中是通向大学的最后阶梯。但凡是个初谙世事的儿女，都不敢松懈学业上的努力。在中国，尤其在城市，这是人生最诗意盎然的阶段，其实最乏诗意可言。

整整三年的埋头苦读，或者考上了大学，或者遗憾落榜。

此时，当年的孩子十八九岁了。

考上了大学的，自我补偿式地品啜青春。而一到了大三大四，便又为毕业后的人生去向而时时迷惘，惶惑；遗憾落榜的，则难免陷入悲观。

青春有了另外的许多负重感。

如此"分解"起来，看得分明——青春从十八九岁真正开始，一直到一个人组成家庭的时候结束。

有些人做了丈夫或妻子，心理仍然处在六月般美好的青春期。他们青春期的诗性延续到了婚后。他们是幸福的，也是幸运的。但大多数人未必如此幸运。因为做丈夫或做妻子的角色责任、角色义务，因为家庭生活的诸多常规内容，制约着人惜别青春，服从角色的要求……所以许多中年人回眸人生，常喟叹青春短暂。而这也正是我的人生体会。我将青春短暂这一个事实告诉青年朋友们，当然不是想使青年朋友们对人生产生沮丧。恰恰相反，青春既然那么短暂，处在青春阶段的人，就应善待青春！珍惜青春！

而我最终想说的是——人啊，如果你正处在青春时期，无论什么样的挫折，无论什么样的失落，无论什么样的不公平，都不要让它损害或玷污了你的青春！

青春应该经得起失恋……

青春应该经得起一无所有……

青春应该经得起社会对人生的抛掷……

青春应该经得起别人的白眼和轻蔑……

因为，人在生命充盈着饱满外溢的活力的情况之下都经不起的事，在生命的另外时期就更难经得起了……

狡猾是一种冒险

从前,在印度,有些穷苦的人为了挣点儿钱,不得不冒险去猎蟒。

那是一种巨大的蟒,一种以潮湿的岩洞为穴的蟒,背有黄褐色的斑纹,腹白色,喜吞尸体,尤喜吞人的尸体。于是被某些部族的印度人视为神明,认定它们是受更高级的神明的派遣,承担着消化掉人的尸体之使命。故人死了,往往抬到有蟒占据的岩洞口去,祈祷尽快被蟒吞掉。为使蟒吞起来更容易,且要在尸体上涂了油膏。油膏散发出特别的香味儿,蟒一闻到,就爬出洞了……

为生活所迫的穷苦人呢,企图猎到这一种巨大的蟒,就佯装成一具尸体,往自己身上遍涂油膏,潜往蟒的洞穴,直挺挺地躺在洞口。当然,赤身裸体,一丝不挂。最主要的一点是脚朝向洞口。蟒就在洞中从人的双脚开始吞。人渐渐被吞入,蟒躯也就渐渐从洞中蜒出了。如果不懂得这一点,头朝向洞口,那么顷刻便没命了,猎蟒的企图也就成了痴心妄想了……

究竟因为蟒尤喜吞人的尸体,才被人迷信地图腾化了,还是因为蟒先被迷信地图腾化了,才养成了"吃白食"的习性,没谁解释得清楚。

我少年时曾读过一篇印度小说,详细地描绘了人猎蟒的过程。那人不是一个大人,而是一个十三岁的孩子。他和他的父亲相依为命。他的父亲患了重病,奄奄待毙,无钱医治,只要有钱医治,医生保证病是完全可以治好的。钱也不多,那少年家里却拿不起。于是那少年萌生了猎蟒的念头。他明白,只要能猎得一条蟒,卖了蟒皮,父亲就不至眼睁睁地死去了……

某天夜里,他就真的用行动去实现他的念头了。他在有蟒出没的山下脱光衣服,往自己身上涂遍了那一种油膏。他涂得非常之仔细,连一个脚趾都没忽略。一个少年如果一心要干成一件非干成不可的大事,那时他的认真态度往往超过了大人们。当年我读到此处,内心里既为那少年的勇敢所震撼,又替他感到极大的恐惧。我觉得世界上顶残酷的事情,莫过于生活逼迫着一个孩子去冒死的危险了。这一种冒险的义务性,绝非"视死如归"四个字所能包含的。"视死如归",有时只要不怕死就足够了,有时甚至"但求一死"罢了。而猎蟒者的冒险,目的不在于死得无畏,而在于活得侥幸。活是最终目的。与活下来的重要性和难度相比,死倒显得非常简单不足论道了……

那少年手握一柄锋利的尖刀,趁夜仰躺在蟒的洞穴口。天亮之时,蟒发现了他,就从他并拢的双脚开始吞他。他屏住呼吸。不管蟒吞得快还是吞得慢。猎蟒者都必须屏住呼吸。蟒那时是极其敏感的，稍微明显的呼吸，蟒都会察觉到。通常它吞一个涂了油膏的大人，需要二十多分钟。猎蟒者在它将自己吞了一半的时候，也就是吞到自己腰际，猝不及防地坐起来——以瞬间的神速，一手掀起蟒的上腭，另一手将刀用全力横向一削，于是蟒的半个头，连同双眼，就会被削下来。自家的生死，完全取决于那一瞬间的速度和力度。削下来便远远地一抛。速度达到而力度稍欠，猎蟒者也休想活命了。蟒突然间受到强烈疼痛的强刺激，便会将已经吞下去的半截人体一下子呕出来。人就地一滚躲开，蟒失去了上腭连同双眼，想咬，咬不成；想缠，看不见。愤怒到极点，用身躯盲目地抽打岩石，最终力竭而亡。但是如果未能将蟒的上半个头削下，蟒眼仍能看到，那么它就会带着受骗上当的大愤怒，蹿过去将人缠住，直到将人缠死，与人同归于尽……

不幸就发生在那少年的身体快被蟒吞进了一半之际——有一只小蚂蚁钻入了少年的鼻孔，那是靠意志力所无法忍耐的。少年终于打了个喷嚏，结果可想而知……

数天后，少年的父亲也死了。尸体涂了油，也被赤裸裸地抬到那一个蟒洞口……

三十多年过去了，我却怎么也忘不了读过的这一篇小说。其他方面的读后感想，随着岁月渐渐地淡化了。如今只在头脑中留存下了一个固执的疑问——猎蟒的方式和经验可以很多，人为什么偏偏要选择最最冒险的一种呢？将自己先置于死地而后求生，这无疑是大智大勇的选择。但这一种"智"，是否也可以认为是一种狡猾呢？

难道不是么？蟒喜吞人尸，人便投其所好，从蟒绝然料想不到的方面设计谋，将自身作为诱饵，送到蟒口边上，任由蟒先吞下一半，再猝不及防地"后发制人"，多么狡猾的一着！但是问题又来了——狡猾也真的可以算是一种"智"么？勉强可以算之，却能算是什么"大智"么？我一向以为，狡猾是狡猾，"智"是"智"，二者是有些区别的。诸葛亮以"空城计"而退压城大军，是谓"智"。曹操将徐庶的老母亲掳了去，当作"人质"逼徐庶为自己效力，似乎就只能说是狡猾了罢！而且其狡其猾又是多么的卑劣呢！

那么在人与兽的较量中，人为什么又偏偏要选择最最狡猾的方式去冒险呢？如果说从前的印度人猎蟒的方式还不足以证明这一点，那么非洲安可尔地区的猎人猎获野牛的方式，也是同样狡猾同样冒险的。非洲安可尔地区的野牛身高体壮，狂暴异常，当地土人祖祖辈辈采用一种与众不同的方式猎杀之。他们利用的是野牛不践踏、不抵触人尸的习性。

为什么安可尔野牛不践踏不抵触人尸，也是没谁能够解释得明白的。

猎手除了腰间围着树皮和臂上戴着臂环外，也几乎可以说是赤身裸体的。一张小弓，几支毒箭，和拴在臂环上的小刀，是猎野牛的全副武装。他们总是单独行动，埋伏在野牛经常出没的草丛中。而单独行动则是为了避免瓜分。

当野牛成群结队来吃草时，埋伏着的猎手便暗暗物色自己的谋杀目标，然后小心翼翼地匍匐逼近。趁目标低头嚼草之际，早已瞄准它的猎手霍然站起放箭,随即又卧倒下去,动作之疾跟那离弦的箭一样。

箭在野牛粗壮的颈上颤动。庞然大物低哼一声,甩着脑袋,好像在驱赶讨厌的牛蝇。一会儿,它开始警觉地扬头凝视,那是怀疑附近埋伏着狡猾的敌人了。烦躁不安的几分钟过去后,野牛回望离远的牛群,想要去追赶伙伴们了。而正在这时,第二支箭又射中了它。野牛虽然目光敏锐,却未能发现潜伏在草丛中的敌人,但它听到了弓弦的声响。颈上的第二支箭使它加倍地狂躁,鼻子翘得高高的,朝弓弦响处急奔过去。它并不感到恐惧,只不过感到很愤怒。突然间它停了下来,因为它嗅到了可疑的气味儿,边闻,边向前搜索……

人被看到了!野牛低俯下头,挺着两支锐不可当的角,笔直地冲上前去,对那猎手来说,情况十分危险。如果他沉不住气,起身逃跑,那么他死定了!但他却躺在原地纹丝不动。野牛在猎手跟前不停地跺蹄,刨地,摇头晃脑,喷着粗重的鼻息,大瞪着因愤怒而充血的眼睛……最后它却并没攻击那具"人尸",轻蔑地转身走开了……

但这只是一种"战术"而已。野牛的"战术"。这"战术"也许是从它的许多同类们的可悲下场本能地总结出来的。它又猛地掉转身躯,冲回到人跟前,围绕着人兜圈子,跺蹄,刨地,眼睛更加充血,瞪得更大,同时一阵阵喷着更加粗重的鼻息,鼻液直喷在人脸上,而那猎手确有非凡的镇定力。他居然能始终屏住呼吸,眼不眨,心不跳,仰躺在原地,与野牛眼对眼地彼此注视着,比真的死人还像死人。野牛一次次杀了五番"回马枪",仍对"死人"看不出任何破绽。于是野牛反倒认为自己太多疑了,决定停止对那"死人"的试探,放开四蹄飞奔着去追赶它的群体,而这一次次的疲于奔命,加速了箭镞上的毒性发作,使它在飞奔中四腿一软,轰然倒地。这体重一千多斤的庞然大物,就如此这般地送命在狡猾的小小的人手里了……

现代的动物学家们经过分析得出结论——动物们不但有习性,而且有种类性格。野牛是种类性格非常高傲的动物,用形容人的词比喻它们可以说是"刚愎自负"。进攻死了的东西,是违反它的种类性格的。人常常可以做违反自己性格的事,而动物却不能。动物的种类性格,决定了它们的行为模式,或曰"行为原则"也未尝不可。改变之,起码需要百代以上的过程。在它们的种类性格尚未改变前,它们是死也不会违反"行为原则"的。而人正是狡猾地利用了它们呆板的种类性格。现代的动物学家们认为,野牛之所以绝不践踏或抵触死尸,还因为它们的"心理卫生"习惯。它们极其厌恶死了的东西,视死了的东西为肮脏透顶的东西,唯恐那肮脏玷污了它们的蹄和角。只有在两种情况下才发挥武器的威力——发情期与同类争夺配偶的时候以及与狮子遭遇的时候。它的"回马枪"也可算作一种狡猾的。但它再狡猾,也料想不到,狡猾的人为了谋杀它,宁肯佯装成它视为肮脏透顶的"死尸"……

比非洲土人猎取安可尔野牛更狡猾的,是吉尔伯特岛人猎捕大章鱼的方式。吉尔伯特岛是太平洋上的一个古岛。周围海域的章鱼之大，是足以令世人震惊的。它们的触角能轻而易举地弄翻一条载着人的小船。

猎捕大章鱼的吉尔伯特岛人，双双合作，一个充当"诱饵"，一个充当"杀手"。为了对"诱饵"表示应有的敬意，岛上的人们也称他们为"牺牲者"。

"牺牲者"先潜入水中，在有大章鱼出没的礁洞附近缓游，以引起潜伏的大章鱼的注意。然后突然转身，勇敢地直冲洞口，无畏地闯入大章鱼八条触角的打击范围。

充当"杀手"的人，埋伏在不远处，期待着进攻的机会。当他看到"诱饵"已被章鱼拖到洞口，大章鱼已用它那坚硬的角质喙贪婪地在"诱饵"的肉体上试探着，寻找一个最柔软的部位下口。

于是"杀手"迅速游过去，将伙伴和大章鱼一起拉离洞穴。大章鱼被激怒了，更凶狠地缠紧了"牺牲者"。而"牺牲者"也紧紧抱住大章鱼，防止它意识到危险抛弃自己溜掉。于是"杀手"飞快地擒住大章鱼的头，使劲儿把它向自己的脸扭过来，然后对准它的双眼之间——此处是章鱼的致命部位。套用一个武侠小说中常见的词可叫"死穴"——拼命啃咬起来。一口、两口、三口……不一会儿，张牙舞爪的大章鱼渐渐放松了吸盘，触角也像条条死蛇一样垂了下去，就这样一命呜呼了……

分析一下人类在猎捕和"谋杀"动物们时的狡猾，是颇有些意思的。首先我们可以得出结论，狡猾往往是弱类被生存环境逼迫生出来的心计。我们的祖先，没有利牙和锐爪，甚至连凭了自卫的角、蹄、较厚些的皮也没有，连逃命之时足够快的速度都没有。在亘古的纪元，人这种动物，无疑是地球上最弱的动物之一种。不群居简直就没有办法活下去。于是被生存的环境生存的本能逼生出了狡猾。狡猾成了人对付动物的特殊能力。其次我们可以得出结论，人将狡猾的能力用以对付自己的同类，显然是在人比一切动物都强大了之后。当一切动物都不再可以严重地威胁人类生存的时候，一部分人类便直接构成了另一部分人类的敌人。主要矛盾缓解了，消弭了。次要矛盾上升了，转化了。比如分配的矛盾，占有的矛盾，划分势力范围的矛盾。因为人最了解人，所以人对付人比人对付动物有难度多了。尤其是在一部分人对付另一部分人，成千上万的人对付成千上万的人的情况下。于是人类的狡猾就更狡猾了，于是心计变成了诡计。"卧底者"、特务、间谍，其角色很像吉尔伯特岛人猎捕大章鱼时的"牺牲者"。"置之死地而后生"这一军事上的战术，正可以用古印度人猎蟒时的冒险来生动形象地加以解说。那么，军事上的佯败，也就好比非洲土人猎杀安可尔野牛时装死的方法了。

归根结底，我以为狡猾并非智慧，恰如调侃不等于幽默。狡猾往往是冒险，是通过冒险达到目的之心计。大的狡猾是大的冒险，小的狡猾是小的冒险。比如"二战"时期日军偷袭珍珠港的军事行径，所冒之险便是彻底激怒一个强敌，使这一个强敌坚定了必予报复的军事意志。而后来美国投在广岛和长崎的两颗原子弹，对日本军国主义来说，无异于是自己的狡猾的代价。德国法西斯在"二战"时对苏联不宣而战，也是一种军事上的狡猾。代价是使一个战胜过拿破仑所统帅的侵略大军的民族，同仇敌忾，与国共存亡。柏林的终于被攻陷，并且在几十年内一分为二，是德意志民族为希特勒这一个民族罪人付出的代价。

而智慧，乃是人类克服狡猾劣习的良方，是人类后天自我教育的成果。智慧是一种力求避免冒险的思想方法。它往往绕过狡猾的冒险的冲动，寻求更佳的达到目的之途径。狡猾的行径，最易激起人类之间的仇恨，因而是卑劣的行径。智慧则缓解、消弥和转化人类之间的矛盾与仇恨。也可以说，智慧是针对狡猾而言的。至于诸葛亮的"空城计"，尽管是冒险得不能再冒险的选择，但那几乎等于是唯一的选择，没有选择之情况下的选择。并且，目的在于防卫，不在于进攻，所以没有卑劣性，恰恰体现出了智慧的魅力。

一个人过于狡猾，在人际关系中，同样是一种冒险。其代价是，倘被公认为一个狡猾的人了，那么也就等于被公认为是一个卑劣的人一样了。谁要是被公认为是一个卑劣的人了，几乎一辈子都难以扭转人们对他或她的普遍看法。而且，只怕是没谁再愿与之交往了。这对一个人来说，可是多么大的一种冒险多么大的一种代价啊！

一个人过于狡猾，就怎么样也不能成其为一个可爱可敬之人了。对于处在同一人文环境中的人，将注定了是危险的。对于有他或她存在的那一人文环境，将注定了是有害的。因为狡猾是一种无形的武器。因其无形，拥有这一武器的人，总是会为了达到这样或那样的目的，一而再，再而三地使用之，直到为自己的狡猾付出惨重的代价。但那时，他人，周边的人文环境，也就同样被伤害得很严重了。

一个人过于狡猾，无论他或她多么有学识，受过多么高的教育，身上总难免留有土著人的痕迹，也就是我们的祖先们未开化时的那些行为痕迹。现代人类即使对付动物们，也大抵不采取我们祖先们那种种又狡猾又冒险的古老方式方法。狡猾实在是人类种的性格的退化，使人类降低到仅仅比动物的智商高级一点点的阶段。比如吉尔伯特岛人用啃咬的方式猎杀章鱼，谁能说不狡猾得带有了动物性呢？

人啊，为了我们自己不承担狡猾的后果不为过分的狡猾付出代价，还是不要冒狡猾这一种险吧。试着做一个不那么狡猾的人，也许会感到活得并不差劲儿。

当然，若能做一个智慧之人，常以智慧之人的眼光看待生活，看待他人，看待名利纷争，看待人际摩擦，则就更值得学习了。

眼为什么望向窗外？

无窗，不能说是房子，或屋子。确是，也往往会被形容为"黑匣子般的"……

"窗"是一个象形汉字。古代通囱，只不过是孔的意思。后来，因要区别于烟囱，逐渐固定成现在的写法。从象形的角度看，"囱"被置于"穴"下，分明已不仅仅是透光通风之孔，而且有了提升房或屋也就是家的审美意味。

若一间屋，不论大小，即使内装修再讲究，家私再高级，其窗却布满灰尘，透明度被严重阻碍了，那也还是会令主人感觉差劲，帝宫王室也不例外。"窗明几净"虽然起初是一个因果关系词，但一经用以形容屋之清洁，遂成一个首选词汇。也就是说，当我们强调屋之清洁时，脑区的第一反应是"窗明"。这一反应，体现着人性对事物要项的本能重视。

冬天过去了，春天来了，在北方，不论城市里还是农村里的人家，不论穷还是富，都做的一件事那就是去封条，擦窗子。如果哪一户人家竟没那么做,肯定是不正常的。别人往往会议论——瞧那户人家,懒成啥样了?窗子脏一冬天了都不擦一擦!或——唉,那家人愁得连窗子都没心思擦了!而在南方,勤劳的人家,其窗更是一年四季经常要擦的。

从前的学生,一升入四年级,大抵就开始在老师的指导下学着擦净教室的每一扇窗了。那是需要特别认真之态度的事,每由老师指定细心的女生来完成。男生,通常则只不过充当女生的助手。那些细心的女生哟,用手绢包着指尖,对每一块玻璃反复地擦啊擦啊,一边擦还一边往玻璃上哈气,仿佛要将玻璃擦薄似的。而各年级各班级进行教室卫生评比,得分失分,窗子擦得怎样是首要的评比项目。

"要先擦边角!"——有经验的大人,往往那么指导孩子。

因为边角藏污纳垢,难擦,费时,擦到擦净不容易;所以常被马虎过去,甚而被成心对付过去。

随着建筑成为一门学科,窗在建筑学中的审美性更加突出,更加受到设计者的重视。古今中外,一向如此。简直可以说,忽略了对窗的设计匠心,建筑成不了一门艺术。

黑夜过去了,白天开始了,人们起床后的第一件事大抵是拉开窗帘。在气象预告方式不快捷也不够准确的年代,那一举动也意味着一种心理本能——要亲眼看一看天气如何?倘又是一个好天气,人的心境会为之一悦。

宅屋有窗,不仅为了通风,还为了便于一望。古今中外,人们建房购房时,对窗的朝向是极在乎的。人既希望透过窗望得广,望得远，还希望透过窗望到美好的景象。

"窗含西岭千秋雪"——室有此窗，不能不说每日都在享着眼福。

"罗汉松掩花里路，美人蕉映雨中楹"——这样的时光，凭窗之人，如画中人也。不是神仙，亦近乎神仙了。

"双双瓦雀行书案，点点杨花入砚池。闲坐小窗读《周易》，不知春去几时多。"——如此这般的凭窗闲坐，是多么惬意的时光呢！

人都是在户内和户外交替生活着的动物。人之所以是高级的动物，乃因谁也不愿在户内度过一生。故，窗是人性的一种高级需要。

人心情好时，会身不由己地站在窗前望向外边。心情不好时，甚至尤其会那样。人冥想时喜欢望向窗外，忧思时也喜欢望向窗外。连无所事事心静如水时，都喜欢傻呆呆地坐在窗前望向外边。老人喜欢那样；小孩子喜欢那样；父母喜欢怀抱着娃娃那样；相爱的人喜欢彼此依偎着那样；学子喜欢靠窗的课位，住院患者喜欢靠窗的床位；列车、飞机、轮船、公共汽车靠窗的位置，一向是许多人所青睐的。

一言以蔽之。人眼之那么的喜欢望窗外。何以？窗外有"外边"耳。

对于人，世界是由两部分组成的。内心的一部分和外界的一部分。人对外界的感知越丰富，人的内心世界也便越豁达。通常情况下，大抵如此，反之，人心就渐渐地自闭了。而我们都知道，自闭是一种心理方面的病。

对于人，没有了"外边"，生命的价值也就降低了，低得连禽兽都不如了。试想，如果人一生下来，便被关在无窗无门的黑屋子里，纵然有门，却禁止出去，那么一个人和一条虫的生命有什么区别呢？即使每天供给着美食琼浆，那也不过如同一条寄生在奶油面包里的虫罢了。

即使活一千年一万年，那也不过是一条千年虫万年虫。

连监狱也有小窗。

那铁条坚铸的囚窗，体现着对罪人的人道主义。囚窗外冰凉的水泥台上悠然落下一只鸽子，或一只蜻蜓；甚或，一只小小的甲虫——永远是电影或电视剧中令人心尖一疼的镜头。被囚的如果竟是好人，我们泪难禁也。业内人士每将那样的画面称之为"煽情镜头"，但是他们忘了接着问一下自己，为什么类似的画面一再出现在电影或电视剧中，却仍有许多人的情绪那么容易被煽动的戚然？

无它。普遍的人性感触而已。

在那一时刻，鸽子、蜻蜓、甲虫以及一片落叶、一瓣残花什么的，它们代表着"外边"，象征这所有"外边"的信息。

当一个人与"外边"的关系被完全隔绝了，对于人是非常糟糕的境况。虽然不像酷刑那般可怕，却肯定像失明失聪一样可悲。

据说，有的国家曾以此种方式惩罚罪犯或所谓"罪犯"——将其关入一间屋子；屋子的四壁、天花板、地板都是雪白的，或墨黑的。并且，是橡胶的，绝光，绝音。每日的饭和水，却是按时定量供给的。但尽管如此，短则月余，长则数月，十之七八的人也就疯掉了或快疯掉了……

某次我乘晚间列车去别的城市，翌日九点抵达终点站，才六点多钟，卧铺车厢过道的每一窗前已都站着人了。而那是T字头特快列车，窗外飞奔而掠过的树木连成一道绿墙，列车似从狭长的绿色通道驶过。除了向后迅移的绿墙，其实看不到另外的什么。

然而那些人久久地伫立窗前，谁站累了，进入卧室去了，窗前的位置立刻被他人占据。进入卧室的，目光依然望向窗外，尽管窗外只不过仍是向后迅移的绿墙。我的回忆告诉我，那情形，是列车上司空见惯的……

天亮了，人的第一反应是望向窗外，急切地也罢，习惯地也罢，都是缘于人性本能。好比小海龟一破壳就本能地朝大海的方向爬去。

就一般人而言，眼睛看不到"外边"的时间，如果超过了一夜那么长，肯定情绪会烦躁起来的吧？而监狱之所以留有囚窗，其实是怕犯人集体发狂。日二十四时，夜仅八时，实在是"上苍"对人类的眷爱啊。如果忽然反过来，三分之二的时间成了夜晚，大多数人会神经错乱的吧？

眼为什么望向窗外？

因为心智想要达到比视野更宽广的地方。虽非人人有此自觉，但几乎人人有此本能。连此本能也无之人，是退化了的人。退化了的人，便谈不上所谓内省。

窗外是"外边"：外国是"外边"；宇宙也是"外边"。在列车上，"外边"是移动的大地；在飞机上，"外边"是天际天穹；在客轮上，"外边"是蓝色海洋……

人贵有自知之明，所以只能形容内心世界像大地，像海洋，像天空"一样"丰富多彩；"像"其意是差不多少。很少有什么人的内心世界被形容得比大地、比海洋、比天空"更"怎样。

外边的世界既然比内心之"世界"更精彩，人心怎能佯装不知？人眼又怎能不经常望向窗外？……

这个时代的"三套车"

我这个出生在哈尔滨市的人,下乡之前没见到过真的骆驼。当年哈尔滨的动物园里没有。据说也是有过一头的,三年困难时期饿死了。我下乡之前没去过几次动物园,总之是没见到过真的骆驼。当年中国人家也没电视,便是骆驼的活动影像也没见过。

然而骆驼之于我,却并非陌生动物。当年不少男孩子喜欢收集烟盒,我也是。一名小学同学曾向我炫耀过"骆驼"牌卷烟的烟盒,实际上不是什么烟盒,而是外层的包装纸。划开胶缝,压平了的包装纸,其上印着英文。当年的我们不识得什么英文不英文的,只说成是"外国字"。当年的烟不时兴"硬包装",再高级的烟,也无例外地是"软包装"。故严格讲,不管什么人,在中国境内能收集到的都是烟纸。烟盒是我按"硬包装时代"的现在来说的。

那"骆驼"牌卷烟的烟纸上,自然是有着一头骆驼的。但那烟纸令我们一些孩子大开眼界的其实倒还不是骆驼,而是因为"外国字"。那是我第一次见到外国的东西,竟有种被震撼的感觉。当年的孩子是没什么崇洋意识的。但依我们想来，那肯定是在中国极为稀少的烟纸。物以稀为贵。对于喜欢收集烟纸的我们，是珍品啊！有的孩子愿用数张"中华""牡丹""凤凰"等当年也特高级的卷烟的烟纸来换，遭断然拒绝。于是在我们看来，那烟纸更加宝贵。

"文革"中，那男孩的父亲自杀了。正是由于"骆驼"牌的烟纸祸起萧墙。他的一位堂兄在国外，还算是较富的人。逢年过节，每给他寄点儿东西，包裹里常有几盒"骆驼"烟。"造反派"据此认定他里通外国无疑……而那男孩的母亲为了表明与他父亲划清界限，连他也遗弃了，将他送到了奶奶家，自己不久改嫁。

故我当年一看到"骆驼"二字，或一联想到骆驼，心底便生出替我那少年朋友的悲哀来。

后来我下乡，上大学，在十年左右的时间里，竟再没见到"骆驼"二字，也没再联想到它。

落户北京的第一年，带同事的孩子去了一次动物园，我才见到了真的骆驼，数匹，有卧着的，有站着的，极安静极闲适的样子，像是有驼峰的巨大的羊。肥倒是挺肥的，却分明被养懒了，未必仍具有在烈日炎炎之下不饮不食还能够长途跋涉的毅忍精神和耐力了。那一见之下，我对"沙漠之舟"残余的敬意和神秘感荡然无存。

后来我到新疆出差，乘吉普车行于荒野时，又见到了骆驼。秋末冬初时节，当地气候已冷，吉普车从戈壁地带驶近沙漠地带。夕阳西下，大如轮，红似血，特圆特圆地浮在地平线上。

陪行者忽然指着窗外大声说："看，看，野骆驼！"

于是吉普车停住，包括我在内的车上的每一个人都朝窗外望。外边风势猛，没人推开窗。三匹骆驼屹立风中，也从十几米外望着我们。它们颈下的毛很长，如美髯，在风中飘扬。峰也很挺，不像我在动物园里见到的同类，峰向一边软塌塌地歪着。但皆瘦，都昂着头，姿态镇定，使我觉得眼神里有种高傲劲儿，介于牛马和狮虎之间的一种眼神。事实上人是很难从骆眼中捕捉到眼神的。我竟有那种自以为是的感觉，大约是由于它们镇定自若的姿势给予我那么一种印象罢了。

我问它们为什么不怕车？

有人回答说这条公路上运输车辆不断，它们见惯了。

我又问这儿骆驼草都没一棵，它们为什么会出现在离公路这么近的地方呢？

有人说它们是在寻找道班房，如果寻找到了，养路工会给它们水喝。

我说骆驼也不能只喝水呀，它们还需要吃东西啊！新疆的冬天非常寒冷，肚子里不缺食的牛羊都往往会被冻死，它们找到几丛骆驼草实属不易，岂不是也会冻死吗？

有人说：当然啦！

有人说：骆驼天生是苦命的，野骆驼比家骆驼的命还苦，被家养反倒是它们的福分，起码有吃有喝。

还有人说：这三头骆驼也未必便是名副其实的野骆驼，很可能曾是家骆驼。主人养它们，原本是靠它们驮运货物来谋生的。自从汽车运输普及了，骆驼的用途渐渐过时，主人继续养它们就赔钱了，得不偿失，反而成负担了。可又不忍干脆杀了它们吃它们的肉，于是骑到离家远的地方，趁它们不注意，搭上汽车走了，便将它们抛弃了，使它们由家骆驼变成了野骆驼。而骆驼的记忆力是很强的，是完全可以回到主人家的。但骆驼又像人一样，是有自尊心的。它们能意识到自己被抛弃了，所以宁肯渴死饿死冻死，也不会重返主人的家园。但它们对人毕竟养成了一种信任心，即使成了野骆驼，见了人还是挺亲的……

果然，三头骆驼向吉普车走来。

最终有人说："咱们车上没水没吃的，别让它们空欢喜一场！"我们的车便开走了。

那一次在野外近距离见到了骆驼以后，我才真的对它们心怀敬意了，主要因它们的自尊心。动物而有自尊心，虽为动物，在人看来，便也担得起"高贵"二字了。

后来我从一本书中读到一小段关于骆驼的文字——有时它们的脾气竟也大得很，往往是由于倍感屈辱。那时它们的脾气比所谓"牛脾气"大多了，连主人也会十分害怕。有经验的主人便赶紧脱下一件衣服扔给它们，任它们践踏任它们咬。待它们发泄够了，主人拍拍它们，抚摸它们，给它们喝的吃的，它们便又服服帖帖的了。

毕竟，在它们的意识中，习惯于主人是它们自身不可分割的一部分。

不久前，我在内蒙的一处景点骑到了一头骆驼背上。那景点养有一百几十头骆驼,专供游人骑着过把瘾。但须一头连一头,连成一长串,集体行动。我觉有东西拱我的肩,勉强侧身一看,见是我后边的骆驼翻着肥唇,张大着嘴。它的牙比马的牙大多了。我怕它咬我,可又无奈。我骑的骆驼夹在前后两匹骆驼之间,拴在一起,想躲也躲不开它。倘它一口咬住我的肩或后颈,那我的下场就惨啦。我只得尽量向前俯身,但无济于事。骆驼的脖子那么长,它的嘴仍能轻而易举地拱到我。有几次,我感觉到它柔软的唇贴在了我的脖梗上,甚至感觉到它那排坚硬的大牙也碰着我的脖梗了。倏忽间我于害怕中明白——它是渴了,它要喝水。而我,一手扶鞍,另一只手举着一瓶还没拧开盖的饮料。既明白了,我当然是乐意给它喝的。可驼队正行进在波浪般起伏的沙地间,我不敢放开扶鞍的手,如果掉下去会被后边的骆驼踩着的。就算我能拧开瓶盖,也还是没法将饮料倒进它嘴里啊,那我得有好骑手在马背上扭身的本领,我没那种本领。我也不敢将饮料瓶扔在沙地上由它自己叼起来,倘它连塑料瓶也嚼碎了咽下去,我怕锐利的塑料片会划伤它的胃肠。真是怕极了,也无奈到家了。

它却不拱我了。我背后竟响起了喘息之声。那骆驼的喘息,类人的喘息,如同负重的老汉紧跟在我身后,又累又渴,希望我给"他"喝一口水。而我明明手拿一瓶水,却偏不给"他"喝上一口。

我做不到的呀!

我盼着驼队转眼走到终点,那我就可以拧开瓶盖,恭恭敬敬地将一瓶饮料全倒入它口中了。可驼队刚行走不久,离终点还远呢!

我一向以为，牛啦、马啦、骡啦、驴啦，包括驼和象，它们不论干多么劳累的活都是不会喘息的。那一天那一时刻我才终于知道我以前是大错特错了。

既然骆驼累了是会喘息的，那么一切受我们人所役使的牲畜或动物肯定也会的，只不过我以前从未听到过罢了。举着一瓶饮料的我，心里又内疚又难受。那骆驼不但喘息，而且还咳嗽了，一种类人的咳嗽，又渴又累的一个老汉似的咳嗽。我生平第一次听到骆驼的咳嗽声……一到终点，我双脚刚一着地，立刻拧开瓶盖要使那头骆驼喝到饮料。偏巧这时管骆驼队的小伙子走来，阻止了我。因为我手中拿的不是一瓶矿泉水，而是一瓶葡萄汁。我急躁地问："为什么非得是矿泉水？葡萄汁怎么了？怎么啦？！"小伙子讷讷地说，他也不太清楚为什么，总之饲养骆驼的人强调过不许给骆驼喝果汁型饮料。我问他这头骆驼为什么又喘又咳嗽的。他说它老了，说是旅游点买一整群骆驼时"白搭"给的。我说它既然老了，那就让它养老吧，还非指望这么一头老骆驼每天挣一份钱啊？

小伙子说你不懂，骆驼它是恋群的。如果驼群每天集体行动，单将它关在圈里，不让它跟随，它会自卑，它会郁闷的。而它一旦那样了，不久就容易病倒的……

我无话可说，无话可问了。老驼尚未卧下，一动不动地站在原处，瞪着双眼睇视我，说不清望的究竟是我，还是我手中的饮料。

我经不住它那种望，转身便走。

我们几个人中，还有著名编剧王兴东。我将自己听到那老驼的喘息和咳嗽的感受，以及那小伙子的话讲给他听，他说他骑的骆驼就在那头老驼后边，他也听到了。

不料他还说："梁晓声，那会儿我恨死你了！"

我惊诧。

他谴责道："不就一瓶饮料吗？你怎么就舍不得给它喝？"

我便解释那是因为我当时根本做不到的。何况我有严重的颈椎病，扭身对我是件困难的事。他愣了愣，又自责道："是我骑在它身上就好了，是我骑在它身上就好了！我多次骑过马，你当时做不到的，我能做到……"我顿时觉他可爱起来。暗想，这个王兴东，我今后当引为朋友。几个月过去了，我耳畔仍每每听到那头老驼的喘息和咳嗽，眼前也每每浮现它睇视我的样子。

由那老驼，我竟还每每联想到中国许许多多被"啃老"的老父亲老母亲们。他们之被"啃老"，通常也是儿女们的无奈。但，儿女们手中那瓶"亲情饮料"，儿女们是否也想到了那正是老父老母们巴望饮上一口的呢？而在日常生活中，那是比在驼背上扭身容易做到的啊！

天地间，倘没有一概的动物，自远古时代便唯有人类。我想，那么人类在情感和思维方面肯定还蒙昧着呢？万物皆可开悟于人啊！

人之初：画框与画笔

我曾在一篇短文中写过这样一段话——少年和少女时期的人生，仿佛刚刚绷紧于画框内的画布；其后上面的每一线条，每一色彩，都是要由自己来一笔笔画上，一笔笔涂上的，是谓人生之底色……

如今想来，我的话并不完全符合人生的真相的。甚至，简直可以说很不符合。或更干脆地说，对于"人之初"而言，世上根本不同的例子举不胜举。

因为我的话无疑会给人一种不是人生真相的意思，那就是——仿佛一切人之人生的底色，皆由是少年和少女的他们或她们自己来决定。

其实，人生的真相哪里是这样的呢？

人生的一种真相便是——在一个人尚未出生之时，就已开始有人为之定制画框了，就已开始有人在他或她以后之人生的画布上，画最初的线条涂上最初的色块了。

三十几年前，瑞典上着小学的王子，因为学年考试有两门主科不及格,不仅整个王家忧心忡忡,几乎全国家的人都陷于焦灼不安。有许多人竟为此失眠,还有许多人竟流泪不止。补考成绩公布那一天,瑞典全国半数以上的人守在电视机前,期待着"重要新闻"……当新闻播音员报道:王子的补考及格了!于是举国一片欢庆……

小学生,"人之初"也。

但如此这般的"人之初"的线条和色块,哪里是由自己画在和涂在自己人生的画布上的呢?

大约是在去年或前年吧,日本的天皇夫人怀孕了,于是成为全日本的新闻和大多数日本人关注的焦点之事。日本人都希望她生下的是儿子而非女儿。因为日本的天皇一向是由男人来继位的。他们还不情愿像英国人那样以顺其自然的心理接受一位女天皇。日本的社会学家和经济学家甚至预测,如果皇后生的是儿子,那将会对日本的股市行情有积极的刺激;会抑制通货膨胀;会削弱失业率造成的社会不稳定状况……

看,一个人还没出生呢,其人生的画布上,不是有了太复杂也太古怪太超现实主义的线条和色块了么?

记不清是英国的哪一代王子了,大约是乔治六世的事吧——他在玩具店里看到了一架木马,特别喜欢,又没有勇气向父母要钱买,于是给外祖母写了一封信,满以为可以获得两英镑;不料是上代女王的外祖母郑重地回信道:"你已经到了该懂事的年龄了,所以你应懂得金钱对人的重要性,它必须花在值得的方面……"

虽然王子并没从外祖母那儿获得两英镑,但他还是得到了那架特别喜欢的木马——他以四英镑的价格，将外祖母的信卖给了收藏家……

看，他人生画布的底色上，已经有了极具商业色彩的线条和色块……

古时的中国，指腹为亲是常事；新中国成立前的中国，童养媳现象也是常事；而即使在今天，私生子现象在外国仍屡见不鲜……

如此这般的人生底色，皆非自己情愿的；而且是自己无可奈何的。

贫富差距，使"人之初"的画布，往往在人出生前便有了不同的框子，或根本没有；家庭变故，使"人之初"的画布，往往底色阴暗，线条扭曲，甚至在自己还一笔没往上画什么一笔没往上涂什么时，已有破洞……

"人之初"，有的框子是金镶玉的；有的框子是银饰珠的；有的框子是名贵之木的；有的框子本身已是艺术品；而有的框子却可能是很旧的，上几代人的"人之初"一代代用过的；而有的框子可能已经快散了，背面用些胶条加固着；而有的人的"人之初"，既没画框，也没画笔和颜色，只不过是一片麻袋片充当着画布。笔和颜色，是得自己以后满世界去发现去寻找的；不像另外一些人的"人之初"，一排一排的画笔和一盒一盒的颜色，和一个华丽的画框，和一匹上等的画布，已为之预备好在那儿了。最初画得多么不成样子也不打紧，等于练笔……

然而，世界上一概人的"人之初"，有一点却是相同的，也是公平的，那就是——无论男女，在二十岁，最迟二十五岁以后，所谓"人之初"的年龄都将一去不返。而人生其实是从这时才真正开始的。上好的框子也许恰恰框住了某些人的人生；那"人之初"几乎一无所有的人，没有什么可沉湎其中，倒反而走出了自己的，而非是别人替自己竖立了路标的路。我们都知道的，后一条路，往往倒更多些人生的况味和精彩……

做竹须空　做人须直

"人生"对我是个很沉重的话题。

五次文代会我因身体不好迟去报到了两天。会上几次打电话到厂里催我，还封了我一个"副团长"。

那天天黑得异常早，极冷，风也大。

出厂门前，我在收发室逗留了一会儿，发现了寄给我的两封信。一封是弟弟写来的，一封是哥哥写来的。我一看落款是"哈尔滨精神病院"，一看那秀丽的笔画搭配得很漂亮的笔体，便知是哥哥写来的。我已近十五六年没见过哥哥的面了，已近十五六年没见过哥哥的笔体了。当时那一种心情真是言语难以表述。这两封信我都没敢拆。我有某种沉重的预感。看那两封信，我当时的心理准备不足。信带到了会上，隔一天我才鼓起勇气看。弟弟的信告诉我，老父亲老母亲都病了。他们想我，也因《无冕皇帝》的风波为我这难尽孝心的儿子深感不安。哥哥的信词句凄楚之极——他在精神病院看了根据我的小说《父亲》改编的电视剧，显然情绪受了极大的刺激。

有两句话使我整个儿的心战栗——"我知我有罪孽,给家庭造成了不幸。如果可能,我宁愿割我的肉偿还家人!""我想家,可我的家在哪啊?谁来救救我?哪怕让我再过上几天正常人的生活就死也行啊!"

我对坐在身旁的影协书记张青同志悄语,请她单独主持下午会议发言,便匆匆离开了会场。一回到房间,我恨不得大哭,恨不得大喊,恨不得用头撞墙!我头脑中一片空白,眼泪默默地流。几次闯入洗澡间,想用冷水冲冲头,进去了却又不知自己想干什么……

我只反复地在心里对自己说两个字:房子、房子、房子,母亲已经七十二岁,父亲已经七十八岁。他们省吃俭用,含辛茹苦抚养大了我。我却半点孝心也没尽过!他们还能活在世上几天?我一定要把他们接到身边来!我要他们死也死在我身边!我要发送他们,我有这个义务!我的义务都让弟弟妹妹分担了,而弟弟妹妹们的居住条件一点儿也不比我强!如果我不能在老父老母活着的时候尽一点儿孝子之心,我的灵魂将何以安宁?

哥哥是一位好哥哥,大学里的学生会主席。我与哥哥从小手足之情甚笃。我做了错事,哥哥主动代我受过。记得我小时候生过一场大病,想吃蛋糕。深更半夜,哥哥从郊区跑到市内,在一家日夜商店给我买回了半斤蛋糕!那一天还下着细雨,那一年哥也不过才十二三岁……

有些单位要调我,也答应给房子,但需等上一二年,童影的领导会前也找我谈过,也希望我到童影去起一些作用。童影的房子也很紧张，但只要我肯去，他们现调也要腾出房子来，当时我由于恋着创作，未下决心。

面对着两封信，一切的得失考虑都不存在了。

我匆匆草了一页半纸的请调书——用的就是五次文代会的便笺。接着，我去将童影顾问于蓝同志从会上叫出，向她表明我的决心。老同志一向从品格到能力对我充满信任感，执着双手说："你做此决定，我离休也安心了！"随后我将北影新任厂长宋崇叫出，请他——其实是等于逼他在我的调请书上签了字。开始他那愣愣地瞧着我，半晌才问："晓声，你怎么了？你对我有什么误解没有？"我将两封信给他看。他看后说："我答应给你房子啊！我在全厂大小会上为你呼吁过啊！"这是真话。这位新上任的厂长对我很信任，很关心，而且是由衷的。岂止是他，全体北影艺委会都为我呼吁过。连从不轻率对任何事表态的德高望重的老导演水华同志，都在会上说过"不能放梁晓声走"的话。北影对我是极有感情的。我对北影也是极有感情的。

记得我当时对宋崇说的是："别的话都别讲了，北影的房子5月份才分，而我恨不得明天后天就将父亲母亲哥哥接来！别让我跪下来求你！"

他这才真正理解了我的心情，沉吟半晌说："你给我时间，让我考虑考虑。"

下午，他还给了我那请调报告，我见上面批的是"既然童影将我支持给了北影，我没有任何理由不将晓声支持给童影。但我的的确确很不愿放他走。"

为了房子，到童影干什么我都心甘情愿，哪怕是公务员。童影当然不是调我去当公务员。于是我现在成了童影的艺术厂长……

我已正式到童影上班两个多月了，给我的房子却还未腾出来。

我身患肝硬化，应全休，但我能刚刚调到童影就全休么？每天上班，想不上班也得上班。中午和晚上回去迟了，上了小学的儿子进不了家门，常常在走廊里哭。

房子没住上就不担当工作么？那也未免过分的功利了。事实上，我现在已是全部身心地投入我的那份工作。我总不能骗房子住啊！

"人生"这个话题对我来说真是沉重的，我谈这个话题如同癌症患者对人谈患癌症的症状……

我从前不知珍惜父母给予我的这血肉之躯，现在我明白这是一个大的错误。明白了之后我还是把自己"抵押"给了童影厂。现在我才了解我自己其实是很怕死的。怕死更是因为觉得遗憾。身为小说家面对这纷杂的迷乱的浮躁的时代，我认为仍有那么多可以写的能够写的值得写的。我最需要谨慎地爱惜自己的时候。亲人和朋友们善良劝告，我也只能当成是别人的一种善良而已。我的血肉之躯是父母给予我的，我以血肉之躯回报父母，我别无选择。这是无奈的事。我认可这无奈，同时牢记着家母的训导。

家母对我作人的训导是——做竹须空，做人须直。

在我的中学毕业鉴定中，写有这样的评语：该学生性格正直，富有正义感。责人宽，克己严……1986年，"文革"第三年，我的鉴定中没有"造反精神"如何如何之类，而有这样的评语，乃是我的中学母校对我的最高评定。这所学校当年未对第二个学生做出过同样的评语。

在我离开兵团连队的鉴定中，也写有这样的评语：该同志性格正直，富有正义感，要求自己严格……

在我从复旦大学毕业的鉴定中，还写有这样的评语："性格正直，有正义感，同'四人帮'做过斗争，希望早日入党……"十六位同学集体评定，连和我矛盾极深的同学，亦不得不对这样的评语点头默认……

在我离开北影的鉴定中，仍写有这样的评语：正直、正派，有正义感，对同志真诚，勇于作自我批评。

我不是演员。演员亦不可能从少年到青年到成年，20多年表演不是自己本质的另一个人到如此成功的地步！我看重"正直、正派、真诚"这样的评语，胜过其他一切好的评语。这三点乃是我作人的至死不渝的准则。我牢牢记住了家母的训导，我对得起母亲！我尤其骄傲的是在我较长期生活和工作过的任何地方，包括一直不能同我和睦相处的人，亦不得不对我的正直亦敬亦畏。我从不阿谀奉承，从不见风使舵。仅以北影为例，我与历届文学部主任拍过桌子，"怒发冲冠"过，横眉竖目过，但他们之中的绝大多数，如今都是我的"忘年交"。我调走得那么突然，他们对我依依不舍，惋惜我走前没入党。早在几年前，老同志们就对我说："晓声，写入党申请书吧，趁现在我们这些了解你的人还在，你应该入党啊！你这样的年轻人入党，我们举双手！有一天我们离休了，只怕难有人再像我们这么信任你了！"党内的同志们，甚至要在我走前，召开支部会议，"突击"发展我入党。是我阻止了。连刚刚到北影不久的厂长宋崇，对此也深有感慨。

我愿正直、正派、真诚、正义这些评语，伴我终生。人能活到这样，才算不枉活着！

人在今天仍能获得这些，当然也是一种幸福！所以我又有理由说，我活得还挺幸福。

最主要的，我自己认为是最主要的，我已并不惭愧地得到了，其他便是次要的、无足轻重的。

我对自己的做人极满意。

我是不会变的。真变了的是别人。一种类似文痞、流氓的行径，我看到在文坛在社会挺有市场。

我蔑视和厌恶这一现象。

真的文坛之丑恶，其实正是这一现象。

我将永久牢记家母关于作人的训导——做竹须空，做人须直……

好母亲应该有好儿子。反之是人世间大孽。

就是这样。